古典文藝研究輯刊

十一編

曾 永 義 主編

第 17 冊

隋唐演義系列小說研究
——以發展演變爲論述核心（上）

張 清 發 著

國家圖書館出版品預行編目資料

隋唐演義系列小說研究——以發展演變為論述核心（上）／張清
發 著 -- 初版 -- 新北市：花木蘭文化出版社，2015〔民 104〕
目 6+172 面；19×26 公分
（古典文學研究輯刊 十一編；第 17 冊）
ISBN 978-986-404-123-7（精裝）
1. 演義小說 2. 文學評論
820.8   103027550

ISBN-978-986-404-123-7

9 789864 041237

古典文學研究輯刊
十一編　第十七冊   ISBN：978-986-404-123-7

隋唐演義系列小說研究
——以發展演變爲論述核心（上）

作　　者　張清發
主　　編　曾永義
總 編 輯　杜潔祥
副總編輯　楊嘉樂
編　　輯　許郁翎
出　　版　花木蘭文化出版社
社　　長　高小娟
聯絡地址　235 新北市中和區中安街七二號十三樓
　　　　　電話：02-2923-1455／傳眞：02-2923-1452
網　　址　http://www.huamulan.tw 信箱 hml810518@gmail.com
印　　刷　普羅文化出版廣告事業
初　　版　2015 年 3 月
定　　價　十一編 29 冊（精裝）台幣 52,000 元

隋唐演義系列小說研究
——以發展演變爲論述核心(上)

張清發　著

作者簡介

張清發，臺灣省高雄市人。國立高雄師範大學國文博士、國立成功大學中文碩士。現任國立高雄海洋科技大學基礎教育中心專任教授。曾任國立臺南護理專科學校專任助理教授、國民小學專任教師。主要研究方向為明清小說 俗文學。著有《古典小說中的帝王書寫研究——以創業、宗教、宮闈為主的考察》、《明清家將小說研究》、《岳飛故事研究》等專書，以及〈奇史奇女——木蘭從軍的敘事發展與典範建構〉、〈從產銷看明代書坊對通俗小說的經營策略——以商品形態為主要觀察〉、〈秦檜冥報故事的演變發展與文化意涵〉、〈從「悲劇英雄」看《史記》與講史小說的關係〉、〈從敦煌齋願文到通俗小說看天王信仰的演變〉、〈由白蛇故事的結構發展看其主題流變〉等相關論文多篇。

提　要

　　本書以「隋唐演義系列小說」為研究對象，從文學活動的過程中建構出「整體發展、階段演變、文化意涵」等層次性的論述核心。在整體發展方面，揭舉出「嚮往隋唐盛世的民族情緒、期待英雄人物的社會心理、追隨商品經濟的發展潮流」為造成系列小說興盛的因素。在階段演變方面，以《隋史遺文》、《隋唐演義》、《說唐》、「說唐續書」為系列小說發展階段的代表作，並各自以「草澤英雄傳、歷史小帳簿、亂世英雄譜、英雄家族史」為敘事焦點，從而確立其階段價值與地位。在文化意涵方面，小說將「歷史、英雄、天命」三者巧妙結構為一組圓形的思維：歷史是英雄的大舞台、英雄是天命的執行者、天命是歷史的支配力。而在此圓形思維中，小說又從中反映或增強了民間式的英雄史觀、道德史觀和天命史觀。

目

次

下 冊

第一章　緒　論

　　本論文以「隋唐演義系列小說研究──以發展演變爲論述核心」爲題，以下依序分別從研究背景、研究目的與論述核心、文獻探討、研究方法、研究取徑等五個小節，對此研究論題進行說明。

第一節　研究背景

　　根據陳大康的統計：大陸地區在 1950 到 2000 年之間，關於明清小說作家作品研究的論文共有 19,737 篇，其中將近 90% 的研究對象集中於明代的四大奇書和清代的《紅樓夢》、《聊齋誌異》、《儒林外史》等七部名著。〔註 1〕臺灣地區雖然尚未見到類似的統計數字，然由每年產出的碩博士論文來看，大致也是集中於諸如以上的「名著」。對此研究對象的偏好，陳大康觀察的心得是：「有的論文作者將研究的價值，甚至研究者本人的價值與研究對象的價值掛鈎，於是視線都聚焦於名著，平庸或較平庸者很難被考慮。」〔註 2〕此見解正確與否固然有待更客觀之證實，然就明清小說的研究現況來看，卻頗能發人省思。

　　魯迅在《中國小說史略》中論及《楊家府演義》這類講史小說時，評曰：「文意並拙，然盛行於里巷間。」〔註 3〕而對於繼《平妖傳》後紛紛刊行的神

〔註 1〕陳大康：〈研究格局嚴重失衡與高密度重複〉《古代小說研究及方法》（北京：中華書局，2006.12），頁 30～31。

〔註 2〕同前註，頁 32。

〔註 3〕魯迅：《中國小說史略》（上海：上海古籍出版社，1998.6），頁 103。

魔小說，則評價云：「蕪雜淺陋，率無可觀。然其力之及於人心者甚大」。〔註
4〕事實上，無論是講史小說或是神魔小說，這類作品在小說史上確實佔有相
當多的數量，然其文學藝術之拙劣與社會影響之深遠，卻構成明顯的對比關
係。同時，這類「文意並拙」、「蕪雜淺陋」的小說作品，比起那些所謂的「名
著」，在研究領域中常常是處於沈寂而較不受到重視的地位。事實上，這樣的
研究現象已經涉及到「價值思辨」的層次，即如何看待小說的「藝術價值」、
「存在價值」與「研究價值」等複雜關係的多重思考。

　　若從小說發展史的角度來看，這類「文意並拙」、「蕪雜淺陋」的小說
作品不斷地大量出現並且廣泛流傳，這種現象本身就是一個值得研究的課
題。畢竟一種小說類型的流行，必與當時的社會氛圍、創作水平以及讀者
群的審美情趣有必然之關係。透過研究這類藝術水平不高卻又流傳廣泛的
作品，應該有助於更加開拓古代小說的研究領域。筆者當年選擇以「明清
家將小說」爲博士論文之研究對象，即深感於此。而當筆者在檢視「明清
家將小說」相關作品的研究概況時，又發現儘管明清兩代演述隋唐故事的
講史小說眾多，但是相關研究的質和量卻是有待開發。事實上，此一系列
小說體系龐雜且各有特色，重要的是其所造成的社會影響實不下於楊家
將、岳飛、狄青等家將故事，因此決定以「隋唐演義系列小說」爲後續研
究的對象。

　　以下，即就「隋唐演義系列小說」之名稱及其作品範圍加以界定：

一、小說名稱界定

　　關於明清時期這類敘寫隋唐歷史的小說，學界常見的稱呼有「說唐系列
小說」〔註5〕、「說唐小說系列」〔註6〕、「說唐系列英雄傳奇小說」〔註7〕、

〔註4〕同前註，頁104。

〔註5〕彭利芝在〈說唐系列小說的產生與隋唐歷史題材優勢〉中，對「說唐系列小
　　　說」的定義爲：「明代中後期至清中葉，小說創作領域出現了一大批數演隋唐
　　　歷史的長篇小說」。《首都師範大學學報・社科版》（1998第6期），頁53。

〔註6〕王學泰在〈「說唐」小說系列演變中所反映的游民意識〉中，對「說唐小說系
　　　列」的定義爲：「指取材於隋末群雄並起，天下大亂，秦王李世民削平群雄，
　　　建立唐帝國的歷史通俗小說。」《文學評論》（1997第6期），頁115。

〔註7〕陳穎在《中國英雄俠義小說通史》中，對「說唐系列英雄傳奇小說」的定義
　　　爲：「以隋末唐初亂世梟雄爲藝術表現對象的英雄傳奇小說。」（南京：江蘇
　　　教育出版社，1998.10），頁84。

「隋唐系列演義小說」〔註8〕、「隋唐系列小說」〔註9〕、「隋唐演義系列小說」〔註10〕等。筆者認爲這批小說敘寫的時代背景是從隋唐之際到盛唐時期，故以「隋唐」來含括較宜；加上「演義」兩字則更能凸顯小說講史的內容性質，何況《隋唐演義》是這批系列小說的集大成之作。因此，本論文依據研究對象的範圍及其文體特徵，以「隋唐演義系列小說」稱之。然因前人未就此名稱加以定義，故筆者之界定說明如下：

（一）從小說史的角度加以界定

首先，就小說刊刻流傳的時代、區域而言：隋唐演義系列小說是指明代中後期（嘉靖以後）到清代中期（嘉慶年間），在江南地區刊刻流傳的長篇通俗小說。〔註11〕

其次，就小說成書的經過而言：隋唐演義系列小說的成書經過屬於世代累積型，內容匯集各種相關的史實、軼事、說話、小說、戲曲等。各本小說在彼此之間，雖然存有補綴前書或昭示後續之衍生關係，然因敘事形式的不同（詳述於後），故仍保有其發展階段的特色，後出的作品並不能完全取代前作。

再次，就小說類型的發展而言：隋唐演義系列小說的敘寫結構既有「以朝代史事爲主」的「歷史演義」，又有「以一人一家事爲主而近於外傳、別傳、家人傳者」〔註12〕的「英雄傳奇」。同時，部分小說吸收了才子佳人、神魔小說等敘事模式，形成跨類型的發展現象。

〔註8〕李保均在《明清小說比較研究》中，對「隋唐系列演義小說」的定義爲：以反映隋唐故事的「歷史演義」爲範圍，不包括《說唐》和《說唐續書》。（成都：四川大學出版社，1996），頁81～84。

〔註9〕鄭美蕙：《隋唐系列小說情節與人物研究──以《遺文》、《隋唐》、《說唐》爲主》，文中未就「隋唐系列小說」加以定義，但所列舉的小說作品範圍，並不包括「說唐續書」。（台中：中興大學中文所碩士論文，1997），頁3～5。

〔註10〕齊裕焜雖以「隋唐演義系列小說」爲書名，但並未就此名稱加以界定說明，然其將此系列小說區分出四個發展階段，不管是「歷史演義」或「英雄傳奇」都加以羅列，作品範圍含蓋得最爲完整。參見《隋唐演義系列小說》（瀋陽：遼寧教育出版社，2000.12），頁3～11。

〔註11〕明清時期的「江南地區」通常指明清八府一州之地，或以蘇州、松江爲中心之區域。參見牛建強：《明代中後期江南社會變遷研究》（台北：文津出版社，1997.8），頁47；李伯重：《發展與制約：明清江南生產力研究》之〈附錄：「江南地區」之界定〉（台北：聯經出版社，2002.12），頁419～432。

〔註12〕孫楷第：《中國通俗小說書目》（台北：木鐸出版社，1983.7），頁4。

（二）從文體特徵的角度加以界定

首先，就題材內容來看：隋唐演義系列小說敷演隋唐興衰的故事，主要集中於「隋末亂世、唐初開國、盛唐拓邊、武后稱帝、安史之亂」等歷史背景，故事軸心從帝王霸業轉向英雄傳奇，把「歷史」營造成爲「英雄的大舞台」。

其次，就敘事形式來看：隋唐演義系列小說的成書方式雖然屬於世代累積型，可是因爲敘寫的藝術結構不盡相同，使得其敘事形式並未完全模式化、公式化。同時，在「歷史、英雄」的相同敘事範圍中，每個發展階段的代表作（詳述於後），又有其各自的敘事焦點，如草澤英雄傳、歷史小帳簿、亂世英雄譜、英雄家族史等，從而展現出不同的敘事策略和效果。

再次，就主題思想來看：隋唐演義系列小說在集大成階段以前是以「亂世英雄」爲主題，爾後的說唐續書階段則將主題重心轉移爲「忠奸抗爭」和「家族文化」。然而，這批系列小說既是世代累積而成書，其中自有某些共通而不變的意涵，如在對「歷史」的詮釋中，往往呈現出民間式的英雄史觀、道德史觀和命定史觀。

二、作品範圍界定

以隋唐歷史爲題材的小說作品數量很多，並且集中於明代中後期到清代中葉以前。從小說發展史的角度來看，可以將作品分成以下幾個階段：〔註13〕

第一階段：歷史演義小說階段。此階段作品有《隋唐兩朝志傳》（以下簡稱《隋唐志傳》）、《唐書志傳通俗演義》（以下簡稱《唐書志傳》）、《大唐秦王詞話》、《隋煬帝豔史》等四部。前三部作品大約刊刻於明萬曆、天啓年間，內容據史而編、敘事簡單粗糙；最後一本大約成書於明崇禎初年，雖據史編寫但較富文學色彩。本階段作品算是系列小說的雛型，尚不足以成爲整體發展階段的代表作。

第二階段：英雄傳奇小說階段。此階段作品是《隋史遺文》，刊刻於明崇禎年間。全書以秦瓊爲中心人物，使隋唐演義系列小說從「歷史演義」轉化爲「英雄傳奇」，故足爲發展演變階段的代表作。

第三階段：集大成階段。此階段作品是《隋唐演義》和《說唐演義全傳》（以下簡稱《說唐》），刊刻於清康熙、乾隆年間。從隋唐演義系列小說的發

〔註13〕此階段分期之採用，以齊裕焜《隋唐演義系列小說》爲主，旁參相關小說史。

展史來看，《隋唐演義》為「歷史演義」體系的集大成之作；〔註14〕《說唐》則為「英雄傳奇」體系的集大成之作。兩部作品各有特色，皆足為發展演變階段的代表作。

第四階段：說唐續書階段。此階段主要有《說唐後傳》、《說唐三傳》、《反唐演義傳》（以下簡稱《反唐演義》）、《粉妝樓全傳》（以下簡稱《粉妝樓》）等四部。前三部作品大約刊刻於乾隆年間，後者大約刊刻於清嘉慶年間。就系列小說的整體發展來看，「說唐續書」是一個集體，足為發展演變階段的代表作。

以上十一部小說是「隋唐演義系列小說」的主要作品，其中《隋史遺文》、《隋唐演義》、《說唐》、「說唐續書」更是整體發展演變的階段代表作。（其不可取代性詳述於下節「研究目的」。）

此外，尚有一些相關小說必須加以釐清：

甲、相同作品另行拆裝：如《大隋志傳》是另析《隋唐演義》而成。《瓦崗寨演義全傳》析《說唐》前半為之。《羅通掃北》和《說唐小英雄傳》皆另析《說唐後傳》前半成書。《說唐薛家府傳》（一名《薛仁貴征東全傳》）則是另析《說唐後傳》後半成書。

乙、相關作品加以拼裝：《徐文長先生評隋唐演義》第九節到九十八節襲用《唐書志傳》，第一到八節和第九十九到一百一十四節襲用《隋唐志傳》。《混唐後傳》又名《薛家將平西演義》、《混唐平西傳》、《大唐後傳》，除開頭插入薛仁貴征西故事五回外，其餘內容和《隋唐演義》第六十八回以後的內容幾乎相同。《征西全傳》又名《異說征西演義全傳》，內容同於《混唐後傳》。

〔註14〕對《隋唐演義》文體性質之歸屬歷來爭論較大，一般小說史都將它歸於歷史（演義）小說，然因其「綴集成帙」的創作方式，使得題材、體例過於繁雜，學者也因此有不同的看法。如陳文新認為《隋唐演義》：「雖名為歷史演義，但其內在的趣味卻與人情小說作家一致……體現的是人情小說作家的價值立場。」《隋唐演義》的基本品格及其小說史演義〉《武漢大學學報・人科版》（2003.7），頁463～470；何谷理指出《隋唐演義》的故事因素可以歸納為「講史、俠義、靈怪、煙粉、美行、賦詠」等六類，因此認為其「並非嚴格寫史的歷史小說」。見〈隋唐演義和明末清初蘇州文人的美學〉《中國古代小說研究》第二輯（北京：人民文學出版社，2006），頁181。誠然，因為《隋唐演義》的體例過「雜」，導致研究定位的困難。然而，若從小說的敘事模式來看，《隋唐演義》以史為經、以人物事件為緯，依時間順序組織全書，主要人物和事件都不違背史實。如此，雖然小說參雜了很多世情、人情的內容，但整體而言仍然具備「歷史演義」的文體性質。

　　丙、運用相關人物加以穿插：《綠牡丹》又名《反唐後傳》，然內容並非是《反唐演義》的接續，而是另講新的故事，薛仁貴的孫輩只是串場人物。另《忠孝勇烈奇女傳》一名《木蘭奇女傳》，以唐代北伐爲背景，敷演「花木蘭代父從軍」的故事，但主角改成「朱木蘭」，只在情節中偶而穿插尉遲恭等唐初名將。以上兩部小說各有獨立情節，故事內容並不歸屬於「隋唐演義系列小說」之範圍。

　　最後，依上述標準，列出「隋唐演義系列小說」之主要作品和相關作品。〔註15〕

「隋唐演義系列小說」作品一覽表

發展階段	主要作品	相關作品
第一階段：歷史演義	《隋唐兩朝志傳》（隋唐志傳） 《唐書志傳通俗演義》（唐書志傳） 《大唐秦王詞話》 《隋煬帝豔史》	《徐文長先生評隋唐演義》
第二階段：英雄傳奇	《隋史遺文》	
第三階段：集大成	《隋唐演義》	《大隋志傳》 《混唐後傳》 《征西全傳》
	《說唐演義全傳》（簡稱《說唐》）	《瓦崗寨演義全傳》
第四階段：說唐續書	《說唐後傳》	《羅通掃北》 《說唐小英雄傳》 《說唐薛家府傳》
	《說唐三傳》 《反唐演義傳》（簡稱《反唐演義》） 《粉妝樓全傳》（簡稱《粉妝樓》）	

第二節　研究目的與論述核心

　　本論文以「隋唐演義系列小說研究——以發展演變爲論述核心」爲題，

〔註15〕本論文引用之小說文本，以上海古籍出版社《古本小說集成》收錄版本爲主，另旁參其他版本。詳見參考書目。

研究目的在於通過「隋唐演義系列小說」之故事發展，探究每個發展階段代表作之演變及特色，最後再歸納出其中「歷史、英雄、天命」三者共構的文化意涵。由於目前學界對此系列小說的研究尚無具體而詳的成果（詳述於下節「文獻探討」），爲求綱舉目張，本論文擬從小說發展史的觀點，回歸文學活動的過程，以小說發展演變的特徵爲研究的基礎，同時參酌社會相關的種種發展，依序建構出兩個論述核心，其中第二個論述核心再區分出四個論述焦點，最後歸納出系列小說共通的文化意涵以爲結論。以下分別就論述的核心問題和背景加以說明：

一、第一個論述核心：隋唐演義系列小說之故事發展

（一）問題的提出

隋唐歷史的故事從歷史傳記、傳說平話、戲劇傳奇、章回小說等一路發展下來，其發展演變的情形如何？而在故事醞釀、發展、成熟的過程中，歷時性的時代要求、社會局勢和文學環境等，對於隋唐演義系列小說的發展，又有怎樣的影響？特別是在明末清初的整體大環境中，此系列小說的發展與其他講史小說比較起來有何特色？此核心問題之論述目的，除了要掌握「隋唐演義系列小說」整體發展的軌跡外，還要作爲進一步探究其發展過程中「變」與「不變」的基礎。

（二）問題背景說明

在唐宋時代，就有不少的野史、筆記小說，是以隋唐歷史的佚聞爲題材；爾後，說話人、劇作家等又從民間流行的隋唐故事中加以取材；到了明清時期，敷演隋唐歷史的小說紛紛刊刻，逐漸發展出專屬隋唐故事的一系列小說。欲探究造成如此出版現象的原因，可以從當時的出版市場和社會時勢加以考察：

首先，就明代中後期以後的社會現象加以考察，可知江南地區通俗讀物的出版市場，足可構成市民階層與刊刻業者之間的「供需關係」。〔註16〕作爲一

〔註16〕以明代中後期小說發展的情況來看：《三國演義》盛行後一批歷史小說緊接著紛紛上市；之後《西遊記》盛行，書坊主即轉而對神魔小說「不惜重資、購求鋟行」（舒載揚《封神演義‧識語》）。然至天啟、崇禎年間，變成時事小說盛行，之前書坊搶刻的神魔小說，此時竟只出版三部。同樣現象，自《包龍圖百家公案》刊行，一批雜湊成篇的公案小說緊接著出現；而《古今小說》熱賣後，更是造成崇禎年間擬話本小說的流行風潮。詳參陳大康：《明代小說史》第三～五編（上海：上海文藝出版社，2000.10）。另可參陳昭珍：《明代

種娛樂性質的通俗小說，在殷切的消費需求下，促使職業編書人與書坊業者進行了「逐利」的合作。〔註17〕由於通俗讀物的市場正如流行的消費文化，因此在「文學商品化」的趨勢下，通俗小說的生產猶如一種「文化工業」。〔註18〕如明末建陽書坊所形成的「熊大木模式」，正是運用模式化、公式化以求快速產銷通俗小說的商業運作。〔註19〕因此，從市場經濟的理論來看，類型小說、系列小說紛紛刊刻的現象，正是市場中「需求→供給」的產銷關係，即讀者的接受需求，引導作者的編撰方向。

其次，特定的時勢環境也會激發出相應的社會心理，如明末國勢衰弱導致外族屢犯，對英雄的期待成爲普遍的社會心理；爾後明清易代、征伐拓疆的戰爭勢必成爲社會關心的話題。因此，如何藉由小說的內容來反映現實、寄託理想，以滿足時代需求和社會心理？這就成爲作家在編撰通俗小說時所要經營的重點。〔註20〕如石昌渝指出：《隋史遺文》的序寫在崇禎六年，但其

書坊研究》（台北：花木蘭文化出版社，2008）；郭姿吟：《明代書籍出版研究》（台南：成功大學歷史所碩士論文，2002）。

〔註17〕 如凌濛初在《初刻拍案驚奇·序》云：「獨龍子猶氏所輯《喻世》等書……肆中人見其行世頗捷，意余當別有祕本圖書而衒之。」《二刻拍案驚奇·序》又云：「肆中急欲行世，徵言於余。」其實，明代中後期已出現專靠稿費謀生的作家，他們常常是在「賈人之請」的情況下，去從事通俗文學的編撰。詳參陳大康：《通俗小說的歷史軌跡》第三、四章（長沙：湖南出版社，1993.1）；張虹：〈中國古典通俗小說與商品經濟〉《明清小說研究》（1994 第 2 期），頁113～121；苗懷明：〈中國古代通俗小說的商業運作與文本形態〉《求是學刊》138 期（2000.9），頁 78～83。

〔註18〕 後現代主義認爲商品化進入文化，意味著藝術作品正成爲商品。朱立元：《當代西方文藝理論》（上海：華東師範大學出版社，1997.6），頁 376。依此，通俗文學以其模式化和程式化的形態而得以成爲暢銷的商品，即屬於一種「文化工業」。參見楊經建：〈通俗文學與後現代主義〉《中國文學研究》（1994 第 2 期），頁 34～37。

〔註19〕 參見陳大康：《明代小說史》第八章第三節「熊大木模式及其意義」，頁 272～281。

〔註20〕 此一推論的合理性來自於對作者身分之考察結果：明清通俗文學的作者大都是所謂的不遇文士，其身分是介於士大夫和庶民之間，因此在創作過程中，他們所扮演的角色是文化上大、小傳統的中介者。他們一方面將士大夫的經史知識加以通俗化，傳達給中下階層社會；一方面又能在創作中，充分反映出民眾對歷史的深沈質疑和詮釋觀點。詳參陳大康：《通俗小說的歷史軌跡》第三、五章；李豐楙：《許遜與薩守堅─鄧志謨道教小說研究》第八章（台北：臺灣學生書局，1997.3）；朱傳譽：〈明代出版家余象斗傳奇〉《中外文學》16卷 4 期（1987.9），頁 150～169。

最後成書當在清朝立國定鼎之後。它雖然也是描寫隋末的歷史，但角度和意旨與《隋煬帝豔史》完全不同。它主要描寫在改朝換代的大動亂中，一群英雄豪傑的命運，其中寄託著明清易代時士人難以言表的苦衷。〔註21〕

二、第二個論述核心：隋唐演義系列小說之階段演變

（一）問題的提出

隋唐演義系列小說的敘事結構包含了「歷史演義」和「英雄傳奇」兩種文體類型，並且以《隋唐演義》和《說唐》為各自集大成之作。就敘事學的觀點來看：描寫中心的轉移，足以改變一部作品的敘事形態。由此反觀隋唐演義系列小說的發展，可知《隋史遺文》、《隋唐演義》、《說唐》、「說唐續書」等，足為此系列小說發展演變階段的代表作。那麼，其彼此間在題材運用、情節安排、人物塑造等，呈現出怎樣的繼承和發展？同時，由於各代表作品敘事形態的不同，使得後出的作品並不能完全取代前作。那麼，這些代表作品的敘寫中心為何？其所強調的主題思想為何？在藝術技巧上又有何特色？此核心問題的論述目的，是要從「變」的角度去考察這些代表作，探析其在系列小說發展史上的價值和地位。

（二）問題背景說明

隋唐演義系列小說在「歷史、英雄」的相同敘事範圍中，每個階段的代表作又呈現出各自的敘事特色，足以構成本研究的論述焦點，如《隋史遺文》著重「草澤英雄傳」的塑造；《隋唐演義》著重「歷史小帳簿」的串連；《說唐》著重「亂世英雄譜」的建構；「說唐續書」著重「英雄家族史」的敷演。以下就四個論述焦點加以說明：

1.《隋史遺文》

《隋史遺文》的出現是隋唐演義系列小說發展過程中的重要轉折。它是這一系列小說從「歷史演義」到「英雄傳奇」的轉變過程中，第一部具有代表性的作品。小說以將近三分之二的篇幅，描寫以秦瓊為主的草澤英雄在反隋興唐過程中的經歷，作品的前四十七回堪稱為「秦瓊傳」。雖然《隋史遺文》全書六十回中，有五十五回被《隋唐演義》所採用（詳見附表一），但是「由於歷史觀和審美觀的差異，褚人穫又刊落了《隋史遺文》中許多值得稱道的

〔註21〕石昌渝：《中國小說源流論》（北京：三聯書局，1995.10），頁315。

精華，《隋唐演義》並不能取代《隋史遺文》的存在。」〔註22〕而《說唐》中有關瓦崗寨英雄的傳奇事跡，雖然也是從《隋史遺文》中移植、擴充而成，然因敘事焦點不同，故呈現出來的特色也就不同。因此，儘管《說唐》是系列小說中的「英雄傳奇」體系的集大成之作，但它同樣也不能取代《隋史遺文》的地位。

2.《隋唐演義》

《隋唐演義》以「歷史演義」為主，雜以「英雄傳奇」和「才子佳人」的體例。全書「以史為經，以人物為緯」，在不偏離「歷史」的大原則下，吸收了《隋煬帝豔史》、《隋史遺文》的成果，把正史、野史、筆記、傳奇等相關的隋唐故事都搜羅在一起，可說一部集大成的隋唐演義小說。小說的基本內容包括了隋煬帝荒淫史、唐朝開國史、草澤英雄發跡史，足以構成一本「歷史的小帳簿」。〔註23〕全書的敘事中心為「再世姻緣」之結構，正如作者在小說結尾所云：「今此一書，不過說明隋煬帝與唐明皇兩朝天子的前因後果，其餘諸事，尚未及載。」（第一百回）可見，《隋唐演義》增添了不少《隋史遺文》中所無的詩化味道和抒情色彩，亦即在英雄中摻入美女，在歷史中摻入了宮闈豔情，「從而顯示了這部小說在結構比例方面對『情』的強調」。〔註24〕

3.《說唐》

《說唐》的刊刻，標誌著隋唐演義系列小說完全從「歷史演義」的格套中擺脫出來，成為集大成的「英雄傳奇」小說。小說敘寫的內容除了歷史輪廓符合史實外，大部分都是利用民間故事編寫而成，而以瓦崗寨好漢為中心，塑造出隋末亂世英雄的群像。由於《隋唐演義》過於龐雜，雖然刊刻多次，但是江湖藝人在演說時不用它做底本，如此則確立了《說唐》對民間社會影響的地位。〔註25〕雖然《說唐》中的主要英雄還是秦瓊，然與《隋史遺文》

〔註22〕 歐陽健：〈《隋史遺文》略說〉收入《明清小說采正》（台北：貫雅出版社，1992.1），頁137。

〔註23〕 《隋唐演義》作者自〈序〉云：「昔人以《通鑑》為古今大帳簿，斯固然矣。第既有總記之大帳簿，又當有雜記之小帳簿，此歷朝傳志演義諸書可以不廢於世也。」

〔註24〕 羅陳霞：〈奇趣雅韻——論《隋唐演義》走向世俗化〉《固原師專學報·社科版》（1995第5期），頁26。

〔註25〕 王學泰指出：《隋唐演義》總的說來比較適合文人士大夫的口味，比較適合閱讀，所以曾刊刻多次，流傳較廣。然而，江湖藝人在演說評書時卻不用它作底本，除了內容過於龐雜外，主要是全書的情調多文人氣，少游民氣。相對

不同的是：書中大大增加了次要英雄程咬金的故事，並且通過「十八路反王」、「六十四路煙塵」等聲勢浩大的群雄起義，「展示了更加廣闊的隋末大動亂之社會環境，爲亂世英雄做了生動的藝術闡釋」。〔註26〕換言之，《說唐》最大的敘事特色，就是以十八條好漢的活動爲隋末唐初歷史的主體，將隋唐歷史敷演爲一群好漢的集體大紀傳，構成一部可歌可泣的亂世英雄譜。而在「歷史、英雄」的敘事內容中，作者透過十八條好漢的結局，藉此傳達出「恃德者昌，恃力者亡」的道德史觀，構成這部小說的深層意涵。

4.「說唐續書」

　　《說唐》以秦瓊、程咬金等瓦崗寨英雄爲敘寫中心，表現出歌頌亂世英雄的主題。由於小說廣受歡迎，書坊紛紛推出續衍作品，於是有《說唐後傳》、《說唐三傳》、《反唐演義》等，將敘寫的歷史背景從唐代開國延伸到盛唐拓邊、反周興唐，還另外發展出「羅通掃北」、「薛仁貴東征」的故事體系。爾後，受到相關家將小說的影響，在薛家將故事之後，又刊刻了敘寫羅家將故事的《粉妝樓》。同時，這批「說唐續書」也延續了《說唐》「恃德者昌」的文化意涵，而將之具體落實在英雄家族的延續，透過許多「小將和女將的虛構生發」，〔註27〕表現出忠奸抗爭和家族文化的思想主題。

三、最後的歸納總結：隋唐演義系列小說之文化意涵

（一）問題的提出

　　隋唐演義系列小說的成書經過屬於世代累積型，其故事基型歷經長時期的結構發展和主題流變後，一旦演化爲成熟階段的作品時，則在其變動的敘事表層下，是否有某些相對穩定的觀念留存在敘事深層之中？否則如何促進故事得以繼續流傳下去？特別是隋唐時代的故事在明清時期流傳，則歷史和現實之間所達成的「共識」又是什麼？此核心問題的論述目的，是要從文學

的，《說唐》在江湖藝人的口頭則具有無限的生命力。參見《游民文化與中國社會》（北京：同心出版社，2007.7），頁510～512。

〔註26〕陳穎：《中國英雄俠義小說通史》，頁87。

〔註27〕馬幼垣觀察中國講史小說的發展，提出一個很有見地的看法：「大部分小說都喜歡把眞實與虛構人物混在一起來描寫。尤其是當一個衍生的傳統，把故事演義推廣到原來英雄（歷史或虛構皆可）的下一代以後，寫到他們的子孫或更後幾代時，情形更是如此。在這種增衍當中，女性人物似乎最有彈性，主要原因是史書上很少記載女性的事業成就，而史書不載，當然便鼓勵小說家去創造。」見《中國小說史集稿》（台北：時報文化出版社，1987.3），頁94。

活動的過程來看隋唐演義系列小說盛行之現象，從中探究這批系列小說的審美價值及其歷時「不變」的文化意涵。

（二）問題背景說明

就文學活動的過程來看，通俗小說的「作者、作品、讀者」三者之間，並非是純粹的單向接受，而是雙向交流的互通關係，既可以是「作者→作品→讀者」，也可以是「讀者→作品→作者」，何況作者常常也具有讀者的雙重身分。依此，考察隋唐演義系列小說的盛行，就不僅是「作者」或「讀者」單方面的因素，而是一整個「文學活動過程」的問題。因此，在隋唐演義系列小說的「作者創作、作品形態、讀者接受」三個環節中，應有某些共通的審美價值將之串連成爲一個整體，否則不足以造就此系列小說盛行的文學現象。

由於隋唐演義系列小說的成書過程並非是一位作者的獨創，而是幾代說書人的心血結晶。如此，小說既是世代累積而成書，其中應有某些共通而不變的意涵，如在詮釋「歷史」的過程中，講史小說習慣以英雄人物爲敘寫中心，建構出庶民樂於接受的「英雄史觀」；而透過歷史興衰的展示、英雄命運的解讀，小說家又經常「借歷史來對過去的事情作道德論斷」，〔註28〕同時又把這種「偏重人物的歷史觀，屈居於萬事皆由上天安排，不可變更的信仰之下」。〔註29〕如此，既有期待「道德史觀」的理想傾向，又充滿「天命史觀」的高遠情懷。

第三節　文獻探討

隋唐演義系列小說相關的研究成果，依其研究對象範圍之不同，可以再細分出「系列小說之研究」、「單部小說或階段小說之研究」、「相關人物之研究」等三大部分。以下依序加以檢視，以明確目前相關研究的成果與不足。

〔註28〕馬幼垣：「正史之所以成爲講史者極愛用的資料，原因之一是講史小說家念念不忘說教……把歷史當作是道德典型的泉源，同時借歷史來對過去的事情作道德論斷。」見《中國小說史集稿》，頁87～88。

〔註29〕馬幼垣：「小說家基本上是把人物當作一種敘述工具來運用，不免要強調個人在歷史中的使役角色與行動能力，同時將歷史力量與歷史問題簡化。但是，這種偏重人物的歷史觀，又屈居於萬事皆由上天安排，不可變更的信仰之下。」同前註，頁85。

一、系列小說之研究

　　由於隋唐演義系列小說中，包含了「歷史演義」和「英雄傳奇」兩種不同敘事體裁的作品，因此在相關小說史中大都將之分別論述，如此也就無法完整地掌握此一系列小說演變的過程和特色。〔註 30〕齊裕焜在《中國古代小說演變史》中，特別安排專節介紹「隋唐系統的歷史演義小說」，對於以隋唐歷史為題材的小說作品，不論體裁屬性，依其發展先後一併加以介紹。〔註 31〕齊氏另著有《隋唐演義系列小說》之專題小書，對於相關小說的作品和內容有更詳盡的說明。〔註 32〕然由於該書設定的閱讀對象是青少年，因此內容著重於故事情節的敘述，並非是嚴謹的學術著作。但是，其初步建構出「隋唐演義系列小說」完整的發展體系，可說為後人的研究奠立了良好基礎。

　　王學泰〈「說唐」小說系列演變中所反映的游民意識〉，通過對說唐系列小說的考察，指出因為有說書藝人（浪跡江湖的游民）在小說發展過程中的參與，才能塑造程咬金、秦叔寶等游民化的英雄形象。〔註 33〕彭利芝則分別從題材、人物考辨、玄武門事件等角度，對此一系列小說進行相關探討。〔註 34〕以上論述都能把握小說發展的軌跡，從中考察系列小說演變

〔註30〕 如張俊在《清代小說史》中介紹清代前期小說時，即將《隋唐演義》和《說唐》分屬兩節（「歷史演義小說」和「英雄傳奇小說」）加以論述。（杭州：浙江古籍出版社，1997.6），頁 104～128。陳穎在討論「說唐系列英雄傳奇小說」時，即先聲明《隋唐志傳》、《隋唐演義》等應屬於「歷史小說」的範疇，不在論述之列。參見《中國英雄俠義小說通史》，頁 84。而李保均在論述「反映隋唐歷史的小說」時，亦將《隋史遺文》、《說唐》等加以區隔出來。參見《明清小說比較研究》，頁 71～72。另龔維英：〈取材隋唐英雄業績的明清雅俗說部的比較研究〉則從作者身分（士大夫文人、民間說書）將系列小說區分為雅、俗兩類加以介紹。參見《貴州社會科學》（1997 第 6 期），頁 46～51。
〔註31〕 詳參齊裕焜：《中國古代小說演變史》第三章第四節「隋唐系統的歷史演義小說」（蘭州：敦煌文藝出版社，1994.12），頁 173～187。
〔註32〕 詳參齊裕焜：《隋唐演義系列小說》（瀋陽：遼寧教育出版社，2000.12）。
〔註33〕 王學泰：〈「說唐」小說系列演變中所反映的游民意識〉，頁 115～123。（按：游民：古指無土可耕，無田可作的人。）
〔註34〕 參見彭利芝：〈說唐系列小說的產生與隋唐歷史題材優勢〉，頁 53～56；〈說唐系列小說人物考辨〉《明清小說研究》（1999 第 2 期），頁 145～160；〈說唐小說「玄武門之變」考論〉《河南教育學院學報·社科版》（2005 第 1 期），頁 46～51。此外，齊裕焜：〈單雄信與羅成形象的演變〉《明清小說研究》（1993 第 4 期），頁 149～157；彭知輝：〈由奸賊逆臣到綠林豪傑–論單雄信形象的演變〉《聊城大學學報·社科版》（2007 第 2 期），頁 18～20；曾軼靜：《隋唐至

的差異。然因期刊論文的篇幅有限，而所要考察的小說作品頗多，導致許多論述不夠詳盡，只能點出差異所在，而無法深究造成演變之因及後續影響。

在學位論文方面，主要有三本：

第一本是鄭美蕙的《隋唐系列小說情節與人物研究——以《遺文》、《隋唐》、《說唐》為主》。〔註35〕論文旨在探討瓦崗寨人物之性格及其集團成敗之因，著重於歷史與小說之對照，以及三部小說在相同情節或人物之敘寫差異的比較。瓦崗寨集團可以說匯集了隋唐系列小說中的重要人物，以此為論述焦點是一個很好的選題。可惜全文大都流於歷史記載和小說敘述的排列對照，而未能從小說發展、社會時勢、文化心理等做更深入的考察論述。

第二本是陶臘紅的《隋唐故事的演變與古代歷史小說的文體獨立意識》。〔註36〕作者通過考察從唐宋至清代的各種隋唐故事，分析故事演變階段的特點，總結出古代歷史小說的演化逐漸衝破史傳束縛而走向文體獨立。本篇論文討論的重點在於小說創作的虛實論，因此在隋唐故事的考察上偏重小說內容史料的運用，討論焦點只在於「文體演變」一項，對於小說發展的外在環境、主題內涵、藝術表現等幾未涉及。

第三本是王振宇的《《隋唐演義》與《說唐演義》的比較——以滅隋建唐故事為主》。〔註37〕論文主要針對兩本刊刻時代相近的隋唐小說之成書背景、故事情節、人物角色進行分析比較。事實上，若以隋唐演義系列小說的發展來看，《隋唐演義》與《說唐》皆屬集大成階段的作品，然因敘事體例和作者視野的差異，能夠比較的部分就只有所謂「滅隋建唐故事」，問題是兩本小說這部分的內容又大多是繼承自《隋史遺文》。如此，論文反而忽略了兩本小說在小說發展史上的獨特之處，使得論述焦點偏離了小說本身的價值。

明末隋煬帝題材小說研究》（廣州：暨南大學中國古代文學碩士論文，2008）等，以上論述雖未揭露系列小說之名，然於探討人物形象之演變時，亦皆由系列小說之發展加以論述。

〔註35〕 鄭美蕙：《隋唐系列小說情節與人物研究——以《遺文》、《隋唐》、《說唐》為主》（台中：中興大學中文所碩士論文，1997）。

〔註36〕 陶臘紅：《隋唐故事的演變與古代歷史小說的文體獨立意識》（江西：江西師範大學中國古代文學碩士論文，2002）。

〔註37〕 王振宇：《《隋唐演義》與《說唐演義》的比較——以滅隋建唐故事為主》（新竹：玄奘大學中文所碩士論文，2007）。

二、階段小說之研究

（一）初期作品的研究

依隋唐演義系列小說之發展階段來看，由於第一階段的作品大都以史爲綱、據史編撰，故相關研究幾乎都是成書、版本、文體等考辨探討。〔註38〕而在學位論文方面，則有楊朝立的《《大唐秦王詞話》研究》，由於《大唐秦王詞話》是一部詞話體的章回歷史演義，〔註39〕因此楊氏論述的重點即在於其詞話形式，企圖從中考察明代詞話和講唱文學的發展。〔註40〕而侯虹霞《《大唐秦王詞話》考論》亦就詞話本身的成書過程、敘事藝術加以分析，肯定其對後來隋唐系列小說的影響。〔註41〕以上研究的成果，皆有助於考察此一系列小說的源流發展。

（二）《隋史遺文》的研究

《隋史遺文》自明崇禎年間刊行後即未再出版過，因此學界對它較爲陌生。1975 年，臺灣的幼獅月刊社根據日本早稻田大學珍藏之顯微軟片予以重刊後，學界才出現相關論述。在幼獅版的《隋史遺文》中，收錄有夏志清、何谷里、馮承基等人對該小說的相關論述，內容大抵爲作者、版本的考察，以及內容提要式的導讀，屬於介紹新研究領域的開山之作。〔註42〕爾後，大

〔註38〕盧盛江：〈隋唐志傳又一明刊本〉《明清小說研究》（1998 第 4 期），頁 266～269；羅陳霞：《《唐書志傳》《兩朝志傳》的史傳傾向分析〉《鹽城師專學報·哲社版》（1998 第 1 期），頁 10～14；歐陽健：〈統一王朝的全史演義－論《隋唐兩朝志傳》成書及文體創新〉《福州大學學報·哲社版》（2004 第 1 期），頁 62～69；彭知輝：《《隋唐志傳》成書年代考〉《東南大學學報·哲社版》6 卷 5 期（2004.9），頁 116～128；蘇燾：〈論《隋唐志傳》的創作結構及對明後期歷史類小說的影響〉《內蒙古民族大學學報·社科版》（2008.5），頁 50～53；雷勇：《《隋唐志傳》的文體探索及其小說史意義〉《陝西理工學院學報·社科版》27 卷 1 期（2009.2），頁 65～70。另有王亞婷：《《隋煬帝豔史》研究綜述〉《文學評論》（2008 第 9 期），頁 11～12。
〔註39〕《大唐秦王詞話》全書敘述故事大部分用散文體，唱詞只作提綱挈領和鋪敍場面之用。故就文體形式來看，本書已非說唱文學的底本，而是接近散文體的小說了。
〔註40〕楊朝立：《《大唐秦王詞話》研究》（台北：文化大學中文所碩士論文，1991）。
〔註41〕侯虹霞：《《大唐秦王詞話》考論》（太原：山西大學中國古代文學碩士論文，2007）。
〔註42〕夏志清〈「隋史遺文」重刊序〉、何谷里〈「隋史遺文」考略〉、馮承基〈「隋史遺文」涉獵記〉，以上三篇收入《隋史遺文》之序及附錄（台北：幼獅文化公司，1977.11）。

陸方面的北京大學出版社、人民出版社也將《隋史遺文》刊刻出版，校點的宋祥瑞和劉文忠皆於書末附有其對該部小說的介紹論述，發揮很好的導讀效果。〔註43〕

此外，彭知輝〈《隋史遺文》與晚明評話及民眾心態〉和羅陳霞〈《隋史遺文》對傳奇英雄的凸現〉兩篇短文，皆肯定《隋史遺文》「爲細民寫心」的敘寫風格，但都只就單部小說進行概說式的論述，很難具體彰顯出《隋史遺文》在小說史上獨特的重要性。〔註44〕倒是歐陽健〈《隋史遺文》略說〉頗能一針見血地點出研究要旨，他指出雖然《隋史遺文》的主體已爲《隋唐演義》所包納，但研究者應該做的是「著重評論它的被《隋唐演義》捨棄的部分，從而證明它的存在不僅不爲《隋唐演義》所取代，而且還有許多高出《隋唐演義》的地方」。〔註45〕此研究觀點的提出，不僅說明了《隋史遺文》在明清小說史上具有獨特的價值性，同時提醒學界研究隋唐演義系列小說不能只局限於單部小說的內容分析，應參照歷史觀和審美觀的變異來看相關小說的發展演變。雖然專關研究《隋史遺文》的論述不多，但是由於小說的作者袁于令是戲曲名家，因此作者及其相關研究倒是頗有成果，足爲本論文參考。〔註46〕

（三）《隋唐演義》的研究

《隋唐演義》流傳廣泛，因而研究成果也較爲豐碩。由於該書是集隋唐演義系列小說之大成的歷史演義，因此其成書過程和材料來源考辨常是學者關心的重點，這部分的研究成果是後人研究該書的重要基石。〔註47〕

〔註43〕詳參宋祥瑞：〈袁于令和《隋史遺文》〉收入《隋史遺文》（北京：北京大學出版社，1988.9），頁 523～554。劉文忠：《隋史遺文・校點後記》（北京：人民文學出版社，2006.12），頁 509～518。

〔註44〕彭知輝：〈《隋史遺文》與晚明評話及民眾心態〉《湖南第一師範學報》1 卷 1 期（2001.10），頁 21～24。羅陳霞：〈《隋史遺文》對傳奇英雄的凸現〉《明清小說研究》（1998 第 4 期），頁 91～98。

〔註45〕歐陽健：〈《隋史遺文》略說〉收入《明清小說采正》，頁 125～137。

〔註46〕徐朔方：〈袁于令年譜（1592～1674）〉《浙江社會科學》（2002 第 5 期），頁 154～161；王春花：〈明清時期吳門袁氏家族刻書與藏書考略〉《蘇州教育學院學報》25 卷 1 期（2008.3），頁 43～46。王琦：《袁于令研究》（上海：華東師範大學文藝學博士論文，2006）；榮莉：《袁于令戲曲小說研究》（廣州：暨南大學中國古代文學碩士論文，2006）。

〔註47〕何谷里：〈隋唐演義：其時代、來源與構造〉收入《中國古典小說論集》第 2 輯（台北：幼獅文化公司，1982.5），頁 153～166。馮承基：〈論「隋唐演義」精采之處及章回小說的選錄問題〉收入《中國古典文學研究叢刊—小說之部

再就小說的內容來看，《隋唐演義》敘寫男女情事的情節（含宮闈、私情、才子佳人），共有二十七回，占全書總回數的百分之二十七。從而顯示這部小說在結構比例方面對男女情事的強調。學者認為這是《隋唐演義》走向世俗化的特色，並且形成其人情化的基本品格。〔註48〕特別是以「再世姻緣」來結構全書，堪稱是該部小說的一大特色。因此張火慶在〈《隋唐演義》的神話結構——兩世姻緣〉中，指出作者運用「再世姻緣」的關目，彰顯的是「民間式的果報論史觀」；〔註49〕歐陽健在〈清代三大演義定本的形成〉中，則指出這是作者「看準了文化市場的賣點」。〔註50〕以上兩篇論文分別點出作者運用天命因果的底蘊和動機，確實頗有見地。

在學位論文方面，主要有兩本：

第一本是謝靜宜的《褚人穫《隋唐演義》研究》。〔註51〕論文分別就小說的題材來源、思想旨趣、人物群像等加以論述。對於重要主題，如忠孝道德、天命因果、再世姻緣、女禍觀念等多有討論，頗能全面彰顯這部小說的價值。然而，論文中對於《隋唐演義》的再世姻緣、天命因果、人物塑造等，多止於就內容情節做重點式的分析，至於相關意涵的闡釋、社會心理的呼應、小說潮流的仿效等方面，仍然有很大的論述空間。特別是從系列小說的整體發展來看，《隋唐演義》中的這些特色，在繼承、發展、影響等面向的表現，仍有待進行全面而深入的考察。

第二本是雷勇的《《隋唐演義》的文化意蘊與文學書寫》。〔註52〕本文從

（三）》（台北：巨流圖書公司，1985.5）。彭知輝：〈《隋唐演義》材料來源考辨〉《明清小說研究》（2002 第 2 期），頁 199～210。蔡卿：〈《隋唐演義》的成書過程小考〉《北京化工大學學報・社科版》（2005 第 2 期），頁 69～74；梁亞茹、胡足風：〈試論《隋唐演義》對歷史演義創作的創新〉《中國環境管理幹部學院學報》18 卷 2 期（2008.6），頁 123～125。

〔註48〕這方面論述頗多，如陳文新〈論《隋唐演義》的基本品格及其小說史演義〉，頁 463～470；羅陳霞：〈奇趣雅韻——論《隋唐演義》走向世俗化〉，頁 25～28；雷勇：〈《隋唐演義》與《紅樓夢》〉《南開學報・哲社版》（2007 第 1 期），頁 114～120；蔡美雲：〈《隋唐演義》的女性觀〉《明清小說研究》（2007 第 3 期），頁 290～299。

〔註49〕張火慶：〈《隋唐演義》的神話結構——兩世姻緣〉《興大中文學報》（1993.6），頁 181～200

〔註50〕歐陽健：〈清代三大演義定本的形成〉《長江大學學報・社科版》27 卷 1 期（2004.2），頁 49～53。

〔註51〕謝靜宜：《褚人穫《隋唐演義》研究》（台北：臺北師大國文所碩士論文，1995）。

〔註52〕雷勇：《《隋唐演義》的文化意蘊與文學書寫》（天津：南開大學中國古代文學

文化史、小說史之演變對《隋唐演義》進行考察，指出小說中強化了忠義思想，對於歷史興亡既肯定「人事」的重要，也表現「天命」的不可抗拒；其凸出特點在於「情」與「政」的結合，以及「奇趣雅韻」的追求，而這種藝術特點，或多或少都影響或啓發了後出的《紅樓夢》。作者論述精闢，且能夠從發展史的角度觀照小說內容之轉變，並點出《隋唐演義》與《紅樓夢》相關的課題，頗具創見。

此外，黨巍《〈隋唐演義〉傳播研究》針對小說文本後的戲曲、影視、網路等傳播影響加以考察；〔註53〕謝超凡《褚人穫研究》由作者出發，著重點在褚人穫的畢生名作《堅瓠集》。〔註54〕以上，可爲本論文研究之參考。

（四）《說唐》的研究

雖然《說唐》在民間的流傳廣泛，但是以這部小說爲主體的研究卻少得可憐，相關成書過程的探討也大都流於小說史式的簡介，〔註55〕無怪乎歐陽健在〈《說唐》──平民的隋唐英雄譜〉中，除了肯定這部小說「勸懲」與「戲謔」兼具外，文末還特別引用鄭振鐸於1931年的呼告，希望學界多重視這部「足以與《水滸傳》並駕齊驅的《說唐傳》」。〔註56〕《說唐》在小說史上的價值是否可和《水滸傳》並稱？此觀點固然尙有待比較研究的證明，但其運用「十八條好漢」爲全書敘述的中心，此和《水滸傳》運用「天罡地煞一百零八將」同屬「榜」的結構，〔註57〕此結構特色應有值得細究之處。〔註58〕此外，萬晴川〈《說唐全傳》與天地會〉從民間文化的角度，討論《說唐》的

博士論文，2007）。
〔註53〕黨巍：《〈隋唐演義〉傳播研究》（濟南：山東大學中國古代文學碩士論文，2007）。
〔註54〕謝超凡：《褚人穫研究》（福州：福建師範大學中國古代文學碩士論文，2002）。
〔註55〕如黃克、劉尙榮：〈《說唐》及其來龍去脈〉收入《中國古代通俗小說閱讀提示》（江蘇人民出版社，1983.6），頁120～131。彭知輝：〈論《說唐全傳》的底本〉《明清小說研究》（1999 第 3 期），頁181～187。
〔註56〕歐陽健：〈《說唐》──平民的隋唐英雄譜〉收入《明清小說采正》，頁288～303。
〔註57〕「榜的結構」參見孫遜、宋麗華：〈「榜」與中國古代小說結構〉《學術月刊》（1999 第 11 期），頁58～63。至於《說唐》運用「十八條好漢」所呈現的「榜的結構」，詳論於第五章第二節。
〔註58〕如楊義在論述「三國演義的經典性敘事」時，提出「以戲曲象徵性突出戰將個人在交戰中的神威的敘事方式發展到極致，便出現《說唐》中好漢排座次的景觀。」《中國古典小說史論》（北京：人民出版社，2004.2），頁276。

思想和天地會教義的相關性，足證這部小說對市井細民的影響深遠。〔註59〕

（五）「說唐續書」的研究

在《說唐》的續書方面，學界論及龐雜的「說唐續書」時，大抵皆以「狗尾續貂」云云帶過。目前仍未見有從小說發展史的角度，來探究這批續書在系列小說中的價值和影響。儘管筆者在撰寫博士論文《明清家將小說研究》時，研究範圍已經包括了這批「說唐續書」的主要作品，但是研究的立場和觀點是薛家將、羅家將等「家將小說」的系統，而非是「隋唐演義系列小說」。相同的，陳昭利研究「戰爭小說」範圍中所包含的《說唐三傳》，採取的是「演史、神魔」的觀點，也非「說唐續書」的角度。〔註60〕徐正飛的《說唐演義後傳研究》重點在於《說唐後傳》中的薛仁貴故事，對於其他敘寫薛家將、羅家將的「說唐續書」皆未涉及。〔註61〕如此，以隋唐演義系列小說的發展來看，第四階段的「說唐續書」在研究成果上頗為缺乏。

三、相關人物之研究

在隋唐演義系列小說的人物研究上，除了前述「系列小說研究」中的人物發展考察外，這方面的研究對象可說集中於秦瓊、尉遲恭、程咬金、薛仁貴、樊梨花等五人。以下分述之：

（一）「秦瓊」的研究

陳萬益〈朱門與草莽——論「隋唐演義」裡的秦瓊〉，全文扣緊「朱門與草莽」兩個不同的特質，論析小說中秦瓊人格歷練過程中的矛盾和痛苦，從而證實秦瓊在《隋唐演義》中的份量和特色。〔註62〕

學位論文部分，高碧蓮《秦叔寶的形象演變及其原因》選擇從《唐書志傳》、《隋史遺文》、《說唐》、《瓦崗寨演義全傳》等四部小說，從中比較並探討秦瓊

〔註59〕萬晴川：〈《說唐全傳》與天地會〉《淮陰師範學院學報・哲社版》29卷（2007.5），頁647～654。

〔註60〕陳昭利：《明清演史神魔之戰爭小說研究》第五章〈征西說唐三傳研究〉，論述小說中的「作戰團隊」和「神魔特色」。（台北：文化大學中文所博士論文，2001）。

〔註61〕徐正飛：《說唐演義後傳研究》（揚州：揚州大學中國古代文學碩士論文，2005）。

〔註62〕陳萬益：〈朱門與草莽——論「隋唐演義」裡的秦瓊〉《中國古典文學研究叢刊——小說之部（三）》，頁109～131。

形象的演變。〔註63〕若從隋唐演義系列小說的發展,以及秦瓊形象的演變來看:《隋唐演義》塑造秦瓊有別於《隋史遺文》,而《說唐後傳》敘寫了秦瓊亡故的情節,以上兩部小說實應列爲考察對象;相對的,《瓦崗寨演義全傳》實爲《說唐》的另本,而《唐書志傳》中的秦瓊形象仍未脫史傳的簡略記載,這兩部小說反而不是秦瓊故事的重要作品。另李燕青《明清小說中的秦瓊形象研究》,本論文由史傳到明清小說,疏理其中相關的秦瓊故事,論述的重點在於敘事表層的演進與形象改造,對於形象演變之深層原因則未能深論。〔註64〕

(二)「秦瓊和尉遲恭」的比較研究

徐采杏在《秦瓊與尉遲恭故事研究》中,對「秦瓊與尉遲恭」這對組合的形成源由、彼此關係、形象對比及門神演變上做探究。〔註65〕論文末雖有附錄「隋唐演義系列小說簡述」,然在討論秦、尉兩人在通俗小說中的形象時卻未加運用,如考察尉遲恭止於《大唐秦王詞話》,而未及《說唐三傳》敘寫尉遲恭撞死的情節;考察秦瓊止於《隋史遺文》,而未及《說唐後傳》敘寫秦瓊吐血而死的情節。正因作者論述的範圍缺乏以上兩部小說,導致其人物形象的討論不夠圓滿。

(三)「程咬金」的研究

在通俗小說的人物類型中,程咬金向來被歸屬於滑稽、喜劇之類的英雄,將他包括在內的類型人物研究頗多,且大都能闡發這類人物魯莽、率眞、福將等性格特徵。〔註66〕

林炙珍《從副將到福將──論演義小說中程咬金形象》是一本專門論述程咬金形象演變的學位論文。全文主幹有三:醞釀期──《大唐秦王詞話》、《隋史遺文》、《隋唐演義》;初成期──《說唐》;成熟期──《說唐後傳》、《說唐

〔註63〕 高碧蓮:《秦叔寶的形象演變及其原因》(高雄:高雄師範大學國文所碩士論文,1993)。

〔註64〕 李燕青:《明清小說中的秦瓊形象研究》(山東:曲阜師範大學中國古代文學碩士論文,2007)。

〔註65〕 徐采杏:《秦瓊與尉遲恭故事研究》(台中:東海大學中文所碩士論文,1995)。

〔註66〕 如蘇義穠:《傳統小說中李逵類型人物研究》(台北:政治大學中文所碩士論文,1988)。羅書華有三篇系列研究:〈中國傳奇喜劇英雄考辨〉《明清小說研究》(1997第3期);〈喜劇審美中的崇高──中國傳奇喜劇英雄研究〉《社會科學戰線》(1998.1);〈中國傳奇喜劇英雄發生的文化機制〉《海南大學學報‧社科版》(1998.3)。燕世超:〈論明清英雄傳奇小說中的莽漢形象〉《山東社會科學》(2002第2期)。

三傳》。每期皆從程咬金的性格、身分、任務三個面向進行分析。〔註67〕這本論文的優點是能夠充分掌握隋唐演義系列小說發展的軌跡，充分考察程咬金形象的階段發展。然而，如前所述，程咬金畢竟是類型人物，單就程咬金一人論其形象演變，很容易忽略小說演進中彼此模仿吸收的部分，如《說唐後傳》某些表現程咬金性格的典型情節，即和《說岳全傳》塑造牛皋的情節雷同。〔註68〕

（四）「薛仁貴」的研究

在前述那些研究「隋唐演義系列小說人物演變」的相關論文中，一般都不會論及薛仁貴，此現象應和「說唐續書」較不受到重視有關。事實上，在「說唐續書」中，薛仁貴是繼秦瓊之後的主要英雄，《說唐後傳》還把他寫成是白虎星羅成轉世。

雖然薛仁貴在隋唐演義系列小說的研究領域中受到冷落，但是他卻自成一個故事系統，如張忠良《薛仁貴故事研究》、李文彬《薛仁貴故事的演化》、胡樂飛《薛家將故事的歷史演變》、王國良〈論薛仁貴故事的演變〉、段春旭〈論薛家將故事的演化與繁榮〉等，皆能將其視為一組獨立的英雄故事，窮盡其在小說、戲曲中的形象演變。〔註69〕筆者撰寫的博士論文《明清家將小說研究》，亦將薛仁貴故事列為六大家將小說之一。爾後更撰文論述小說家如何運用「天命因果」，作為串連薛家世代恩怨情仇的內在連繫。〔註70〕而李佩蓉《說唐家將小說之家／國想像及其承衍研究》，從「家國」主題切入，探討薛家將小說的家國意識的表現，亦頗有新意。〔註71〕這部分的研究成果，頗

〔註67〕林灸珍：《從副將到福將——論演義小說中程咬金形象》（台中：靜宜大學中文所碩士論文，2003）。

〔註68〕張清發：〈「滑稽英雄」的塑造及演變——以明清家將小說為考察範圍〉《語文學報》14期（2007.12），頁223～244。

〔註69〕詳參張忠良：《薛仁貴故事研究》（台北：臺灣師範大學國文所碩士，1981）；李文彬：《薛仁貴故事的演化》（台北：臺灣大學外文所博士論文，1985）；胡樂飛：《薛家將故事的歷史演變》（上海：上海師範大學中國古代文學碩士論文，2005）；王國良：〈論薛仁貴故事的演變〉《第三屆中國域外漢籍國際學術會議論文集》（1990.11）；段春旭：〈論薛家將故事的演化與繁榮〉《山東理工大學學報·社科版》24卷5期（2008.9）。

〔註70〕張清發：〈薛家將小說的故事演化與天命因果之運用〉《第十四屆所友暨第一屆研究生學術討論會會後論文集》（高雄：國立高雄師範大學國系，2007.6），頁1～24。

〔註71〕李佩蓉：《說唐家將小說之家／國想像及其承衍研究》（台北：政治大學中文所碩士論文，2009）。

能支援「說唐續書」的研究。

（五）「樊梨花」的研究

樊梨花的故事主要集中於《說唐三傳》，並見於《反唐演義》。樊梨花之所以成爲一個研究的焦點，主要是因爲她在「陣前招親」這類模式化情節中表現得最爲「驚人」，而其「驚人」的做法是爲了婚姻自主而導致的「無心弒父、有意殺兄」。〔註72〕

曾馨慧《巾幗英雄之研究——從樊梨花出發》，本文以樊梨花爲論述中心，從歷史傳說、文化、文學等三個部分來建構巾幗英雄圖像，探討在傳統對女性制錮的觀念下，女英雄如何自處並通過試煉的生命歷程。〔註73〕然而，曾氏對於樊梨花「弒父殺兄」的情節，認爲「陣前招親」所彰顯的文化意涵是「以屠親來作爲忠誠之保證」。這種論點雖然新奇，然若回歸小說內容的發展則有待商榷。畢竟小說中對此情節所強調的是「無心弒父」，樊梨花弒父既是「無心之過」，又怎能解讀爲作爲忠誠之保證？何況樊梨花忠誠的對象是其丈夫薛丁山而非唐朝，而薛丁山痛罵樊梨花最常引用的藉口正是其屠親行爲。重要的是在後出的《五虎平西》和《五虎平南》中，對類似情節的敘寫都有所調整。〔註74〕如此研究誤失的造成，恐怕也是對小說發展史未能充分掌握所致。

綜合以上研究概況的探討，可知在「隋唐演義系列小說」這一研究領域中，研究成果較爲豐碩的是《隋唐演義》這部小說，以及秦瓊、程咬金、薛仁貴等著名的隋唐人物。

由於隋唐演義系列小說的發展過程有其階段性，而且在重要的發展階段

〔註72〕 參見林保淳：〈中國古典小說中「陣前招親」模式之分析〉《戰爭與中國社會之變動》（台北：臺灣學生書局，1991.11），頁75～113。陳金文：〈論英雄傳奇文學中「屠親婚配」的情節模式〉《文史雜誌》（1994 第 4 期），頁 26～28。王三慶：〈戰場臨陣美女與俊男的來電及其意義〉發表於「第一屆中國小說與戲曲學術研究會」（嘉義大學中文系，2002.11.2），頁 1～12。張清發：〈明清家將小說「陣前招親」情節之運用探析〉《國文學報》1 期（2004.12）頁 139～162。

〔註73〕 曾馨慧：《巾幗英雄之研究——從樊梨花出發》（台中：中興大學中文所碩士論文，2003）。

〔註74〕 《五虎平西》中的「八寶公主」和《五虎平南》中的「段紅玉」，作者在塑造她們時顯然是有意針對「樊梨花」的形象加以調整，因此常在類似的情節中做出不同的發展。詳參張清發：《明清家將小說研究》第五章第五節「巾幗英雄」（高雄：高雄師範大學國文所博士論文，2004），頁 251～258。

中，又各自有其階段代表作。因此，從系列小說整體的研究概況來看，目前的作品研究過度集中於《隋唐演義》，反而凸顯出其他代表作相關研究的缺乏。同時，單部小說的研究雖然比較能夠窮究作品的藝術特色，然因未能將之置放在系列小說的發展中加以觀照，導致無法具體呈現其在小說史上的價值地位。

　　而在以系列小說為範圍的人物研究方面，雖然大部分的研究都能指陳出相同人物在不同小說中的敘寫差異，或是針對某部小說中的某類人物論述其形象，然而這種人物演變的研究卻大都只停留在小說間敘述差異比較；或是將之單獨抽出而由片斷情節來論述其形象，而未能將時代精神、社會文化、文學演進等種種影響，作為探析人物形象演變的因素，導致人物形象的研究成果顯得頗為貧血。重要的是，這種只述其「變」而未論其「所以變」的研究成果，對於進一步探求小說作品的內在價值助益不大。

　　總之，在「隋唐演義系列小說」這一研究領域中，儘管前賢已從許多方面做出努力，其成果也足以為後人做為持續研究的重要參考。然而，目前最為缺乏的研究成果，就是未能從小說發展史的觀點，將此系列小說的眾多作品視為一組研究對象，而從整體發展與階段性演變的角度，深入探析這組系列小說在世代累積過程中所蘊藏的文化意涵，以及在明清時期之所以能夠廣為流行的審美價值。

第四節　研究方法

　　本計畫在研究方法上，除了善用歷史研究法（界定問題、收集與評鑑資料、綜合資料、分析解釋形成結論）之長外，由於發展演變的探討類屬跨時代、跨文類的「故事研究」，須運用主題學和接受美學的研究觀點；而價值學解析小說審美價值的實現過程，則有助於文化意涵的發掘。因此，以下即針對「故事研究法」和「小說價值學」的理論要點加以釐清，以為本論文研究論述的邏輯基礎。

一、故事研究法

　　故事研究的對象，主要是指由具體文本中抽繹出來的故事結構，而且因其流傳久遠，已經具有某些足以使人辨識的特點，它可能是故事中的人物典型，或是大致固定的情節架構。正因其牽涉到長時期的演化和好幾種不同的

文體，故被稱爲「主題學課題」，而研究此課題的方法則被稱爲「主題學研究」〔註75〕。

在中國文學內，雖然適合主題學研究的課題甚多，〔註76〕但實際的研究成果卻大都是「只顧考證故事的增衍異同，而未及探尋其孳乳延展的根由」。〔註77〕如此，只能算是「主題史研究」，而非「主題學研究」。陳鵬翔因此指出：「研究文學主題應把它們跟作者以及其時代繫聯，直接切入到美學層面（即技巧意圖等等）的探討」，並以過去王昭君的故事研究爲例，認爲其缺失都在「不懂得把故事跟時代的宰執力量、作者意圖（而這意圖常常是受到時代的需求所制約的）這些因素聯繫起來，所做的都是故事的孳乳流傳史，而甚少探問推測其何以會這麼演變流傳。」〔註78〕而故事演變流傳的動力，必須根據「歷史證據」來論斷，即由時代精神、社會需求、環境壓力、文體興遞等去推論理解。

主題學的方法雖然有利於研究故事的流傳演變，然而比較偏重於作家層面的考察。事實上，所研究的人物一旦跨越不同時代，其形象主要是隨著作品構成，而作品包含二種基本主體，即作家和讀者群。〔註79〕因此，「接受美學」〔註80〕強調讀者在文學發展中，具有舉足輕重的地位，〔註81〕並且提出

〔註75〕 「主題學研究」由陳鵬翔引進，其所下定義：「主題學研究是比較文學的一部門，它集中在對個別主題、母題，尤其是神話（廣義）人物主題做追溯探源的工作，並對不同時代作家（包括無名氏作者）如何利用同一個主題或母題來抒發積愫以及反映時代，做深入的探討。」〈主題學研究與中國文學〉收入《主題學研究論文集》（台北：東大圖書公司，1983.11），頁5。

〔註76〕 馬幼垣早於1978年發表的〈三現身故事與清風閘〉中，即指出在中國文學中，如包公、孟姜女、王昭君、白蛇、八仙、楊家將、狄青、乃至岳飛等，皆是主題研究的課題。見《主題學研究論文集》，頁255。

〔註77〕 陳鵬翔：〈主題學研究與中國文學〉，頁7。

〔註78〕 陳鵬翔：〈主題學理論與歷史證據〉《中國神話與傳説學術研討會論文集》（台北：漢學研究中心，1996.3），頁343、350。

〔註79〕 作家和讀者是一種相對區分而非絕對劃分，因爲作家常常是別人作品的主要讀者，因此其在創作時，即同時具有「接受與開拓」的心理。參見林驊、宋常立：《中國古代小説戲曲藝術心理研究》（天津古籍出版社，1996.6），頁58。

〔註80〕 接受美學產生於六十年代的德國，主要是強調從讀者經驗重新認識和把握文學的歷史性。相關理論可參周寧、金元甫譯：《接受美學與接受理論》（瀋陽：遼寧人民出版社，1987）；朱立元：《接受美學》（上海人民出版社，1989）；馬以鑫：《接受美學新論》（上海：學林出版社，1995）。

〔註81〕 接受美學家姚斯強調讀者在文學發展中的重要，主要體現在三方面：1.讀者不是被動消極地接受文學作品，相反的，其自身就是歷史的一個能動的構成。

「期待視野」的概念，認為在文學接受活動中，讀者原先各種經驗、趣味、理想等，會綜合成對文學作品的一種欣賞前提和要求，而在具體閱讀中，表現為一種審美的期待。〔註82〕透過此概念，既把作家、作品與讀者連接起來，又把文學演進與社會發展溝通起來。

因此，讀者對作品的接受，是「歷時性」和「共時性」的統一，前者指作品在不同時代會得到讀者不同的接受和評價；後者為同時代不同讀者對同一作品的接受和評價會有所不同。故可知作品人物的歷史形象，是生活在該歷史的讀者所賦予的。因為讀者在接受人物時，或多或少也參與了人物形象和價值的創造。〔註83〕因此，研究時「必須從史料中尋找讀者們當年對文學作品的複雜的反應，研究不同時代的讀者為何對一部作品有不同意見的原因，指出讀者們在不同時代不同環境下對作品的期待心理、審美情趣、文學愛好以及對作家創作的影響。」〔註84〕

此外，史傳與小說的互動、天命因果、榜的結構、家族文化等觀點，在考察系列小說發展演變的階段代表作時也會加以運用。

二、小說價值學

無論是創作、閱讀或研究，當我們面對一部小說或是系列小說時，都不禁要問：「它是否具有價值？」面對這種涉及「價值」探尋的問題，可以藉由「價值論」〔註85〕（value theory）看待小說的觀點加以釐清，以作為具體解析作品的理論依據。〔註86〕價值論認為小說的審美價值必須藉助作品的文體

2.讀者賦予文學發展以歷史的連續性。3.在讀者的接受中，也在一定程度上參與了作品意義和價值的創造。參見《接受美學與接受理論》，頁24～25。

〔註82〕姚文放指出：「接受者作為社會存在物，他的期待視野也有一個完整的社會參照系，這是由時代精神、民族心理、文化傳統等一般環境，社會出身、經濟來源、文化教養、社會交往、生活遭遇等特殊情境，以及在生活中偶然發生的個別動因這三個層次構成完整系統。」〈期待視野與文藝接受社會學〉《天津社會科學》（1991第1期），頁65。

〔註83〕參見劉上生：《中國古代小說藝術史》第二章第五節〈接受意識主導的階段〉（長沙：湖南師範大學出版社，1993），頁69～77。

〔註84〕廖棟樑〈接受美學與《楚辭》學史研究〉《中國文學史暨文學批評學術研討會論文集》（台北：政治大學中文系，1996.12），頁68。

〔註85〕有關西方價值論的發展史，參見敏澤、黨聖元：《文學價值論》「導論、第二節」（北京：社會科學文獻出版社，1997.1），頁21～28。

〔註86〕以價值論的邏輯前提和思維方式去研究小說，進而對小說的歷史進程和文本構成作出某種判斷，對小說的歷史演化和現實存在作出某種歸納，從而探求

形態而獲得存在的可能，同時又必須被置於精神文化之中才能獲得更高層次的意義。因此，小說審美價值的實現有賴於整個文學活動的過程。

換言之，一部小說的價值首先來自於作者人生價值的實現，作者將自身的情感體驗和思想意向訴諸於作品，在一吐為快的狀態中完成了自我塑造和現實重構。讀者則透過閱讀作品以獲得某種感悟或理解，滿足其實現自我價值的需要。於是，當作者在構思作品時，會以「價值預期」去尋找適當的文學符號（構思作品），以明確期待作品問世後可能形成的價值效應。而讀者也會以「期待視野」作為欣賞作品的前提和要求，一旦作品與讀者既有的期待相符合，那麼讀者就會肯定這部作品是有價值的。可見，作為一個中介環節，作品不但聯結著作者與讀者，更是作者和讀者實現其各自價值的基礎。因此，對小說作品進行具體的解析，正是探究小說價值的著眼點。

再就「作者→作品→讀者」的關係來看：作者通過敘述符號的指涉功能以營建故事世界（作品），再通過形象的建構，從而實現其與真實世界的呼應，以產生作品的內在意蘊，進而滿足讀者的情感需求和審美體驗。其中，敘述符號的指涉功能，會因文化心理、社會需求、文學觀念等而形成某種的「組合規則」。〔註87〕而作品的內在意蘊在價值預期（作者）和期待心理（讀者）的互動下，必須具有普遍而通行的精神文化，如此才能使「作者、作品、讀者」三者之間達成溝通。

小說這種文體的存在方式與人類的藝術需求之間的關係。這種研究小說的理論模式，是價值學在小說理論中的延伸和運用，目的在於通過揭示小說歷史進程的價值動因去實現對小說史的超越，通過揭示小說文本構成的價值結構去實現對小說文本的超越。參見李晶：《歷史與文本的超越——小說價值學導論》（上海：社會科學院出版社，1992.12），頁 33～64。另陳翠英：《世情小說之價值觀探論——以婚姻為定位的考察》第二章，對於「討論小說價值觀之可能」、「探討小說價值觀之徑路」有詳細說解，值得參考。（台北：國立臺灣大學出版委員會，1996.6），頁 27～42。

〔註87〕綜合新批評、結構主義和後結構主義等理論，可以大致理出一條關於文本符號指涉功能的客觀線索。首先，每個語詞的「能指」都有一定的「所指」，它可以通過符號的形態使讀者將一定的概念和現象聯結起來。每個「能指」當然又會引出無數個「能指」，成為能指的增殖現象。其次，符號是文化的產物，一定的文化形態形成了一定的符號形態。社會化的集體意識和集體無意識都制約著作者、讀者的文化心理定勢，共同的文化環境也就造成了對某種統一語言體系的認同、感知。於是，作品文本的語言就在其全部的「能指」和「所指」的範圍內按照一定的組合方式、組合規則，經過循環而構成了一種「意指」。參見李晶：《小說價值學導論》，頁 182～183。

　　以隋唐演義系列小說來看，由於其成書過程爲世代累積，故其「作者」可說是「集體作者」。因此，所謂「作者人生價值的實現」，其底蘊常常正是「庶民的集體意識」。而最後編撰成書的作者，其運用敘述符號「組合規則」的結果，則造就出系列小說在敘事結構、情節主題和人物塑造上形成所謂「文意並拙」的「作品」，並且在方便「讀者」閱讀的前提下，有利於作品「盛行里巷」的發展。重要的是，作品內「世代累積」所蘊含的文化意涵，勢必得要能夠滿足讀者的情感需求和審美體驗，否則不足以眞正達到「盛行里巷」的效果。

第五節　研究取徑

　　若把「隋唐演義系列小說」視爲一個研究領域，可以發現過去學界在這方面的研究成果，大都是以單部小說，或是某位人物故事爲主的探討。然回歸小說本身的發展來看，此系列小說的發展既有其長期累積的意涵，更有其階段性的演變特色。因此，若是能夠從小說發展史的觀點，掌握隋唐演義系列小說的整體發展，詳析其階段性演變的代表作品，透過其「文意並拙」的表象，進而深入發掘其「盛行里巷」的文化意涵。如此，才能重新定位這批系列小說在小說史上的價值。

　　因此，本論文在研究取徑的安排上，將以前述之「論述核心」爲模式，依序加以探討：

一、隋唐演義系列小說之故事發展

　　先依時代先後和文體類型，分別考察隋唐以迄明清時期，相關的隋唐歷史故事（含人物、情節等），在歷史傳記、傳說平話、戲劇傳奇、章回小說等之演變。這方面必須運用主題學故事研究的方法，才能將隋唐演義系列小說的故事形態之演變，與其發展過程中的時代精神、社會需求、環境壓力、文體興遞等合併思考。此外，還要善用市場經濟的觀點與明清社會心理，作爲考察隋唐演義系列小說在明清時期種種發展現象之依據。

　　以上，即爲本論文第二章「隋唐演義系列小說的發展與興盛」，並細分三節加以呈現，依序爲「隋唐演義系列小說的故事源流」、「隋唐演義系列小說的發展階段」、「隋唐演義系列小說的興盛因素」。

二、隋唐演義系列小說之階段演變

由於《隋史遺文》、《隋唐演義》、《說唐》、「說唐續書」分別是隋唐演義系列小說發展演變階段的代表作。因此，將透過以下四個步驟做爲探究「第二個論述核心」的取徑模式：

首先，有必要先就小說本身的「版本作者與創作意圖」、「敘事內容與結構布局」等加以釐清，以做爲往後論述的依據基礎。

其次，從系列小說發展的角度，考察小說彼此之間在敘事內容上的「繼承發展」。如此，在「知其然」後，還要運用接受美學的觀點，從讀者（廣義讀者）的角度去「知其所以然」，探析小說敘事內容演變之因由。

再次，從小說價值學之視角，聚焦於每個階段的代表作，詳加剖析「作品」本身的「組合規則」，探究其在系列小說中最具代表性的價值表現：如《隋史遺文》如何運用史傳與小說的互動去塑造「草澤英雄傳」？《隋唐演義》如何運用天命因果以串連「歷史小帳簿」？《說唐》如何運用榜的結構以建立「亂世英雄譜」？「說唐續書」如何承襲家族文化的觀點敷演「英雄家族史」？

最後，從系列小說發展史的角度，明確各本小說在主題、藝術方面表現得最富代表之處爲何？再進而從知人論世、文學潮流等層面加以探析其「主題思想與藝術特色」，如此才能從小說發展史的角度，明確定位各階段代表作在系列小說中的價值。

由於以上各本小說是發展階段的代表作，分別構成「第二個論述核心」之下的「四個論述焦點」。因此，本論文將接續第二章後，再分成四章加以呈現。每章皆依前述之「四個步驟」再區分爲四小節：前兩節論述的是「版本作者與創作意圖」、「敘事結構與繼承發展」；至於後兩節所要探討的方向，依序說明如下：

第三章「草澤英雄傳──《隋史遺文》」：本章將運用「史傳與小說」的觀點，探析小說如何將秦瓊塑造成民間英雄人物的基型，展現出民間式的「英雄史觀」。而主題思想與藝術特色的考察重點在於：官逼民反、英雄道義、細節和心理描寫等。

第四章「歷史小帳簿──《隋唐演義》」：本章將運用「天命因果」的敘事結構，解析小說如何以「再世姻緣」來串連歷史的興衰輪迴，展現宿命論的「天命史觀」。而主題思想與藝術特色的考察重點在於：女性對歷史的影響、

有情有義真英雄、語言運用等。

　　第五章「亂世英雄譜——《說唐》」：本章將運用「榜的結構」，探討小說如何以「恃力與恃德」的標準，來安排十八條好漢的天命歸屬，展現民族傳統的「道德史觀」。而主題思想與藝術特色的考察重點在於：反抗精神、江湖結義、戲謔美學與滑稽英雄的塑造等。

　　第六章「英雄家族史——『說唐續書』」：本章將運用「家族文化」的觀點，解讀小說如何在「有德者昌」的文化要求和「英雄史觀」的延伸思考下，透過女將與小將的虛構生發，承續英雄家族的生命與榮耀。而在主題思想與藝術表現上，考察的重點在於：忠奸抗爭、家族至上、結義精神、女將塑造、天命因果的串連等。

三、隋唐演義系列小說之文化意涵

　　「隋唐演義系列小說」經過世代累積而成書，在其發展演變的過程中，必有某些相對穩定的觀念留存下來，成為作者、作品和讀者之間共通的審美價值。因此，在考察完故事發展，並探究階段代表作之演變後，最後必須再行統整，以歸納出其中「歷史、英雄、天命」三者共構的文化意涵：在「歷史、英雄」方面，所要統整的是民間對歷史的解讀，以及小說與明清歷史的呼應，預期歸納出民間式的「英雄史觀」。在「英雄、天命」方面，所要統整的是英雄的理想人格，以及對義氣的講究，預期歸納出民族傳統的「道德史觀」。在「天命、歷史」方面，所要統整的是虛實論述，以及歷史與現實的超越詮釋，預期歸納出宿命論式的「天命史觀」。

　　因此，本論文的第七章「結論：隋唐演義系列小說的文化意涵」，將歸納系列小說發展演變中的「變」與「不變」：前者意在定位各階段代表作在系列小說中的價值與影響；後者意在整合系列小說中「普遍而通行的精神文化」，揭舉其「歷史、英雄、天命」三者共構的文化意涵。最後，再從整體來定位這批系列小說在小說史上的價值。

第二章　隋唐演義系列小說的發展與興盛

　　隋唐演義系列小說的發展史，可以分成兩大區塊來看，一是小說形成前的故事源流，二是小說形成後的發展階段。前者意在探究小說中著名情節的生發線索，後者意在釐清小說本身的演變脈絡。同時，隋唐歷史題材在明清時期紛紛被刊刻成長篇小說，如此興盛的出版現象，必有其時代要求、社會局勢和文學環境等因素。因此，本章探討隋唐演義系列小說的發展與興盛，即分成「故事源流」、「發展階段」、「興盛因素」等三節加以論述。

第一節　隋唐演義系列小說的故事源流

　　隋唐演義系列小說中的故事，主要來自於隋唐的歷史與人物，溯其源頭大都可在新、舊《唐書》中找到相關的人物傳記或歷史事件。爾後，透過傳說、傳奇、平話、戲劇等各種傳播方式加以敷演，形成隋唐故事的發展史。本節意在疏理隋唐演義系列小說中的故事源流，故以系列小說的內容為範圍，只探討相關者，以明故事之源流脈絡。以下，依故事發展的成果，分成「唐宋時期的傳奇、傳說與平話」、「元代時期的雜劇」、「明清時期的詞話、戲劇」等三部分加以論述。

一、唐宋時期的傳奇、傳說與平話

　　唐宋時期的隋唐故事大多散見於傳奇和筆記之中，在「歷史」方面著重於隋亡唐興的詮釋，焦點在於隋煬帝、唐太宗和唐玄宗等帝王的故事；在「英

雄」方面則頗有民間想像的成分，焦點在於尉遲恭、瓦崗寨英雄和薛仁貴。以下分述之：

（一）關於隋唐帝王的故事

1. 隋煬帝故事

托名唐顏師古撰的《隋遺錄》〔註1〕是最早以小說的形式敘寫隋煬帝遊幸江都以致亡國的歷史故事。雖是敘寫歷史，但是作者卻在小說中敷演不少於史無徵的傳說，如煬帝寵愛寶兒、絳仙等美人，夢見已故的陳後主等，藉以具體凸顯隋煬帝荒淫無度的形象。

比《隋遺錄》更爲全面而詳細描寫隋煬帝亡國史的作品，則有宋代的傳奇小說《海山記》、《迷樓記》、《開河記》等「三記」。〔註2〕《海山記》寫隋煬帝謀得帝位後的種種荒淫生活，作者對其奢靡無度、窮兵黷武、不惜民力、寵信奸臣，終於導致亡國的結局表示惋惜；又寫煬帝中夜泛舟，陳後主陰魂前來預告他「一年之後吳公台下相見」，此情節雖已略見於《隋遺錄》，但《海山記》描寫得更加深刻些，頗有「藉天命以預告歷史」之意味。而《迷樓記》則以「迷樓」爲色慾場，從隋煬帝的荒淫描寫中揭示禍亂之兆，故於結尾云：「方知世代興亡，非偶然也」。作者從道德觀點，強調隋朝覆滅的要素，展現某種「道德史觀」。《開河記》寫隋煬帝爲了個人遊樂，命麻叔謀開掘運河，動用民間征夫五百萬餘人。敘寫重點在於開河過程中的神怪情節，如隋煬帝的前身被虛構成碩鼠，麻叔謀將遭斬殺的預兆等。小說中充滿天命因果的布局，展現了民間式的「天命史觀」。

「三記」這三本傳奇小說，可說都是以歷史事實爲依據，敷演了隋煬帝荒淫腐朽、勞民傷財，導致民怨沸騰，最終滅亡的「歷史」主題。而在歷史的大架構中，又雜採不少民間傳說，表現出民間對歷史詮釋的習慣性觀點，

〔註1〕《隋遺錄》本名《南部煙花錄》，後因重編，乃稱《大業拾遺記》。魯迅認爲：「本文與跋，詞意荒率，似一手所爲，而托之師古……不待吹求，已知其僞。」見《唐宋傳奇集·稗邊小綴》（濟南：齊魯書社，1997.11），頁240～241。

〔註2〕「三記」的作者不詳，皆收入《古今逸史》、《古今說海》。《唐人說薈》載「三記」皆爲唐人韓偓所撰，魯迅認爲此說不可信，指出韓偓「雖賦艷詩，未爲稗史」、「且於史事，亦不至於荒陋如是」。見《唐宋傳奇集·稗邊小綴》，頁242。今學術界寧稼雨《中國文言小說總目提要》、程毅中《宋元小說研究》、侯忠義《中國文言小說史稿》、陳文新《文言小說審美發展史》、張兵《宋遼金元小說史》等眾多小說史都將「三記」歸入宋代作品。

即民間式的「天命史觀」和「道德史觀」。此外，將三部作品的內容串連起來，正好完整敘述了隋煬帝的一生，建構出隋煬帝故事的基本框架，如：開闢五湖十六院、集美遊江都、迷樓行幸宮女、侯夫人遺詩自縊、麻叔謀開河食小兒等主要情節皆已具備。特別是《開河記》以寫實的手法追述了隋煬帝為逞一時之樂而驅民開河的史實，夾雜麻叔謀生食小兒、貪官汙吏強取豪奪、將開河夫填塞河道……等毫無人性的行徑，終於引發天怒人怨。如此亂世，恰為後來小說敷演秦瓊、單雄信等草澤英雄現世的歷史背景。

2. 唐太宗故事

隋唐時期以唐太宗為主的故事不多，《唐太宗入冥記》是民間敘寫唐太宗故事的先河。〔註3〕內容講述唐太宗因「殺兄弟於前殿，囚慈父於後宮」，生魂被攝入冥界、接受審判的故事。此故事是從「道德史觀」來看待開唐時的重大的歷史事件——「玄武門之變」〔註4〕，後來的隋唐演義系列小說即多從「天命史觀」來敘寫此事，將李世民視為真命天子，強調其奪權乃是順應天命的作為。

3. 唐玄宗故事

唐宋時期，關於唐玄宗的故事可謂既多且雜，特別是和楊貴妃構成的李楊愛情故事。從愛情的角度來看，君王愛美人是個浪漫的題材；但是從歷史的角度來看，兩人無疑是昏君和女禍的典型代表。由於「安史之亂」是唐朝

〔註3〕此小說今有敦煌寫本，原無標題，亦無作者姓名，收錄於《敦煌變文集》中，標題依王國維、魯迅以來之所擬。關於唐太宗入冥的故事，最早在武后時人張鷟的《朝野僉載》卷六中已有記載，但較簡略；《唐太宗入冥記》記敘得較為詳細，其中人物性格、心理刻劃已頗為成功。參見卓美惠：〈敦煌變文唐太宗入冥記研究〉《元培學報》6 期（1999.12），頁 187～197。

〔註4〕「玄武門之變」的經過，如《資治通鑑·唐紀七》所載：「（武德九年六月初三）傅奕密奏：『太白見秦分，秦王當有天下。』上以其狀授世民。世民密奏建成、元吉淫亂後宮，且曰：『臣於兄弟無絲毫負，今欲殺臣，似為世充、建德報仇。臣今枉死，永違君親，魂歸地下，實恥見諸賊！』上省之，愕然，報曰：『明當鞫問，汝宜早參。』庚申，世民率領長孫無忌等入，伏兵於玄武門。張婕妤竊知世民表意，馳語建成。建成召元吉謀之，元吉曰：『宜勒宮府兵，託疾不朝，以觀形勢。』建成曰：『兵備已嚴，當與弟入參，自問消息。』乃俱入，趣玄武門。上時已召裴寂、蕭瑀、陳叔達等，欲按其事。建成、元吉至臨湖殿，覺變，即跋馬東歸宮府。世民從而呼之，元吉張弓射世民，再三不彀，世民射建成，殺之。尉遲敬德將七十騎繼至，左右射元吉墜馬。世民馬逸入林下，為木枝所絓，墜不能起。元吉遽至，奪弓將扼之，敬德躍馬叱之。元吉步欲趣武德殿，敬德追射，殺之。」（卷一九一）。

由盛轉衰的歷史關鍵，[註5] 而此又和唐玄宗寵愛楊貴妃導致政事荒廢息息相關。因此在隋唐故事的發展中，即具有將唐玄宗比附為隋煬帝的可行性。

李楊愛情故事在唐代有白居易的〈長恨歌〉和陳鴻的〈長恨歌傳〉。前者以「漢皇重色思傾國」為開宗明義之句；後者則指出〈長恨歌〉的主題是「欲懲尤物，窒亂階，垂於將來者也」。如此，兩篇作品在敘寫楊貴妃和唐玄宗的愛情故事之餘，也間接表達出女禍亂世的主題。[註6] 此對後來的相關故事影響很大。

到了宋代，則有《楊太真外傳》和《梅妃傳》兩部傳奇小說。《楊太真外傳》是宋人樂史所作，故事內容取材於《長恨歌傳》，但據有關歷史記載及一些佚事小說補充了大量材料。小說從「選美入宮、玄宗寵愛、縱淫享樂、馬嵬賜死、化仙與玄宗相會」等，逐一敷演出楊貴妃傳奇的人生。《隋唐演義》寫楊貴妃的故事幾乎全由此出，差異處在於褚人穫運用「再世姻緣」的結構，虛構隋煬帝為楊貴妃的前身。《梅妃傳》作者不詳，[註7] 書敘唐玄宗兩個愛妃爭寵的風流韻事，其中梅妃於史無稽，可能來自民間傳說的敷演。《隋唐演義》移植了《梅妃傳》的大部分情節，差異處在於褚人穫將梅妃納入其「再世姻緣」的結構中，故將原本梅妃慘死於安史之亂的悲劇結局，改編為得到仙人搭救，與唐玄宗再續前緣後，依「天命」回歸天庭。（詳述於第四章）

此外，《開天傳信記》中有楊貴妃的「剪髮惑君」的情節；《驪山記》中有楊貴妃與安祿山的私通的情節；《明皇雜錄》有雷海青罵賊而死的情節等。這些相關情節都為褚人穫加以吸收，敷演為《隋唐演義》中的故事單元。

（二）關於隋唐英雄的故事

關於隋唐英雄的奇聞軼事，大多帶有濃厚的民間色彩。唐末詩僧貫休〈觀懷素草書歌〉中有云：「粉壁素屏不問主，亂拏亂抹無規矩……忽如鄂公喝住

〔註5〕安史之亂（755～763）是一場政治、軍事的叛亂，也是唐代由盛而衰的轉折點。由於發起叛唐者乃是安祿山與史思明二人為主，故事件被冠以安史之名。又由於其爆發於唐玄宗天寶年間，也稱「天寶之亂」。詳參王小甫：《隋唐五代史》第六章「安史之亂及其社會影響」（台北：三民書局，2008.6），頁179～202。

〔註6〕參見鄧喬彬、高翠元：《〈長恨歌〉與〈長恨歌傳〉》《西北師大學報・社科版》（2005.5），頁37～41。

〔註7〕《梅妃傳》傳題「唐　曹鄴」作，但魯迅指出：「妄也。唐宋史志亦未見著錄。」認為係宋人偽托曹鄴所作。見《唐宋傳奇集・稗邊小綴》，頁246～247。

單雄信，秦王肩上著棗木槊。」〔註8〕詩中描述尉遲恭大戰單雄信，當是單鞭奪槊的故事，所敘人物形象、故事情節可能來自於民間說書。唐人封演的《封氏聞見記》亦載：

> 玄宗朝，海內殷贍，送葬者或當衢設祭，張施帷幔，有假花、假果……大曆中，太原節度辛景雲葬日，諸道節度使使人修祭，范陽祭盤最為高大，刻木為尉遲鄂公突厥鬥將之像，機關動作不異於生。〔註9〕

由此可見隋唐英雄的故事在當時已頗為盛行。事實上，在唐人筆記和稗史中，即有不少深富傳奇色彩的隋唐英雄故事。所謂亂世出英雄，如果說以隋煬帝為中心的「隋末荒淫史」是作為亂世英雄出場的背景，那麼以李世民為中心的「唐朝開國史」，就是帶動「英雄發跡史」的舞台；而後，延續開唐英雄的激情，繼起者則是盛唐時代的薛仁貴故事。以下分成尉遲恭、瓦崗寨英雄、薛仁貴三類，擇要列出如下：

1. 尉遲恭的故事

> 鄂公尉遲敬德，性驍果而尤善避槊。每單騎入，敵人刺之，終不能中，反奪其槊以刺敵。海陵王元吉聞之不信，乃令去槊刃以試之。敬德云：「饒王著刃，亦不畏傷。」元吉再三來刺，既不少中，而槊皆被奪去。元吉力敵十夫，由是大慚恨。太宗之禦竇建德，謂尉遲公曰：「寡人持弓箭，公把長鎗相副，雖百萬眾亦無奈我何。」乃與敬德馳至敵營，叩其軍門大呼曰：「我大唐秦王，能鬥者來，與汝決。」賊追騎甚眾，而不敢逼。禦建德之役，既陳未戰，太宗望見一少年，騎驄馬，鎧甲鮮明，指謂尉遲公曰：「彼所乘馬，真良馬也。」言之未已，敬德請取之，帝曰：「輕敵者亡脫。以一馬損公，非寡人願。」敬德自料致之萬全，及馳往，並擒少年而返，即王充兄子偽代王琬。宇文士及在隋，亦識是馬，實內廄之良也。帝欲旌其能，並以賜之。〔註10〕

〔註8〕見彭定求：《全唐詩》卷828（北京：中華書局，1960），頁9335。

〔註9〕封演：《封氏聞見記》卷六〈道祭〉（北京：中華書局，1985年北京新一版），頁85～86。

〔註10〕劉餗：《隋唐嘉話・上》收入《筆記小說大觀》第14編（台北：新興書局，1976.8），頁6。

太宗謂鄂公曰：「人言卿反，何故？」答曰：「臣反是實。臣從陛下討逆伐叛，雖憑威靈，幸而不死，然所存皆鋒刃也。今大業已定，而反疑臣。」乃悉解衣投於地，見所傷之處，帝對之流涕，曰：「卿衣矣，朕以不疑卿，故此相告，何反以爲恨？」〔註11〕

太宗謂尉遲公曰：「朕將嫁女與卿，稱意否？」敬德謝曰：「臣婦雖鄙陋，亦不失夫妻情。臣每聞說古人語：『富不易妻，仁也。』臣竊慕之，願停聖恩。」叩頭固讓。帝嘉之而止。〔註12〕

隋末，有書生居太原，苦於家貧，以教授爲業。所居抵官庫，因穴而入，其内有錢數萬貫，遂欲攜挈。有金甲人持戈曰：「汝要錢，可索取尉遲公帖來，此是尉遲敬德錢也。」書生訪求不見，至鐵冶處，有鍛鐵尉遲敬德者，方袒露蓬首。鍛煉之次，書生伺其歇，乃前拜之。尉遲公問曰：「何故？」曰：「某貧困，足下富貴，欲乞錢五百貫。得否？」尉遲公怒曰：「某打鐵人，安有富貴？乃侮我耳！」生曰：「若能哀憫，但賜一帖，他日自知。」尉遲不得已，令書生執筆，曰：「錢付某乙五百貫。」具月日，署名於後。書生拜謝持去。尉遲公與其徒，拊掌大笑，以爲妄也。書生既得帖，卻至庫中，復見金甲人呈之。笑曰：「是也。」令繫於梁上高處。遣書生取錢，止於五百貫。後敬德佐神堯，立殊功，請歸鄉里。敕賜錢，並一庫物未曾開者，遂得此錢。閱簿，欠五百貫，將罪主者，忽於梁上得帖子。敬德視之，乃打鐵時書帖。累日驚歎，使人密求書生，得之，具陳所見。公厚遣之，仍以庫物分惠故舊。〔註13〕

王充兄子琬使於竇建德軍中，乘煬帝所禦駿馬，鎧甲甚鮮。太宗曰：「彼所乘眞良馬也。」尉遲敬德請往取之。乃與三騎，直入賊軍擒琬，引其馬以歸。賊眾無敢當者。敬德常侍宴慶善宮，時有班在其上者，敬德怒曰：「汝有何功，合坐我上？」任城王道宗次其下，解喻之，敬德勃焉，拳毆道宗，目幾至眇。〔註14〕

〔註11〕劉餗：《隋唐嘉話·中》，頁12。
〔註12〕同前註。
〔註13〕見李昉：《太平廣記》卷第一百四十六「定數一」引《逸史》（台北：西南書局，1983.1），頁1048。
〔註14〕見李昉：《太平廣記》卷第一百九十一「驍勇一」引《譚賓錄》，頁1431～1432。

尉遲敬德善奪槊，齊王元吉亦善用槊，高祖於顯德殿前試之。謂敬
德曰：「聞卿善奪槊，令元吉執槊去刃。」敬德曰：「雖加刃，亦不
能害。」於是加刃。頃刻之際，敬德三奪之。元吉大慚。〔註15〕

由以上可見，在唐代已有許多關於尉遲恭的傳說，其形象可說是早已普及民
間。特別是其出身於貧賤的鐵匠，日後竟然一躍而為開唐大英雄，這類英雄
跡史最具有可以添枝加葉的傳奇性，正如筆記中所載，除了極力宣揚他的勇
猛善戰外，更以「天命命定」加諸其身，使其成為具有神異色彩的民間英雄。
至於尉遲恭與元吉「三奪槊」的過節，以及拳毆李道宗事，皆見載於《舊唐
書·尉遲敬德傳》，或許正因民間樂於傳說，遂為戲曲小說演為「忠奸抗爭」
的精彩情節。

2. 瓦崗寨英雄的故事

武衛將軍秦叔寶，晚年常多疾病，每謂人曰：「吾少長戎馬，經三百
餘戰，計前後出血不啻數斛，何能無病乎？」〔註16〕

秦武衛勇力絕人，其所將槍踰越常制。初從太宗圍王充於洛陽，馳
馬頓之城下而去，城中數十人，共拔不能動，叔寶復馳馬舉之以還。
迄今國家每大陳設，必列於殿庭，以旌異之。〔註17〕

秦叔寶所乘馬，號忽雷駮，常飲以酒。每於月明中試，能豎越三領
黑氈。及胡公卒，嘶鳴不食而死。〔註18〕

唐太宗每臨陣，望賊中驍將驍士，炫耀人馬，出入來去者，頗病之。
輒命秦叔寶取之。叔寶應命躍馬，負槍而進，必刺之於萬眾之中，
人馬俱倒。及後叔寶居多疾病，謂人曰：「吾少長戎馬，前後所經二
百餘陣，屢中重瘡，計吾出血亦數斛矣，何能不病乎？」〔註19〕

英公始與單雄信俱臣李密，結為兄弟。密既亡，雄信降王充，勣來

〔註15〕見李昉：《太平廣記》卷第四百九十三「雜錄一」引《獨異志》卷下，頁 4048。
〔註16〕見劉餗：《隋唐嘉話·上》，頁 8。
〔註17〕同前註，頁 9。
〔註18〕見段成式：《酉陽雜俎》卷十二「語資」，收入《唐五代筆記小說大觀》（上海
古籍出版社，2000.3），頁 643。另曾慥《類說》卷四十二「忽雷駮」條下引
《酉陽雜俎》亦收有此條，而文字稍有不同：「秦叔寶所乘馬號忽雷駮，常飲
以酒，每月夜設二領氈，溪澗當前一躍而過。」收入《筆記小說大觀》第 31
編（台北：新興書局，1980.8），頁 2789。
〔註19〕見李昉：《太平廣記》卷第一百九十一「驍勇一」引《譚賓錄》，頁 1432。

歸國。雄信壯勇過人。勣後與海陵王元吉圍洛陽，元吉恃其膂力，每親行圍。王充召雄信告之，酌以金碗，雄信盡飲，馳馬而出，槍不及海陵者尺。勣惶遽，連呼曰：「阿兄阿兄，此是勣主。」雄信攬轡而止，顧笑曰：「胡兒不緣你，且了竟。」充既平，雄信將就戮，英公請之不得，泣而退。雄信曰：「我固知汝不了此。」勣曰：「平生誓共爲灰土，豈敢念生，但以身已許國，義不兩遂。雖死之，顧兄妻子何如？」因以刀割其股，以肉啖雄信曰：「示無忘前誓。」雄信食之不疑。〔註20〕

單雄信幼時，學堂前植一棗樹。至年十八，伐爲槍，長丈七尺，拱圍不合。刃重七十斤，號爲寒骨白。常與秦王卒相遇，秦王以大白羽射中刃，火出，因爲尉遲敬德拉折。〔註21〕

（李密）謂伯當曰：「兵敗矣，久苦諸君。我今自刎，請以謝眾。」伯當抱密號叫。密復曰：「諸公幸不相棄，當共歸關中。密身雖愧無功，諸君必保富貴。」伯當贊其計。從入關者尚二萬人。高祖遣使迎勞，相望於道。密大喜，謂其徒曰：「吾雖舉事不成，而恩結百姓。山東連城數百，知吾至，盡當歸唐……。」及至京，禮數益薄，執政者又來求財，意甚不平。尋拜光祿卿，封邢國公。未幾，聞其所部將帥，皆不附世充。高祖復使密領本兵往黎陽，招其將士敵時者。以經略王充，王伯當爲左武衛，亦令副密。行至桃林，高祖復征之。密懼，謀叛。伯當止密，不從。密據桃林縣城，驅掠畜產，直趨南山，乘險而東……彥師伏兵山谷。密軍半度，橫出擊之，遂斬密。年三十七。時徐勣在黎陽，爲密堅守。高祖遣使將密首以招之，勣發喪行服，備君臣之禮，表請收葬，大具威儀。三軍皆縞素，葬於黎陽山南五里。故人哭之，多有嘔血者。〔註22〕

唐裴行儼與王充戰，先馳赴敵，爲流矢所中，墜於地。程知節救之，殺數人，充軍披靡。知節乃抱行儼，重騎而還，爲充騎所逐，刺槊洞過。知節回身，捩折其槊，斬獲者，與行儼皆免。〔註23〕

〔註20〕見劉餗：《隋唐嘉話・上》，頁5～6。

〔註21〕見段成式：《酉陽雜俎》卷十二「語資」，頁643。

〔註22〕見李昉：《太平廣記》卷第一百八十九「將帥一」引《譚賓錄》，頁1413～1414。

〔註23〕見李昉：《太平廣記》卷第一百九十一「驍勇一」引《譚賓錄》，頁1433。

由以上筆記中的記載 可知關於秦瓊的事蹟，著重在其個人力量、武器與戰馬之威勢的強調，程咬金、單雄信亦類同，這一類故事皆是使用誇張的方式來呈現其人的英勇形象。值得注意的是單雄信追殺的對象是齊王元吉，割股炙肉的是李勣，後來的小說為了凸顯李世民和秦瓊，遂將之改寫為「御果園雄信追秦王」，「交情深叔寶割股」等著名的情節單元。至於李密的事蹟大抵如史載，而王伯當對其義氣相挺、徐勣的感於故主，這些情義表現，都是後代敷演隋唐故事極其看重的成分。

3. 薛仁貴故事

> 唐太宗征遼東，駐蹕於陣。薛仁貴著白衣，握戟彙鞭，張弓大呼，所向披靡。太宗謂曰：「朕不喜得遼東，喜得卿也。」後率兵擊突厥於雲州。突厥先問唐將為何，曰：「薛仁貴也。」突厥曰：「吾聞薛仁貴流會州死矣，安得復生？」仁貴脫兜鍪見之，突厥相視失色，下馬羅拜，稍遁去。〔註24〕

薛仁貴英勇的事蹟，見載於說部雜史，以上所引當為最早，內容相似於《舊唐書‧薛仁貴傳》，強調的是唐太宗對這位白袍小將的看重，引發後來的作家對其君臣關係大作文章；而歷史上的薛仁貴晚年威震突厥，此段史實後來被敷演成虛構的「薛丁山征西」，構成薛家世代的英雄故事。

此外，薛仁貴的故事亦見於宋元講史平話之中。講史在宋元時期已經發展得很興盛，但是相對於三國故事、水滸故事、岳飛故事來說，講述隋唐故事的話本卻頗為稀少。目前除了《薛仁貴征遼事略》外，幾乎再無相關隋唐故事的宋元話本。對此現象，學者普遍的看法是：大概隋唐間歷史事實紛繁駁雜，不利於說書人的組織捏合；或是因為風雨飄搖的時代氛圍，使得宋元說話的感情傾向很濃，所謂「說國賊懷奸從佞」、「說忠臣負屈銜冤」，而隋唐故事，無論是開唐，或大一統，都不符合這種時代需求。當然，不排除也有亡佚失傳的可能性。〔註25〕

〔註24〕同前註。

〔註25〕王學泰指出：「以隋唐之際歷史為題材的平話很早就產生了。」如元代文人王惲的〈鷓鴣天‧贈馭說高秀英〉即是歌詠說書的詞：「短短衫衫淡淡妝，拂開紅袖便當場。掩翻歌扇珠成串，吹落淡霏玉有香。由漢魏，到隋唐。誰教若輩管興亡。百年總是逢場戲，拍板門錘未易當。」又〈浣溪紗〉云：「隋末唐初與漢亡，千戈此際最搶攘，一時人物盡鷹揚。褒、鄂有靈毛發動，曹、劉無敵簡書光。」「褒」公為段志玄，「鄂」公為尉遲敬德。參見〈「說唐」小說

　　《薛仁貴征遼事略》是迄今爲止所見年代較早，且敘事完整的薛家將故事。〔註 26〕全書以七言四句「三皇五帝夏商周，秦漢三分吳魏劉，晉宋齊梁南北史，隋唐五代宋金收」開頭，書敘高麗莫離支葛蘇文（淵蓋蘇文）劫奪百濟貢物、辱罵唐君，唐太宗怒而御駕親征。其間薛仁貴投軍無門、張士貴貪冒戰果，直到思鄉城立功始得見唐太宗；而後薛仁貴三箭定天山、活捉葛蘇文，班師後唐太宗流放張士貴。如此，薛家將故事中屬於「征東」的基本情節，如薛仁貴對內與張士貴的「忠奸抗爭」；對外與蓋蘇文的「民族戰爭」，以及「三箭定天山」的神奇戰功等，在此話本中皆已具備，可說是唐宋時期最早形成完整規模的隋唐故事。此外，秦瓊和尉遲恭在故事中是以老將的身分出場，雖然兩人並非主要角色，但兩人爲了征東領軍而爭奪帥印的情節，卻頗富趣味性。因此清代的《說唐後傳》即將秦、尉兩人之間的紛爭敷演得更加詳盡。

二、元代時期的雜劇

　　元代的隋唐故事主要是雜劇，在內容上又可分爲李楊愛情劇和英雄傳奇劇兩大類。其中李楊愛情劇作品頗多，惜多爲存目，〔註 27〕留存下來的劇本

系列演變中所反映的游民意識〉《文學評論》（1997 第 6 期），頁 115〜116。

〔註 26〕關於《薛仁貴征遼事略》成書年代的認定，胡士瑩指出主要證據有二：首先，是開頭有詩云：「三皇五帝夏商周，秦漢三分吳魏劉，晉宋齊梁南北史，隋唐五代宋金收。」此詩亦見於《武王伐紂平話》的開頭，顯然是元人口氣。趙萬里在此書《後記》中說：「此書文辭古樸簡率之處，和至治新刊平話五種相似，當是宋元間說話人手筆。」此書永樂以前未見記載，其爲元人之作，當屬可信。其次，話本中所用典故，亦多爲宋元話本和戲曲中所習見者。如敘述尉遲敬德請求從唐太宗征高麗，唐太宗說他老了，而敬德並不服老，並臂舉殿下約千餘斤的石獅子，轉殿行走如飛。元人有《敬德不服老》雜劇，其內容或去此不遠。又話本中描述薛仁貴引兵至安地嶺在一宮觀中遇一婦人，有如「芙蓉城下，子高適會瓊姬；洛水堤邊，鄭子初逢龍女」。宋代大曲及宋元南戲中都表演過這兩個故事。趙萬里認爲：「此書隨手拈來，便成故實，可知此書寫作時代，當在王子高故事流傳正盛時。」又謂：「此書又稱『秦懷玉領兵出陣』，便似掛孝關平也」。關平與父關羽同時被殺，明見於史。但在至治新刊《三國志平話》卷下「劉備禪位」、「諸葛七擒孟獲」、「諸葛造木牛流馬」三節中，均有關平出場。可知說話人心目中關羽被殺時，關平並未同死，與此書稱「掛孝關平」相符。據此推斷，此書寫作時代當與《三國志平話》寫作時代相距不遠。以上參見胡士瑩：《話本小說概論》（台北：丹青圖書有限公司，1983.5），頁 709〜710。

〔註 27〕如《馬踐楊妃》、《唐明皇啓瘞哭香囊》、《夢斷楊貴妃》、《梅妃旦》、《楊太眞

只有白樸的《梧桐雨》。《梧桐雨》取〈長恨歌〉中「春風桃李花開日，秋雨梧桐葉落時」的意境來鋪寫唐玄宗和楊貴妃的悲歡離合，從中展現一種世事滄桑的寓意。然這類故事對於後來的隋唐演義系列小說影響甚少，影響較大的是英雄傳奇的部分。另一方面，若以元代的歷史劇來看，現存的隋唐戲數量僅次於三國戲，高達十二部，〔註28〕可見當時流行之盛況。以下，依其主要敘寫內容，分從尉遲恭、瓦崗寨英雄、薛仁貴等三方面述之：

（一）尉遲恭的故事

元雜劇中的尉遲恭故事，主要有《尉遲恭單鞭奪槊》、《尉遲恭鞭打單雄信》、《尉遲恭三奪槊》、《功臣宴敬德不服老》、《小尉遲將鬥將認父歸朝》等五本，其劇作大意如下：

《尉遲恭單鞭奪槊》：唐軍圍困尉遲恭於介休城，招降之。尉遲恭以舊主劉武周尚在世而不從。徐茂公設計擒殺劉武周後，尉遲恭遂降。尉遲恭降唐後，恐齊王元吉報昔日一鞭之仇，李世民勸其寬心，並至京師取將軍印與之。而後元吉果誣尉遲恭有意叛唐、陷其下獄，李世民趕回解救。元吉辯稱尉遲恭遁逃之時，爲其獨自擒回，徐茂公令兩人重演當時之事，元吉大敗，始釋放尉遲恭。李世民觀探洛陽城，於榆科園正遇單雄信，徐茂公向單雄信動之以舊情，單雄信割袍斷義。尉遲恭飛騎而至，擊退單雄信。本劇展現唐太宗的愛才、尉遲恭的英勇，大抵依史實敷演，〔註29〕爲隋唐演義系列小說中著

〔註28〕 華清宮》、《霓裳怨》、《天寶遺事》、《梨園樂府》、《幸月宮》等。臧懋循《元曲選》收錄三部：張國賓《薛仁貴衣錦還鄉》、尚仲賢《尉遲恭單鞭奪槊》、無名氏《小尉遲將鬥將認父歸朝》。隋樹森《元曲選外編》收錄四部：尚仲賢《尉遲恭三奪槊》、楊梓《功臣宴敬德不服老》、無名氏《摩利支飛刀對箭》、無名氏《程咬金斧劈老君堂》。王季烈《孤本元明雜劇》收錄五部：《魏徵改詔風雲會》、《徐茂公智降秦叔寶》、《長安城四馬投唐》、《尉遲恭鞭打單雄信》、《賢達婦龍門隱秀》。以上作品的作者及創作時代，大都不詳。此外，據傅惜華《元代雜劇全目》、莊一拂《古典戲曲存目匯考》，尚載有亡佚的隋唐題材元雜劇數種：如庾天錫《尉遲恭鞭打李道煥》、于伯淵《尉遲恭病立小秦王》、屈恭之《敬德撲馬》，以及無名氏《比射轅門》、《老敬德撾怨鼓》等。

〔註29〕 《舊唐書・尉遲敬德傳》載：「敬德與尋相舉城來降……既而尋相與武周下降將皆叛，諸將疑敬德必叛，因於軍中……太宗曰：『寡人所見，有異於此。敬德若懷翻背之計，豈在尋相之後耶？』遂命釋之，引入臥內，賜以金寶，謂曰：『丈夫以意氣相期，勿以小疑介意。寡人終不聽讒言以害忠良，公宜體之……』是日，因從獵於榆窠，遇王世充領步騎數萬來戰。世充驍將單雄信領騎直趨太宗，敬德躍馬大呼，橫刺雄信墜馬。賊徒稍卻，敬德翼太宗以出

名的情節單元。

《尉遲恭鞭打單信雄》：本劇內容與《尉遲恭單鞭奪槊》類似。寫唐軍欲興兵攻取洛陽王世充，與文武官員共議軍情。李世民與徐茂公二人輕騎私探洛陽城，正遇王世充的驍將單雄信，徐茂公動以舊情不成，急忙回營求救。結果尉遲恭趕來救主，單雄信中其一鞭、吐血敗走。

《尉遲恭三奪槊》：太子建成、齊王元吉欲與秦王世民爭奪帝位，然畏世民部將尉遲恭之勇猛，遂獻美良川大戰之圖與高祖，誣指尉遲恭爲叛臣。劉文靖乃獻上榆科園之圖，陳述尉遲恭擊退單雄信、解救世民之事。建成、文吉至秦瓊府第拜訪，秦瓊不附奸王，讚揚尉遲恭威勇功績。尉遲恭自覺爲唐朝立下汗馬功勞，卻反受冤屈，遂於兩人比武時刺死元吉。唐書本傳載有元吉看輕尉遲恭，欲藉比槊之際殺之，結果反被尉遲恭三奪其槊。〔註30〕本劇所述，大半皆據史實，惟尉遲恭刺死元吉是虛構。後來的隋唐演義系列小説在敷演此情節時，多將建成、元吉形塑爲奸王，尉遲恭則成爲「忠奸抗爭」下的冤屈受害者。

《功臣宴敬德不服老》：唐主排宴賞功，論功行賞，有功者上首而坐之，功少者下首而次之。任城王李道宗至宴，逕至首席坐定，尉遲恭怒而毆打李道宗，房玄齡欲以軍法斬之，幸有徐茂公勸止，尉遲恭遂免官、謫居職田莊。高麗國聞知唐朝病了秦瓊、貶了尉遲，將老兵驕，於是遣將欲單挑尉遲恭。唐太宗宣尉遲恭返朝，然尉遲恭因「太平年不用俺這老將軍」而積怨未平，故佯裝瘋疾不受命，然終爲徐茂公識破。劇以尉遲恭領軍戰高麗大獲全勝，官復原職作結。唐書本傳載有尉遲恭打傷李道宗事，然李道宗遭打是因勸解尉遲恭，而非坐功臣宴首位之故。〔註31〕《隋唐演義》大致依此敘寫；《說唐

賊圍。更率騎兵與世充交戰，數合，其眾大潰……太宗謂敬德曰：『比眾人證公必叛，天誘我意，獨保明之，福善有徵，何相報之速也！』」（列傳第十八）至於雜劇中的元吉與尉遲恭比試，在史傳及唐宋傳說中皆有，可見是個流傳廣泛的故事。

〔註30〕《舊唐書・尉遲敬德傳》載：「敬德善解避槊，每單騎入賊陣，賊槊攢刺，終不能傷，又能奪取賊槊，還以刺之……齊王元吉亦善馬槊，聞而輕之，欲親自試，命去槊刃，以竿相刺。敬德曰：『縱使加刃，終不能傷。請勿除之，敬德槊謹當卻刃。』元吉竟不能中。太宗問曰：『奪槊、避槊，何者難易？』對曰：『奪槊難。』乃命敬德奪元吉槊。元吉執槊躍馬，志在刺之，敬德俄項三奪其槊。元吉素驍勇，雖相歡異，甚以爲恥。」（列傳第十八）。

〔註31〕《舊唐書・尉遲敬德傳》載：「嘗侍宴慶善宮，時有班在其上者，敬德怒曰：『汝有何功，合坐我上？』任城王道宗次其下，因解喻之。敬德勃然，奉毆

三傳》則把李道宗塑造成爲奸王，受陷害的人變成薛仁貴，而尉遲恭則爲薛仁貴的義父。

《小尉遲恭將鬥將認父歸朝》：尉遲恭從軍時，其幼子流落，後爲劉武周之子劉季眞所收養，名劉無敵。既長，劉季眞令無敵前去唐營軍戰尉遲恭，幸有尉遲恭舊臣宇文慶向劉無敵詳告往事，且取尉遲恭留下之披掛與水磨鞭爲證。劉無敵與尉遲恭交戰時，佯敗引其於無人處相認，後又擒劉季眞降唐。尉遲恭父子團圓。本劇的內容爲《說唐後傳》所採用，類此父子英雄、世代交替的主題，更是「說唐續書」敷演薛家將故事的重點。

（二）瓦崗寨英雄的故事

元雜劇中的瓦崗寨英雄故事，主要有《程咬金斧劈老君堂》、《魏徵改詔風雲會》、《徐茂公智降秦叔寶》、《長安城四馬投唐》等四本，其劇作大意如下：

《程咬金斧劈老君堂》：秦王李世民偷窺金墉城，恰遇巡邊的程咬金，秦王逃躲在老君堂內，程咬金劈開堂門，舉斧欲砍秦王，被秦瓊擋住，遂縛定秦王去見李密。劉文靜聽聞秦王被捉，往見李密，欲以千金贖人。不料，李密怒而把劉也下在南牢。徐懋功知秦王「上應天命，下合人心」，乃與魏徵、秦瓊商議，私改詔書，放走秦王及劉文靜。後李密亡家喪國，諸將降唐，軍師李靖縛程咬金見秦王，秦王不計前嫌，親解其縛，並荐舉重用。本劇強調的是李世民「眞命天子」的身分和不計前嫌之心胸。後來的《隋唐演義》和《說唐》對此皆有所敷演。

《魏徵改詔風雲會》：事與《老君堂》略同。寫秦王、劉文靜遭囚禁金墉城，李密因戰勝孟海公，命盡釋獄囚，唯詔書後批「南牢二子不放還邦」數字，魏徵奉命釋囚，將「不」字改爲「本」字，遂放還世民、文靜。本劇的重點在於魏徵的識天命（李世民爲眞命天子）及機智反應。

《徐茂公智降秦叔寶》：李密兵敗，手下文武將領四散。徐茂公、魏徵降唐，秦瓊、程咬金則投王世充。王世充領兵圍并州，秦王討之。秦瓊欲迎戰唐軍，蘇威疑其有叛意，秦瓊、陸德明雖怒，仍奮戰唐軍，大獲全勝。唐軍

道宗目，幾至眇。太宗不懌而罷，謂敬德曰：『朕覽漢史，見高祖功臣獲全者少，意常尤之。及居大位以來，常欲保全功臣，令子孫無絕。然卿居官輒犯憲法，方知韓、彭夷戮，非漢祖之愆。國家大事，唯賞與罰，非分之恩，不可數行，勉自修飭，無貽後悔也。』」（列傳第十八）。

挫敗，徐茂公訪陸德明，說動王世充手下秦瓊等一文四武降唐。這段「秦叔寶棄鄭歸唐」的故事，是據史改編而來，後來演爲隋唐演義系列小說著名的情節單元（詳述於第三章）。

《長安城四馬投唐》：李密與單雄信大戰，因李密拆毀周公廟，故天兵鬼力來助單雄信，李密兵敗，遂與王伯當、柳周臣、賈潤甫等四騎投唐。然因李世民挾舊怨，屢番羞辱李密，李密忍無可忍，又帶三將出長安欲反。後與唐軍開戰，只有李密和王伯當逃脫。李密心灰意冷之際，勸王伯當殺己邀功，王伯當不肯，此時唐軍盛彥師追到，刺死李密，王伯當義不降唐，李世民下令亂箭射之，最後王伯當投澗與李密同歸於盡。本劇大抵依史書所載加以改編，〔註32〕主題在於李密和王伯當的義氣感人，爲後來隋唐演義系列小說中的重要情節。

（三）薛仁貴的故事

元雜劇中的薛仁貴故事，主要有《薛仁貴衣錦還鄉》、《摩利支飛刀對箭》、《賢達婦龍門隱秀》三本，劇情大意如下：

《薛仁貴衣錦還鄉》（以下簡稱《衣錦還鄉》）：全劇分兩條主線進行，一方面敘述薛仁貴辭別父母前去投軍，結果三箭定天山，征遼得勝；後與張士貴爭功，藉比箭定勝負，結果薛仁貴勝而封官，張士貴敗而革職。另一方面則描述薛仁貴父母在家思子之情，以及盼得兒子衣錦榮歸後的欣喜。劇中除了敷演「三箭定天山」、「忠奸抗爭」這些薛家將故事中的基本情節外，更凸顯出「衣錦還鄉」的家族觀念。

《摩利支飛刀對箭》（以下簡稱《飛刀對箭》）：劇演高麗摩利支蓋蘇文下戰書挑戰，唐太宗貼黃榜招賢卻敵。薛仁貴辭別父母妻子前往揭榜，後以箭術破摩利支的飛刀，遂定天山。然張士貴欲掩爲己功，賴徐懋功奏明眞相，終以薛仁貴全家受封賞作結。此劇將傳統「三箭定天山」的情節，附會加入

〔註32〕《舊唐書·李密傳》載：「（李密）謀將叛。伯當頗止之，密不從，因謂密曰：『義士之立志也，不以存亡易心。伯當荷公恩禮，期以性命相報。公必不聽，今祗可同去，死生以之，然終恐無益也。』乃簡驍勇數千人，著婦人衣，戴幕離，藏刀裙下，詐爲妻妾，自率之入桃林縣舍。須史，變服凸出，因據縣城，驅掠畜產，直趣南山，乘險而東，遣人馳告張善相，令以兵應接。時右翊衛將軍史萬寶留鎮熊州，遣副將盛彥師率步騎數千追躡，至陸渾縣南七十裡，與密相及。彥師伏兵山谷，密軍半度，橫出擊，敗之，遂斬密，時年三十七。王伯當亦死之，與密俱傳首京師。」（列傳第三）。

成「三箭破飛刀，再定天山」，使蓋蘇文和薛仁貴在人物塑造上構成「飛刀對箭」的對比效果，這對後來薛家將故事的發展影響頗大。

《賢達婦龍門隱秀》（以下簡稱《龍門隱秀》）〔註33〕：劇演薛仁貴在龍門柳員外家幫傭，夜臥現形為白額虎，小姐迎春因憐憫而贈以紅棉襖。員外懷疑兩人有私情，將迎春配薛仁貴後逐出家門。迎春嫁給薛仁貴，居寒窯而不怨。不久，高麗入寇，薛仁貴欲從軍卻又掛心家中老少，幸得迎春支持乃順利成行。最後，薛仁貴因戰功受封遼國公，元帥李勣又以女妻之，終得衣錦還鄉。此劇在薛家將故事的發展中有兩點值得注意：一是運用「天命因果」的情節，附會薛仁貴為白虎星降生；二是敷演薛仁貴少年落魄時的愛情故事，同時透過妻子柳氏的塑造，凸顯出「家」的因素，為後來的「家將小說」更加敷演之。

（四）小結

綜合以上，可知隋唐故事在元代的發展有以下幾個特點：

首先，雜劇中對於相關歷史及人物，大都採用傳說加以虛構發揮，並不局限於史書所載。如李世民被困金墉城、秦王十羞李密、尉遲寶林認父歸朝、張士貴冒領薛仁貴軍功等，可說皆於史無據，實為民間藝人所創造。然因情節豐富曲折，遂自成體系，發展成完整的故事。特別是有些情節再三出現，更因此而成為典型事例，如「程咬金斧劈老君堂、十羞李密、三奪槊、單鞭奪槊」等。再如宋元戲曲也常徵引隋唐故事作為典故：如《張協狀元》：「尉遲問著單雄信」（第八齣），「（醜）弓旁長，尉遲敬德器械。（末）單雄信見你膽寒。」（第二十四齣）；又《宋上皇御斷金鳳釵》：「勸你下李密休慌，請你個伯當放了。」（第二折）；《十探子大鬧延安府》：「少罪波劉文靜、魏賢臣、徐世勣。」（第二折）；《琵琶記》：「我好似小秦王三跳澗。」（第九齣）；《漢鍾離度脫藍采和》：「做一段老令公刀對刀，小尉遲鞭對鞭，或是三王定政臨虎殿。」（第一折）可見，隋唐故事中的某些典型情節，在宋元時期已經廣為流傳。

其次，三類雜劇中的故事可以說都是以英雄人物為中心，並著重發揮其傳奇色彩，形成明顯的「英雄發跡史」。其中，敷演尉遲恭故事的作品，遠勝於其他瓦崗寨的英雄，究其因：在《舊唐書·尉遲敬德傳》中已載有建成、

〔註33〕此本為元明間之雜劇。

元吉先以金銀器物賄賂尉遲恭；賄賂不成乃謀刺殺，然因尉遲恭剛正凜然，使賊人畏懼不敢冒入；建成、元吉遂又誣陷其罪。（列傳第十八）或許正因歷史上的尉遲恭敢於公然和皇親國戚對抗，故在元代那種備受壓迫的社會背景下，尉遲恭的故事一旦搬演於舞臺，必爲廣大庶民所稱賞。所以在「尉遲恭三奪槊」、「尉遲恭單鞭奪槊」中，都將齊王元吉塑造成欺壓忠良、誣陷無辜的權勢奸王，而尉遲恭則表現出不畏強權、剛毅正直的英雄性格。此外，由於史載尉遲恭晚年篤信仙方，不與外人交通凡十六年，儼然隱居。〔註34〕劇作家乃由此引發，設計尉遲恭因怒打親王李道宗，而被貶官，隱居於職田莊。故在《功臣宴敬德不服老》中，遭貶的尉遲恭大嘆：「太平年不用俺這老將軍。」（第一折）於是，他決定「每日閑伴漁樵。每閑話，豁達似文武班齊，落魄忘機。」（第三折）可見，無論是勇於抗奸，或是退朝歸隱，在元代那種特殊的社會背景之下，尉遲恭故事都較能引起劇作家的注意，因此其戲劇作品遠多於其他瓦崗英雄。事實上，從唐宋傳說到元雜劇，尉遲恭可說都是隋唐英雄榜上的一哥，直待袁于令的《隋史遺文》刊刻，尉遲恭的地位才爲秦瓊所取代。

最後，元明間三部敷演薛仁貴故事的雜劇，雖然也呈現了薛仁貴的超凡的武功和傳奇的經歷，但是卻又或多或少帶有批判和調侃的意味。如《飛刀對箭》寫薛仁貴平遼東後，大志得遂，官居天下兵馬大元帥，他不禁感慨：「某薛仁貴是也。誰想有今日也呵！」見到父母雙親，他更是炫耀「拂掉了土滿身，梳掠起白髭鬢。這的是一日爲官，索強如千載爲民。」（第四折）這雖然是發跡變泰的市井心聲，但《衣錦還鄉》在調侃戲謔的同時也傳達了強烈的反諷意味。整套曲文，敘說了當年薛仁貴的頑劣，更歷數了他從軍以後父母無人贍養的悲慘遭遇：「他那老兩口兒年紀高大，則有的這個孩兒，可又投軍去了十年光景，音信皆無。做父母的在家少米無柴，眼巴巴不見回來，好不苦也。」因此藉鄉親之口罵他：「是個不長進的東西。」（第三折）而《龍門隱秀》，正面強調賢達婦的同時，也側面批判了薛仁貴的不顧家。究其因，「衣錦還鄉」故事之所以在元代一再成爲文學譏諷嘲弄的對象，實有其深刻的社會文化背景：元代在異族統治之下，政治黑暗、民生困苦，特別是軍隊駐紮

〔註34〕《舊唐書・尉遲敬德傳》載：「敬德末年篤信仙方，飛煉金石，服食雲母粉，穿築池台，崇飾羅綺，嘗奏清商樂以自奉養，不與外人交通，凡十六。」（列傳第十八）。

民間，常常造成騷擾，因此百姓對於那些靠軍功博取富貴的達官顯貴，大多不存好感。〔註35〕不過，這種因為時代因素而產生的批判和調侃，在後來的薛家將故事中再也沒出現過。

三、明清時期的詞話、戲劇

若和元代雜劇相較，隋唐故事在明代戲曲方面的發展顯得比較遲緩，主要還是在舊題材中因襲，如歌頌李楊愛情故事的劇作雖多，但難出新意，且劇作多已佚失。〔註36〕值得一提的是吳世美的《驚鴻記》，劇中一改《梅妃傳》的寫法，將梅妃喪生於安史之亂的結局，改為於亂世中避居尼姑庵，而後又再度入宮服侍唐玄宗。褚人穫吸收了這種改編方向，在《隋唐演義》中更加敷演之。至於薛仁貴的故事，則頗有發展，主要有三本：

1.《新刊全相唐薛仁貴跨海征遼故事》，這是一部說唱體的薛仁貴故事，情節大抵與《薛仁貴征遼事略》相近。〔註37〕

2.《薛仁貴跨海征東白袍記》（以下簡稱《白袍記》，又名《征遼記》），作者不詳。劇演白袍小將薛仁貴的戰功皆為張士貴冒領，後因尉遲恭探得實情、薛仁貴救駕而得以洗冤受封。劇中增飾的「仁貴打虎」、「青龍白虎下凡」等情節，直接影響了後來的薛仁貴征東故事。此外，作者還把才子的形象加在薛仁貴身上，使他成為一個多情書生，這是薛仁貴形象中的最特殊變化。〔註38〕然在後來的薛仁貴故事中，未再見有如此敘寫，皆只強調薛仁貴「英雄」的形象。

3.《薛平遼金貂記》（以下簡稱《金貂記》），作者不詳。劇演薛仁貴功封平遼公，妻柳氏，子丁山。一日，皇叔李道宗遊春時，向民婦翠屏逼婚，翠屏守節自盡。翠屏的婆婆向薛仁貴伸冤，薛仁貴上奏時反遭李道宗誣陷謀反，唐太宗遂將薛仁貴下獄治罪。尉遲恭心生不平，上奏時憤而擊落李道宗的門牙。唐太宗大怒，將尉遲恭貶謫為民。不久，遼邦蘇保童來犯，徐茂公保奏

〔註35〕這方面的探討，詳參胡樂飛：《「薛家將」故事的歷史變遷》（上海：上海師範大學中國古代文學碩士論文，2005），頁13～18。

〔註36〕明雜劇敷演李楊愛情故事的有《唐明皇七夕長生殿》、《梧桐雨》、《帝妃遊春》。傳奇有《合釵記》、《鈿合記》、《遊月宮》等。

〔註37〕明憲宗成化七年至十四年間（1471～1478），北京水順堂刻印說唱詞話。參見楊家駱編：《明成化說唱詞話叢刊》（台北：鼎文書局，1979.6），頁150～208。

〔註38〕詳參李文彬：〈明代傳奇中的薛仁貴故事〉《漢學研究》6期1卷（1988.6），頁584～586。

薛仁貴出征，將功贖罪。李道宗密遣刺客謀殺薛仁貴的妻子，然刺客卻私放兩人。柳氏與薛丁山在逃難途中遭劫，遂出賣家藏金貂，後遇尉遲恭，母子得暫居職田莊。爾後，薛仁貴復出征遼，卻兵敗遭困。程咬金突圍求援，李道宗欲陷害尉遲恭，舉荐由他率老幼殘兵前去解圍。程咬金到職田莊，尉遲恭原本佯裝瘋疾，被識破後遂帶薛丁山從征。這時，因守貞而成仙的翠屏，現身授薛丁山寶劍，因得大敗遼邦。功成凱旋後，尉遲恭將女兒蘭英嫁給薛丁山，兩家成親，並受封贈。《金貂記》最值得注意的是薛仁貴爲皇叔李道宗陷害、以及薛丁山與尉遲蘭英締結良緣的情節。前者是後來薛家將征西故事中的情節，後者則是編者巧妙結合元雜劇《尉遲恭不服老》的故事，算是薛家將故事的特殊發展。不過，關於薛丁山的姻緣，卻是後來薛家將征西故事中的主要情節。此外，在《金貂記》中薛仁貴已是「年邁老將」，故不復征東時的神勇；而其子薛丁山卻是「少年英雄」，故得解君父之圍。這種「世代交替」、「老子英雄兒好漢」的情節，在後來的「說唐續書」中，更是被演爲英雄家族的敘事模式。

　　至於在清代的戲劇傳奇方面，雖然也有鐵笛道人的《定天山》，以及作者不詳的《射雁記》、《陰陽鐘》、《呼雷豹》、《御果園》、《興唐傳》等，但就相關故事的發展而言，並無特別的新意，有些劇情的內容可能還是取自於長篇小說的情節。〔註39〕

第二節　隋唐演義系列小說的發展階段

　　隋唐故事發展到明清時期最大的成果就是長篇小說的出現，隋唐故事因此而進入定型階段，無論是相關人物的性格或是故事的基本情節，都能在前代故事的累積下呈現出一個基本的規模；加上長篇章回的書寫形態，有利於整合故事的前因後果，使得小說的敘事結構更加完備。

　　若從小說發展史及作者的創作傾向來看，明代的隋唐演義系列小說因刊刻時間的先後，而呈現出兩種不同的創作傾向：早期（嘉靖、天啓以前）的小說是以「歷史發展」爲主線，依照歷史事件發生的先後加以敘寫，類屬「重實」的「歷史演義」，如《唐書志傳通俗演義》（以下簡稱《唐書志傳》）、《隋

〔註39〕詳參李修生：《古本戲曲劇目提要》（北京：文化藝術出版社，1997.12），頁
　　　　645～678。

唐兩朝志傳》（以下簡稱《隋唐志傳》）、《大唐秦王詞話》等。而後在崇禎年間刊行的《隋煬帝豔史》和《隋史遺文》則有較多虛構幻設的成分，不過《隋煬帝豔史》基本上還是依據隋煬帝的史實加以敷演，仍算是「歷史演義」；《隋史遺文》則以草澤英雄秦瓊的一生為敘事主體，類屬「貴幻」的「英雄傳奇」。如此，可見隋唐故事在明代小說的發展過程中，其創作傾向已經由依傍史實轉向虛構幻設，使隋唐故事有更多「想像歷史」的發揮空間。

　　到了清代，隋唐演義系列小說發展得更為完備，在題材內容上既有繼承又有創新；在寫作手法上更是吸收了其他類型小說文體的特色。康熙年間刊刻的《隋唐演義》，可說是系列小說中「歷史演義」一脈的集大成之作；而乾隆年間刊刻的《說唐演義全傳》（以下簡稱《說唐》），則是「英雄傳奇」一脈的集大成之作，並且接續衍生出一批「說唐續書」。如此，隋唐故事在明清時期，遂發展出頗具特色的「隋唐演義系列小說」。

　　以下，就隋唐演義系列小說在明清時期發展演變的特性，分成幾個階段加以說明之：

一、歷史演義階段

　　此階段的代表作品有《唐書志傳》、《隋唐志傳》）、《大唐秦王詞話》、《隋煬帝豔史》等四部。

（一）《唐書志傳》

　　《唐書志傳》全稱《唐書志傳通俗演義》，小說以秦王李世民的事蹟為主，故又名《秦王演義》，八卷九十回。題「金陵薛居士的本，鰲峰熊鍾谷編集」，熊鍾谷即熊大木，是明嘉靖時期著名的書坊主（書商）。卷首有李大年明嘉靖三十二年（1553）序。此書從隋煬帝大業十三年寫起，至唐太宗貞觀十九年止。主要演述隋亡唐興的過程，末尾敘述唐太宗征高麗，加入薛仁貴征東事跡。全書九十回中，僅在標題上出現「李世民」、「世民」、「秦王」、「太宗」、「唐太宗」字樣的就有三十四回。可見小說是以李世民的活動為主線，將隋唐時期紛繁的人物、事件串聯起來。作者的創作手法主要是「按鑑演義」，因此各卷開頭都有「按唐書實史節目」字樣，故事情節也大多可以從《資治通鑑》、《資治通鑑綱目》等史書中找到出處，或直接從史書抄錄，或據史書擴寫、發揮，導致全書如同史抄。〔註40〕然而，在李大年的〈序〉中卻云：

〔註40〕如孫楷第所評：「其敘次情節，則一依《通鑑》，順序照抄原文而聯綴之。」

書成以視余，逐首末閱之，似有紊亂《通鑑綱目》之非。人或曰：「若
然，則是書不足以行世矣。」余又曰：「雖出其一臆之見，與坊間《三
國志》、《水滸傳》相仿，未必無可取。」

可見，在這部標舉紀實的小說中還是有虛構的成分。學者王星琦即說：「這
正是此書長處，它一如熊氏一貫主張，不拘史實，多采傳說逸聞的風格。」
〔註41〕

（二）《隋唐志傳》

《隋唐志傳》全稱《隋唐兩朝志傳》，十二卷一百二十回。題爲「東原羅
貫中羅本編輯」，「西蜀升庵楊愼批評」，有署名楊愼、林瀚序，刊於明萬曆四
十七年（1619）。林瀚作於正德三年（1508）的〈序〉云：

羅貫中所編《三國志》一書，行於世久矣，逸士無不觀之。而隋唐
獨未有傳志，予每憾焉。前寓京師，訪有此書，求而閱之，知實爲
羅氏原本。第其間尚多闕略，因於退食之暇，遍閱隋唐諸書所載英
君名將，忠臣義士，凡有關風化者，悉爲編入，名曰《隋唐志傳通
俗演義》。蓋欲與《三國志》並傳於世，使兩朝事實，愚夫愚婦一覽
可概見耳。

由此可知本書爲「羅氏原本」，而林瀚加以纂輯。褚人穫在《隋唐演義‧序》
中亦提及「《隋唐志傳》創自羅氏，纂輯於林氏。」可見他也認爲《隋唐志傳》
有羅氏舊本，而林瀚則是對其進行了纂輯加工。然學者對此仍有支持與質疑
之相反意見。〔註42〕此外，《隋唐志傳》與《唐書志傳》的規模架構相似，除

見《日本東京所見小說書目》（北京：人民文學出版社，1981），頁37。

〔註41〕王星琦：《講史小說史話》（瀋陽：遼寧教育出版社，1993），頁87～90。

〔註42〕歐陽健則認爲林瀚〈序〉是可信的，因爲萬曆時林家一門依然興盛，書賈
當不敢冒名以作僞。參見〈統一王朝的全史演義──論《隋唐兩朝志傳》
成書及文體創新〉《福州大學學報‧哲社版》（2004第1期），頁62～63。
質疑者如：王星琦認爲《隋唐志傳》或有可能是林瀚纂輯，託名於羅貫中，
因爲「羅氏《三國志通俗演義》，名聲大噪，書賈託名於他，乃屬預料中事」。
參見《講史小說史話》，頁87～90。紀德君則認爲《隋唐志傳》既非羅作，
亦非林作，甚至連纂輯都不可能。他舉《隋唐志傳》第八回中的一段，寫
裴仁基歸降李密，向李密推薦秦瓊。秦瓊來到後，又對裴仁基說：「公之鄉
中，有一賢士，何不請來相助？」這個賢士指的是程咬金。程咬金是山東
東阿人，裴仁基卻是山西聞喜人，二人風馬牛不相及，可秦瓊卻稱二人爲
同鄉，豈不可笑？原來此節抄自《三國》第二十節。該節寫荀或向曹操推
薦程昱。程昱來到之後又對荀或說：「公之鄉中，有一大賢，何不請來以助

了保留較多的民間傳說外，多出的三十回中有薛仁貴故事，這方面作者可能採取自宋元《薛仁貴征遼事略》的現成故事。〔註43〕總之，《隋唐志傳》、《唐書志傳》究竟哪本成書較早？依現有的資料實在難以判定。後有《徐文長先生評隋唐演義》，又題《隋唐演義》，實合取兩書之內容成書。〔註44〕

　　此書從隋末寫到唐末僖宗時代，前面九十一回寫隋亡唐興的歷史，後面二十多回則概述唐貞觀以後的二百多年歷史。如此顯得頭重腳輕，正如褚人穫《隋唐演義・序》所云：「始於隋宮剪綵，則前多缺略，厥後補綴唐季一二事，又零星不聯屬，觀者猶有議焉。」此外，全書的內容基本上亦只是鋪排史事、敷演《通鑑》而成。正如林瀚在〈序〉中所說：「是編為正史之補，勿第以稗官野史目之……遍閱隋唐諸書，所載英君名將，忠臣義士，凡有關風化者悉為編入。」可見，林瀚所要強調的是其「羽翼信史而不違」的創作立場。

（三）《大唐秦王詞話》

　　《大唐秦王詞話》，八卷六十四回，題「澹圃主人編次」，大約刊行於明萬曆、天啟年間。「澹圃主人」是明萬曆年間諸聖鄰的別號。卷首有四明（即寧波府）陸世科的序。諸聖鄰是個命運坎坷的文人，他以民間說唱鼓詞為底本，「揮霍遺編，匯成巨麗」〔註45〕，所以全書目錄標明是「重訂唐秦王詞話」。

　　　　明公乎？」這個大賢就是郭嘉。郭與荀同是潁川人，所以程稱他們為同鄉。《隋唐志傳》的作者只知道生搬硬抄，卻不管裴、程二人的籍貫，以致有此疏漏。像這樣由照抄而造成的疏漏，全書還有一些。紀氏據此斷定「此書絕非羅氏所作」。又因為林瀚早在正德十四年（1519）就去世了，不可能在嘉靖至萬曆時期還魂寫書，所以，紀氏認為林瀚據羅氏原本纂輯《隋唐志傳》的說法也是偽托。參見《明清歷史演義小說藝術論》（北京：北京師範大學出版社，2000.11），頁33～34。

〔註43〕見石昌渝：《中國小說源流論》（北京：三聯書店，1994），頁3147；歐陽健：〈統一王朝的全史演義——論《隋唐兩朝志傳》成書及文體創新〉，頁68。

〔註44〕《徐文長先生評隋唐演義》凡十卷，一百一十四節，卷首署名「山陰徐渭文長撰」，但未署出版年代。其內容，第九節到九十八節襲用《唐書志傳》，第一節到八節，第九十九節到第一百一十四節襲用《隋唐志傳》。徐朔方說：「很難認為徐渭此敘不是出於書販偽托。」（見《隋唐演義・前言》收入《古本小說集成》（上海：上海古籍出版社，1990）。

〔註45〕陸世科序云：「吾友諸聖鄰氏以風流命世，狎劍術縱橫，雅意投戈，遊情講藝，羨秦封之雄烈，揮霍遺編，匯成巨麗。毋以稗官混視，則弘文振藻，猶怳接其精英；文皇帝靈采景曜，幾不泯哉！」陸世科為丁未（萬曆三十五年）進士，則諸聖鄰的時代大體可見。柳存仁：《倫敦所見中國小說書目提要》（台北：鳳凰出版社，1974），頁256。

可見在諸氏重訂本之前，還有一個舊本詞話。小說以隋末群雄並起爲背景，以李世民反隋興唐爲主線展開故事，一直寫到唐太宗與突厥訂立渭水之盟爲止。

《大唐秦王詞話》與《唐書志傳》和《隋唐志傳》相同，都強調小說與歷史的聯繫，因此各卷都有「按史校正」字樣，行文中亦參雜書信、詔書等文獻。基本結構以李世民爲中心，按照編年展開敘事。不同的是，在取材方面作者偏愛民間素材，使得故事情節帶有較多世俗化、趣味化的民間風格。而這樣的發展特色，具體表現在尉遲恭的形象塑造上。

在《大唐秦王詞話》中，尉遲恭的故事已經基本成型。小說吸取了民間傳說和元雜劇中有關尉遲恭的記載，敷演了他從出身草澤到成爲開國功臣的傳奇一生，使尉遲恭成爲隋唐故事中第一個具有完整形象的民間英雄。如小說敘述尉遲恭居住朔州，家貧無倚、牧羊爲生，妻子梅氏則績麻度日。後得村中父老資助，尉遲恭前往投軍，期待日後富貴還鄉。投軍途中，尉遲恭仗義收妖，妖魔不敵，化爲紅心刃鐵；又受託背負鐵塊至郊外丟棄，路遇白髮老者討去。尉遲恭投軍於劉武周帳下後，又仗義降服水怪，水怪不敵化爲龍馬；劉武周將龍馬賞與尉遲恭，總兵宋金剛不服，奏請讓尉遲恭再演降馬本事。後來龍馬跑走，尉遲恭奉命出外尋馬，巧遇白髮老者。老者牽出龍馬，並將紅心刃鐵打造的盔甲兵器一併贈予尉遲恭，還教授他兵戰之法。原來老者乃上界六丁神化身。如此，尉遲恭故事已具有「除害得寶」、「神賜武器」、「英雄寶馬」、「發跡變泰」等民間英雄故事常見的母題。

此外，在小說中尉遲恭還要代替「眞命天子」李世民對抗來自奸王建成、元吉的迫害，他因此慘遭到「披麻揭肉」之刑。後來高祖封尉遲恭爲李世民之「保駕官」，賜其「定唐鞭」，鞭上親題：「雖無鑾駕，如朕親臨，但有奸邪，打死不論。」又吩咐尉遲恭：「不管皇親王子、文武公卿，但有謀害秦王者，先打後奏。」（第二十九回）可見，在《大唐秦王詞話》中，尉遲恭不但是「第二主角」，還是「忠奸抗爭」的代表。這些情節皆爲後來的小說所看重，而更加敷演之。

（四）《隋煬帝豔史》

《隋煬帝豔史》一名《風流天子傳》，八卷四十回。題「齊東野人編演」，「不經先生批評」。作者、評者皆不詳。存明崇禎三年（1630）人瑞堂刊本。全書敘寫隋煬帝荒淫奢靡、開運河、殘害百姓，終致國家衰亂、眾叛親離。

重大事件都有出處，主要人物的性格也都符合歷史原型。作者在〈凡例〉中云：「隋朝事蹟甚多，今單錄煬帝奇豔之事。故始於煬帝生，而終於煬帝死，其餘文帝國政，一概不載。」如此，小說成為名副其實的「風流豔史」。

從系列小說的發展來看，《隋煬帝豔史》的特色有二：首先，小說的敘述雖然講究「傳信」，即所謂「悉遵正史，並不巧借一事，妄設一語」（〈凡例〉），但是實際卻從野史筆記和「三記」中擷取不少素材，又吸收民間傳說，使得虛構成分大為增加。其次，內容偏重隋煬帝的「奇豔之事」，世俗化色彩極為濃厚。作者敘寫隋煬帝一生的風流豔史，不同於其他歷史小說敘寫帝王所用的粗略敘述，而是用世情小說描寫才子佳人的細膩筆法，將隋煬帝塑造成富有文人才氣的風流天子。因此，在小說的體裁上，《隋煬帝豔史》可說是歷史演義和世情小說的融合，此應是受到當時文學潮流和社會風氣的影響。〔註46〕同時，《隋煬帝豔史》也是第一本將隋煬帝故事敘寫得最為完整的小說，因此《隋唐演義》在塑造隋煬帝的形象時，即多本之於此，而更加發揮之。

綜合以上，可知隋唐演義系列小說在「歷史演義」階段的四部小說，都是以帝王為中心人物，其中《唐書志傳》、《隋唐志傳》、《大唐秦王詞話》三部小說的主角是李世民，《隋煬帝豔史》則是隋煬帝，兩種歷史書寫呈現出不同的視角。

其中，以李世民為中心人物的三部小說，可算是隋唐演義系列小說中較早的作品。雖然小說中吸收了不少民間傳說，但大體上還是依據史實鋪排，故顯得簡單粗糙、藝術水準不高。三書皆以李世民的「反隋興唐」展開故事，從中寫出眾多英雄人物。其中尉遲恭的故事較為完整，形象也較為鮮明；秦瓊的出身經歷和傳奇故事則還沒有出現。但在《大唐秦王詞話》中已有意將這兩位唐朝的開國功臣組成一對拍檔，故小說中云：「秦瓊上界天蓬帥，敬德青霄黑煞神；天遣雙扶唐社稷，他年圖畫入麒麟。」（第二十九回）又寫玄武門之變，尉遲恭殺死建成，秦瓊則射死元吉。（第六十三回）此外，單雄信的故事三書皆有，但在《大唐秦王詞話》中他卻是一個不講義氣、背叛朋友的反面人物，死後托生為葛蘇文，二十年後再與唐朝為敵。羅成在《大唐秦王詞話》中雖有被射死於淤泥河的情節，但身世沒有交代，另兩部小說則完全

〔註46〕正如石昌渝所說：「《金瓶梅》寫西門慶淫蕩敗家，《隋煬帝豔史》寫隋煬帝荒淫亡國，這兩部小說的思想、結構和描寫都有某種相似之點。」見《中國小說源流論》，頁315。

沒有他的故事。至於程咬金的喜劇性格在此階段中尚不凸出,如同薛仁貴一般,其形象只是一員勇將而已。

二、英雄傳奇階段

此階段的代表作品是《隋史遺文》。

《隋史遺文》,十二卷六十回,明袁于令撰,卷首有自序,今存明崇禎刊本。此書改變了「按鑑演義」的寫法,將隋唐歷史的敘事重點,從帝王轉移到草澤英雄,並且聚焦於秦瓊的英雄發跡史。從隋唐演義系列小說的發展來看,《隋史遺文》所代表的階段性意義是:小說的敘事體裁從「歷史演義」轉變爲「英雄傳奇」。

在前述「歷史演義」階段的隋唐演義系列小說,其創作方式是「按鑑演義」,其創作立場是「羽翼信史而不違」,因爲小說所著眼的是大的歷史事件,因此對於其間英雄人物的形象塑造就無暇顧及。《隋史遺文》最大的特點就是對傳奇化英雄的凸顯。袁于令在《隋史遺文・序》中明確闡述說:「正史以紀事,紀事者何,傳信也,遺史以搜逸,搜逸者何,傳奇也。傳信者貴眞……傳奇者貴幻……。」這種「貴幻說」的創作原則,使袁于令不再採用過去將歷史通俗化的「按鑑演義」作法,也不再以「帝王」爲歷史敘事的中心,而是由透過隋亡唐興的歷史大背景,關注身處其中的亂世英雄之命運。作者特別選擇秦瓊爲小說敘事的中心人物,藉此敷演出一部亂世英雄史,從而將秦瓊塑造成爲民間英雄的基型人物。(詳述於第三章)

就隋唐演義系列小說來看,如果說尉遲恭的形象奠基於《大唐秦王詞話》,那麼秦瓊的形象就是在《隋史遺文》中成就。雖然褚人穫《隋唐演義》中的秦瓊故事幾乎都沿襲自《隋史遺文》,但是袁于令對隋末亂世的指斥,以及善用細節以描繪秦瓊個性的藝術表現等,卻非《隋唐演義》所能取代。究其因,在於兩人創作宗旨和側重點的不同,特別是《隋史遺文》將隋唐歷史演成一部「秦瓊傳」,這在隋唐演義系列小說中實具有重要的里程碑意義。此外,小說還敘寫了與秦瓊「一時恩怨共事之人」,如將單雄信的形象轉爲代表豪爽、義氣的正面形象;又寫徐茂公的智慧、羅士信的年輕氣盛、程咬金的鮮明個性等,皆能有所發展並令人印象深刻。(詳論於第三章)

三、集大成階段

此階段的代表作品有《隋唐演義》和《說唐》。

（一）《隋唐演義》

《隋唐演義》二十卷一百回，清褚人穫著，卷首有作者康熙五十八年（1719）自序。此書從隋文帝即位伐陳寫起，到安史之亂平定爲止，以隋煬帝與朱貴兒、唐玄宗與楊貴妃的再世姻緣爲中心，敷演了秦瓊、單雄信、程咬金等亂世英雄反隋的故事，並參雜羅成和竇線娘、花又蘭的愛情故事。作爲隋唐故事的集大成者，《隋唐演義》的內容幾乎收納了各種史傳、傳說，以及關於隋唐故事的相關作品。

然而，褚人穫大體上還是依傍正史，採取了虛實結合的創作手法，而其虛構發揮處則多在涉及男女情事的敘寫上。如隋煬帝與朱貴兒的愛情在《隋煬帝豔史》中並不特別搶眼，然在《隋唐演義》中卻將之大肆渲染，並進一步與李楊故事結合起來，形成極具傳奇色彩的「再世姻緣」。雖然褚人穫在〈序〉中說這種再世姻緣的結構是借鑑自《逸史》，然因其所謂的《逸史》並不傳於世，故眞假難辨。重要的是，《隋唐演義》成功地運用「再世姻緣」，巧妙地將隋唐兩代的歷史串連起來，形成以「歷史演義」爲主，雜以「英雄傳奇」和「才子佳人」體例的小說。儘管這樣的體例雜而不純，然因褚人穫編撰小說的手法高明，大大提昇了隋唐歷史故事的藝術水準，使得《隋唐演義》因此廣爲流傳、盛行於世。

（二）《說唐》

《說唐》全稱爲《說唐演義全傳》，又稱《說唐全傳》，後因與《說唐後傳》合刻，故又稱《說唐前傳》，俗稱《說唐》或《說唐傳》，十卷六十八回，署「鴛鴦漁叟校訂」，卷首有如蓮居士寫於乾隆元年（1736）序。此書從秦彝託孤，隋文帝平陳寫起，一直敘述到李世民削平群雄，繼位爲唐太宗爲止。全書大都由民間故事編寫而成，集中塑造隋末亂世英雄的群像，並將之聚焦於「隋朝十八條好漢」，因此堪稱爲隋唐演義系列小說中「英雄傳奇」體例的集大成者。

《說唐》之前的隋唐故事，大多是「按鑑演義」，隨著時代和讀者審美趣味的變化，隋唐故事也由雅向俗發展，講究「傳信」的歷史演義寫法已不能滿足讀者的需求，因此《說唐》逕以「貴幻」的傳奇手法，多採用稗史異聞或民間傳說，並改變《隋史遺文》以秦瓊一人爲中心的描寫，將敘寫的角度擴大到「隋朝十八條好漢」以及瓦崗寨的英雄們，進而運用民間式的英雄史觀、天命史觀，在隋唐歷史的敘述中，譜出一曲亂世英雄的讚歌。小說不但

將舊有的英雄（如程咬金、單雄信、羅成等）之形象加以豐富並定型，更創造出前所未見的新好漢（如李元霸、宇文成都、裴元慶等），使得隋唐英雄譜更加熱鬧而豐富。

由於《說唐》語言質樸，風格粗獷，與《隋史遺文》、《隋唐演義》等文人改編的風格大相逕庭，因此特別具有濃厚的民間氣息，在隋唐演義系列小說的發展中，可以說是「由文人講史小說向說話藝術的一個回歸」。〔註47〕後又有陳汝衡改編的六十六回本《說唐》盛行於市，此後更是續書不斷，並且湧現了許多以它改編而成的曲藝及地方戲劇作品，使得《說唐》的影響力不容小看。

四、說唐續書階段

此階段的代表作品有《說唐後傳》、《說唐三傳》、《反唐演義》、《粉妝樓》。

《說唐》之後，續書不斷，並且形成了羅家將、薛家將等系列小說。由於之前的隋唐故事，特別是明清的長篇小說，敷演的重點大都集中於「隋亡唐興」的歷史時期，待寫到李世民即位爲唐太宗後，故事就會以概略的方式帶過，因此薛仁貴故事較無發揮之處。至於《隋唐演義》雖寫到唐玄宗時期，但因其敘寫的重點在於「隋唐兩代之間的再世姻緣」，故亦略過薛仁貴故事。由於「說唐續書」是接續《說唐》寫李世民登上帝位之後的故事，因此元明間早已流行的薛仁貴故事就成爲很好發揮的素材。於是，寫薛仁貴征東後，又虛構其子薛丁山征西，再虛構其孫薛剛反周興唐，此爲薛家將故事的系統，同時也是「說唐續書」的主體。

此外，羅成的後代羅通既在《說唐》中已經出場，於是又虛構出羅通掃北、羅家將征北番等故事，此爲羅家將故事的系統。至於舊有的隋唐英雄，如秦瓊、尉遲恭、程咬金等，只要在《說唐》結束前都還活著的，也都被安插到續書中繼續演出，並且虛構出一批隋唐英雄的後代。總之，「說唐續書」的故事頭緒紛繁，民間色彩濃厚，豐富了說唐題材，滿足了廣大群眾的獵奇口味。以下，就主要的續書作品來看：

（一）《說唐後傳》

《說唐後傳》全稱《說唐演義後傳》，又稱《後唐全傳》。五十五回，題

〔註47〕參見王星琦：《講史小說史話》，頁 100～101。

「鴛鴦漁叟較訂」。全書分成兩部分，前十五回敘羅通掃北，寫唐太宗親征北蕃遭困，羅通武藝出眾掛帥救駕，途中與屠廬公主陣前姻緣，在公主相助下解君父之難，並殺奸臣蘇定方為父祖報仇。後四十回敘薛仁貴征東，小説通過唐太宗夢見白袍小將救駕，引寫出薛仁貴的出身及少年生活，爾後從軍時屢遭張士貴百般刁難，待眞相大白後，掛帥征服高麗，功封平遼王。

（二）《説唐三傳》

《説唐三傳》全稱《新刻異説後唐傳三集薛丁山征西樊梨花全傳》，又名《仁貴征西説唐三傳》、《説唐征西傳》。全書八十八回，署「如蓮居士編次」。小説接續《説唐後傳》，全書分為薛仁貴征西、薛丁山征西和薛剛反唐三部分。前二部寫西遼國發兵犯唐，唐太宗命薛仁貴為帥，御駕親征後遭困。薛丁山奉師命下山救父、遇樊梨花陣前姻緣，最後平服西遼。後部寫薛丁山之子薛剛，醉鬧京城致薛氏滿門抄斬。後薛剛聯結義軍，推翻武周中興李唐，薛家復又榮耀。另有九十回本，又續寫韋后專權、藥死中宗，薛丁山四子薛強助睿宗剿除韋黨，李唐再得中興。

（三）《反唐演義》

《反唐演義》全稱《反唐演義傳》，歷來名稱頗多。〔註48〕本書是以《説唐三傳》之「薛剛反唐」為基礎演繹而成。故事內容在第一回中已作概括：「這部書，乃是薛剛大鬧花燈，打死皇子，驚崩聖駕，三祭鐵丘墳，保駕廬陵王，中興大唐天下全傳傳記。」書中描述的重點是薛剛、薛強對武則天政權的反抗。故事情節曲折，頗受歡迎。

（四）《粉妝樓》

《粉妝樓》全稱《粉妝樓全傳》，牌記作《繡像粉妝樓全傳》，正文作《新刻粉妝樓傳記》，十卷八十回，不著撰人。卷首有竹溪山人寫於清嘉慶十年（1805）序。書敘唐乾德年間（唐代無此年號），奸相沈謙把權專政，陷害羅成的後代羅增父子。羅燦、羅焜分別逃亡，歷經艱險後，與綠林英雄聚義雞爪山興兵伐罪，奸相兵敗又篡位不成，遂逃往番邦。眾英雄提兵平番，誅除奸黨，扶助唐天子安邦定國，羅家復又興盛。

〔註48〕如瑞文堂本牌記上端題《武則天改唐演義》，中間題《異説反唐演傳》，右則題《評點薛剛三祭鐵丘墳全集》；目錄則作《新刻異説武則天反唐全傳》；正文題《新刻異説反唐全傳》。

第三節　隋唐演義系列小說的興盛因素

　　隋唐演義系列小說作品之多，創作時間之長，流傳之廣，在整個小說史上是頗爲罕見的。而這批系列小說之所以在明清之際接二連三的刊行，除了隋唐歷史本身爲作家提供了廣泛的題材外，時代需求和社會心理，以及明清小說本身的發展狀況，皆是這批系列小說興盛的背景因素。以下從「嚮往隋唐盛世的民族情緒、期待英雄人物的社會心理、追隨商品經濟的發展潮流」等三方面來加以探析。

一、嚮往隋唐盛世的民族情緒

　　楊堅（541～604）的父親楊忠是西魏十二大將軍之一，封爲隋國公。楊忠死後，楊堅襲父爵，女兒爲周宣帝的皇后。周宣帝死後，年僅八歲的周靜帝宇文闡即位，楊堅便以「入宮輔政」爲由，總攬軍政大權。大定元年（581），楊堅廢靜帝自立，國號隋，改元開皇。隋文帝精心治理，隋朝迅速強大繁榮起來。他不僅完成統一中國的大業，還使隋朝成爲政權穩固、社會安定、文化發展、甲兵精銳的強盛國家。仁壽四年（604）楊廣（569～618）「弒父殺兄」〔註49〕，繼位爲隋煬帝。史載隋煬帝即位後，急於施展其恢宏的政治抱負，在位僅十三年，對內開通京杭大運河，促進南北交流；〔註50〕對外巡視

〔註49〕《資治通鑑・隋紀四》載：「上寢疾於仁壽宮，尚書左僕射楊素、兵部尚書柳述、黃門侍郎元巖皆入閣侍疾，召皇太子入居大寶殿。太子慮上有不諱，須預防擬，手自爲書，封出問素……宮人誤送上所，上覽而大恚。陳夫人平旦出更衣，爲太子所逼，拒之，得免，歸於上所；上怪其神色有異，問其故。夫人泫然曰：『太子無禮！』上恚，抵床曰：『畜生何足付大事！獨孤誤我！』乃呼柳述、元巖曰：『召我兒！』述等將呼太子，上曰：『勇也。』述、巖出閣爲敕書。楊素聞之，以白太子，矯詔執述、巖，繫大理獄；追東宮兵士帖上臺宿衛，門禁出入，並取宇文述、郭衍節度；令右庶子張衡入寢殿侍疾，盡遣後宮出就別室；俄而上崩。故中外頗有異論。陳夫人與後宮聞變，相顧戰慄失色。晡後，太子遣使者齎小金合，帖紙於際，親署封字，以賜夫人……合中有同心結數枚，宮人咸悅，相謂曰：『得免死矣！』陳氏恚而卻坐，不肯致謝；諸宮人共逼之，乃拜使者。其夜，太子蒸焉。乙卯，發喪，太子即皇帝位……矯稱高祖之詔，賜故太子勇死，縊殺之。（卷第一百八十）以上爲後來小說敷演隋煬帝「弒父專權、納娘爲后、鴆害東宮」的史料。

〔註50〕大陸學者袁剛駁正了舊史小說所謂隋煬帝開河巡遊純爲個人享樂遊玩的說法，指出：「煬帝南巡促進了南北文化交流和國家統一，其實質是以維護聯絡來鞏固政治統一，具有重大政治意義，但耗費太大，民眾難以承受急政重役。」見〈暴君隋煬帝評介的論辨——關於暴君之暴的政治分析〉《南都學壇・人文社會科學學報》22卷4期（2002.7），頁21～28。其餘史學界對隋煬帝研究的

邊塞、威震西域，除了被西突厥尊稱爲「聖人可汗」外，〔註51〕甚至還三次親征高麗。結果事與願違，終因煬帝本身「驕奢淫逸，窮兵黷武」，而百姓難以承受急政重役，於是天下大亂、各地起義反隋，部下宇文化及等發動兵變，將煬帝縊死於江都（今江蘇揚州），隋王朝頃刻間土崩瓦解。

李淵（618～626）本受北周唐國公爵號，後受隋煬帝弘化留守，兼領潼關以西的軍事指揮大權。李淵父子見隋煬帝無道、天下大亂，於是起兵太原，創建大唐，又翦滅群雄，統一全國。李淵的次子李世民（599～649）在隋末爭戰的過程中，因有一班能征善戰、謀略過人的部下，故在開唐的過程中建功最多，唐高祖武德九年（626）李世民發動「玄武門之變」後，繼位爲唐太宗。

唐太宗吸取隋亡的經驗教訓，以隋煬帝爲鏡，深明「舟所以比人君，水所以比黎庶，水能載舟，亦能覆舟」的道理。〔註52〕因此在位期間政治清明、知人善用、以農爲本、文教復興，使得社會出現了安定的局面。特別是在初唐東征西討、大破突厥、戰敗吐番、招安回紇的「天可汗時代」〔註53〕，整個唐朝從高門到市井，皆充滿著一種爲國立功的榮譽感和英雄主義的時代精神。在對外軍威遠揚，對內安定統一的時局下，更是積極促進了南北文化的交流融合和中外貿易的往來頻繁。這種空前的帝國盛世，使雄渾豪邁和光輝自信成爲大唐時代的象徵。當時年號爲「貞觀」（627～649），史稱「貞觀之治」。〔註54〕這是唐朝的第一個治世，同時爲後來的「開元之治」奠定了厚實的基礎。開元之治是唐玄宗（685～762）統治前期所出現的盛世。唐玄宗在位四十四年，前期（開元年間）政治清明，任用賢能，經濟迅速發展，提倡文教，使得天下大治，唐朝進入全盛時期成爲當時世界上最強盛的國家，史稱「開元盛世」，歷時二十九年。〔註55〕

分析探討，詳參魏華仙：〈近十餘年來的國內隋煬帝研究〉《湖南文理學院學報‧社科版》32卷5期（2007.9），頁45～48。
〔註51〕見《隋書‧西突厥傳》（列傳第四十九）。相關討論參見朱振宏：〈唐代「皇帝‧天可汗」釋義〉《漢學研究》21卷1期（2003.6），頁429～430。
〔註52〕見《貞觀政要》卷四〈教戒太子諸王第十一〉（台北：三民書局，2008.5），頁238。
〔註53〕陳希林、丁榮生、潘罡：《天可汗的世界》（台北：時藝多媒體公司，2001），頁2～3。另參朱振宏：〈唐代「皇帝‧天可汗」釋義〉，頁413～433。
〔註54〕王壽南：《唐代人物與政治》（台北：文津出版社，1999），頁22～45；陳致平：《中華通史》（台北：黎明文化事業，1986），頁155～162。
〔註55〕陳致平：《中華通史》，頁191～199。

　　然而，這種強盛帝國的聲威，自「安史之亂」（755～763）以後，在中國
的歷史社會中就再也沒有出現過。〔註56〕五代的衰亂分裂、宋代的懦弱不振、
元代的吏治黑暗，乃至明代中期以後，內有昏君奸臣，外有強敵寇邊，大明
朝的政局已呈江河日下。因此，崇禎年間刊刻的《隋煬帝艷史》，作者齊東野
人即有意透過隋煬帝的淫亂作風，比附明末的時代亂局。其鮮明的創作意圖，
正如小說的〈凡例〉所云：

> 著書立言，無論大小，必有關於人心世道者為貴。《艷史》雖窮極荒
> 淫奢侈之事，而其中微言冷語，與夫詩詞之類，皆寓譏諷規諫之意。
> 使讀者一覽，知酒色所以喪身，土木所以亡國，則茲編之為殷鑑，
> 有裨於風化者豈鮮哉！方之宣淫等書，不啻天壤。

可見，齊東野人在「隋亡歷史」的敘寫中「寓譏諷規諫」，希望揭舉「亡國之
君」「荒淫奢侈」的行徑，以為當世之殷鑑。而袁于令創作《隋史遺文》，更
是全面性地批判隋煬帝這位「亡國之君」的種種昏暴（詳論於第三章），反映
出晚明士大夫對歷史與時局的關聯省思。

　　明亡不久，身處易代之際的文人、士大夫在恥辱與悲憤交集的民族情緒
下，對明代的歷史進行反思，特別是大明「三百年全盛金甌」為什麼會「一
旦瓦解」？〔註57〕而身為中原正統的漢人政權為何會被異族所取代？於是，
清初興起了一股私人撰寫明史的熱潮，「不同際遇的人士，從不同的立場、角
度出發，撰寫了不下千部研究明史的各種著作。」〔註58〕這種充滿辛酸、憂
鬱的民族情緒，也感染了官方修訂的《明史》，誠如學者趙園所說：「士大夫
的興亡之感，是那一部《明史》的最大『真實』。」〔註59〕於是，文人、士大
夫在身處「明清易代」的現實環境，不禁想起「隋唐易代」的歷史。人們一
方面省思「隋亡」、「明亡」的家國命運，一方面也期待以「盛唐之音」來慰

〔註56〕安史之亂歷時七年零二個月，雖然亂事最終得以平定，可是很多後世史家均
　　　　認為安史之亂不但是唐帝國由盛轉衰的轉捩點，而且對中國後世政治、經濟、
　　　　社會、文化、對外關係的發展均產生極為深遠而巨大的影響。正如司馬光在
　　　　《資治通鑑‧唐紀》中所論：「（安史之亂爆發之後）由是禍亂繼起，兵革不
　　　　息，民墜塗炭，無所控訴，凡二百餘年。」詳參王小甫：《隋唐五代史》「第
　　　　六章　安史之亂及其社會影響」，頁179～202。
〔註57〕吳偉業：《綏寇紀略》附「鄔式金原序」（上海：上海古籍出版社，1992），頁
　　　　505。
〔註58〕李小林、林晟文主編：《明史研究備覽》（天津：天津教育出版社，1988），頁7。
〔註59〕趙園：《明清之際士大夫研究》（北京：北京大學出版社，1999），頁441。

藉失落的民族情緒。影響所及，作家樂於編作隋唐故事，而民間更是樂於閱聽隋唐故事。

因此，隋唐演義系列小說的作者們大都將目光集中於「隋亡唐興」的這段歷史。在楊廣的「隋末荒淫史」和李世民的「唐代開國史」之強烈對比下，他們有的思索隋亡的原因，有的歌頌大唐的興盛；有的期待「眞命天子」到來的盛世，有的希冀「草澤英雄」收拾起殘局；甚而將眼光展望到盛唐之世，敷演出羅家將掃北、薛家家征東征西等威震四夷的故事。就「作者、作品、讀者」一體的文學活動過程來看，以上作品的內容可說是明末清初社會心理的集體投射，無論是作者或讀者，都想要藉由隋唐歷史故事來抒發理想、針砭時弊，反映出嚮往隋唐盛世的民族情緒。

二、期待英雄人物的社會心理

英雄崇拜除了是普遍流傳的精神和文化外，它同時還是一種社會需要，足以反映出某一歷史階段的社會心理。〔註60〕

明朝中葉邊患頻繁，正統年間蒙古瓦刺進犯邊境，於河北懷來縣土木堡大敗明軍，生俘英宗、危逼京都。如此的民族恥辱，猶如宋朝「靖康之恥」的歷史重演。在和戰論爭中，于謙以南宋和議亡國爲史鑑，力挽狂瀾於既倒，明朝方不致爲外族所滅。然英宗復位後，隨即對于謙等護國大臣展開殺戮。〔註61〕嘉靖時期更是奸宦擅權、朝政腐敗，北方有蒙古韃靼連連侵境，東南則倭患不息。〔註62〕緊接著滿州人建立大金政權，更於萬曆年間正式向明朝

〔註60〕 大眾百姓之所以崇拜英雄，是因爲現實的英雄和人們心中積澱的英雄原型形成強烈的共鳴。但是，僅有這些潛在的因素和需求還不能形成英雄崇拜。從歷史上看，英雄崇拜是波浪式發展的。每當一個社會形成英雄崇拜的高潮時，總是有著急切的社會需要。而英雄在滿足這些社會需要方面，具有十分重要的社會作用和功能。參見金澤：《英雄崇拜與文化形態》（香港：商務印書館，1991.5），頁44～45。

〔註61〕 明英宗正統十四年，也先入寇，宦官王振挾帝親征，在土木堡被俘。京師大震之餘由郕王監國，命群臣議戰守，兵部侍郎于謙忠義、性剛，以「宋南渡事」爲例，嚴斥南遷主張。隨後于謙以國不可無主，太子年幼，爲社稷安危計，請立郕王爲景帝，改號景泰。一年後，也先見中國無釁，遂乞和、請歸上皇。有大臣議遣使奉迎，景帝本不悅，後經于謙勸說，卒奉上皇以歸。景泰八年，石亨、徐有貞等擁上皇英宗復辟。事成，以「不殺于謙，此舉爲無名」，判謀逆罪棄市。籍其家，家無餘資，天下冤之。參見《明史·于謙傳》（列傳第五十八）。

〔註62〕 嘉靖年間，韃靼屢屢侵擾明朝邊地，二十九年（1550），更是大舉進犯大同、

宣戰；〔註63〕崇禎年間，內有流寇四起、〔註64〕外有強敵壓境，而守邊保國的大將熊廷弼、袁崇煥等，卻接二連三冤死於昏君奸臣之手。〔註65〕

　　明代中葉以後國衰勢弱的現實刺激，不斷地激發出護衛民族、期待英雄的社會心理。因此，當時呼家將和楊家將抗遼、岳家軍抗金的故事都頗爲流行。其中，《岳武穆盡忠報國傳》是崇禎年間的進士于華玉深感國家內憂外患、岌岌可危，欲藉斯編以激勵人心，正如其在〈凡例〉中所云：「今日時事之龜鑑也，有志於禦外靖內者，尚有意於斯編。」〔註66〕而《水滸》一書大行於晚明，鍾惺在〈水滸傳序〉中就說：「噫！世無李逵無用，今哈赤猖獗遼東，每誦秋風思猛士，爲之狂呼叫絕。安得張韓岳劉五六輩掃清遼蜀妖氛，剪滅此而後朝食也。」〔註67〕

　　此外，崇禎年間書坊將《三國演義》和《水滸傳》合刻爲一書，取名爲《英雄譜》，熊飛在〈弁言〉中即強調「飛鳥尚自知時，嫠婦猶勤國恤」，激勵讀者在國家多難之秋，當效法三國、水滸中的英雄。因此，楊明郎在〈敘‧英雄譜〉中就大聲疾呼：爲君者、爲相者、經略掌勤王之師者不可不讀此譜，讀此譜則「英雄在君側矣」、「英雄在朝廷矣」、「干城腹心盡屬英雄」。〔註68〕而袁于令創作《隋史遺文》，更是將過去以「帝王」爲主的歷史敘事，改成以「草澤英雄」爲中心，透過英雄的發跡，從而展現「隋亡唐興」的歷史。

　　入清以後，康熙年間先後有三藩之亂、攻取台灣、抗擊沙俄、征討噶爾丹等重大戰事。雍正、乾隆時期又接連對西南西北用兵，一些較大的戰役如

　　　　直逼京師，明軍卻怯懦不敢出戰，致使韃靼在京郊大肆掠奪後才引兵西去，史稱「庚戌之變」。而東南倭亂早在明初就已出現，嘉靖年間特別猖獗，幸有戚繼光奮力平倭，才大致平定禍數十年的沿海倭寇。參見不著撰人：《明朝史話》第三章「庚戌之變」、「東南倭亂」節（台北：木鐸出版社，1987.7），頁155～158、192～201。

〔註63〕明萬曆四十四年（1616），奴爾哈赤宣布建立「大金」（史稱「後金」）政權。萬曆四十六年，立即以「七大恨」誓師，向明朝的邊城發動攻擊。參見不著撰人：《清朝史話》（台北：木鐸出版社，1988.9），頁14～16。

〔註64〕明熹宗天啓年間流寇之亂開始，崇禎年間更盛。詳參安震：《日月雲煙——明朝興衰啓示錄》（新店：年輪文化公司，1998.8），頁287～303。

〔註65〕詳參《明史》列傳一四七〈熊廷弼傳〉、〈袁崇煥傳〉。另參李光濤：〈明季邊防與袁崇煥〉《明清史論集》（台北：臺灣商務印書館，1971.4），頁358～371。

〔註66〕于華玉《岳武穆盡忠報國傳》〈凡例〉第六則（上海：上海古籍出版社，1990）。

〔註67〕《鍾伯敬批評忠義水滸傳‧序》（上海：上海古籍出版社，1990）。

〔註68〕參見《二刻英雄譜》〈弁言〉、〈敘〉（上海：上海古籍出版社，1990）。

雍正二年（1724）征服青海、七年（1729）平準部之亂；乾隆十四年（1749）大金川之役結束、十五年（1750）平西藏亂事、二十四年（1759）征討南疆回部叛亂、三十一年（1766）緬甸之役始、三十八年（1773）平定小金川、四十一年（1776）金川之役結束等。這種戰事連連的社會環境，容易造成社會心理的不安，既是引發英雄期待的溫床，同時也是刺激作家創作的重要因素。〔註69〕因此，有《說唐》敷演亂世英雄，最後英雄擁真主、天下回歸大一統；「說唐續書」則敷演羅家、薛家等世代英雄，個個勤於王事，掃北、征東、征西使四夷歸順中國。

　　總之，在期待英雄的社會心理下，很容易讓人懷念起「隋末唐初」這個亂世出英雄的時代。由於隋煬帝的無道，造成各地起義，草澤英雄紛紛現世，光是河南的「瓦崗軍」〔註70〕中就有李密、王伯當、單雄信、徐世勣、程咬金、秦瓊等豪傑。此外，尚有夏王竇建德、魏國公王世充，以及劉武周帳下的尉遲恭等群雄。在逐鹿中原的亂世中，最後勝出的是李世民，而其勝利主因在於能夠廣納英雄、知人善任。因此貞觀十七年，唐太宗在凌煙閣為二十四功臣繪像記功。〔註71〕正因隋唐之際的「歷史」，是一個「英雄」群起的時

〔註69〕費孝通從社會學的角度對中國人的英雄觀作出一些歸納，提出：在一個社會的新舊交替之際，人們不免會感到惶惑、無所適從，心理上充滿緊張、猶豫和不安，於是文化英雄脫穎而出。這種英雄既能提出辦法，又有能力組織新的試驗，還能獲得別人的信任。文化英雄一旦出現，隨即形成一種不同於長老權力的權力，即時勢權力。這種英雄的產生，往往是在初民社會，或是像戰爭一類的非常局面。參見《鄉土中國　生育制度》（北京：北京大學出版社，1998.5），頁77～78。

〔註70〕隋煬帝大業七年（611），翟讓在瓦崗（今河南滑縣東南）聚眾起事，郡人單雄信、徐世勣從之。大業十二年（616），由於王伯當的引薦，李密在楊玄感兵敗後投奔瓦崗軍，為其說得大批義軍來投，並在大海寺戰役中一舉擊殺隋軍名將張須陀，攻取滎陽。十三年（617），瓦崗軍先後攻克滎陽附近的洛口倉等，擁眾數十萬。同年，翟讓讓位李密，李稱魏公，年號永平，公布隋煬帝的十大罪狀，正式起兵反隋。十一月，李密設宴暗殺翟讓，並收服單雄信和徐世勣。唐高祖武德元年（618）七月，宇文化及殺隋煬帝後率軍自江都北上，李密受王世充誘使，於黎陽(今河南浚縣東北)擊潰宇文化及，但瓦崗軍損失慘重，李密本人重傷。九月，王世充乘虛擊潰瓦崗軍。李密與王伯當、徐世勣等人投奔唐朝，單雄信則投降王世充。詳參王小甫：《隋唐五代史》第一章第四節「隋煬帝與隋末動亂」，頁23～36；蔡惠玲：〈隋末李密起義失敗原因之探討〉《史苑》58（1998.1），頁31～46。

〔註71〕唐朝貞觀十七年（643），唐太宗為懷念當初一同打天下的諸多功臣，命閻立本在凌煙閣內描繪了二十四位功臣的畫像，是為《二十四功臣圖》，比例皆真

代，所以隋唐故事特別能夠吸收作家從中取材，滿足明清之際期待「英雄」的社會心理。

三、追隨商品經濟的發展潮流

學者指出：十六世紀時商品經濟的興起與農業朝向栽培經濟作物，使中國經濟取得跳躍式的進展，特別是嘉靖以降有「資本主義萌芽」之稱，〔註72〕造成江南地區商業市鎮興起、印刷技術進步、社會風氣奢靡，民眾對娛樂要求升高，且有餘力進行文化消費。〔註73〕因此，明代中葉後刻書、販書興盛，有些書坊還是世代經營的家族企業，並且湧現出一批專門貨販圖書的行商。〔註74〕

在商品經濟的發展下，爲了提供市民階層娛樂的需要，以營利爲目的的小說作品大量出版。〔註75〕因此，就明代小說發展的情況來看，在《三國演義》流行的影響下，明代中葉的講史小說呈現出空前繁榮的局面，約有二十部左右的小說紛紛被刊刻出版，而且是以三國的歷史爲中心向上下兩頭擴展。當時頗爲流行的小說除了講述春秋五霸、戰國七雄的「列國志系列小說」外，還有講述宋代的楊家將和岳飛故事的「說宋系列小說」。爾後，著眼於說

人大小，畫像均面北而立，太宗時常前往懷舊。閣中分爲三層：最內一層所畫爲功勳最高的宰輔之臣；中間一層所畫爲功高王侯之臣；最外一層所畫則爲其他功臣。這二十四位功臣包括房玄齡、杜如晦、長孫無忌、魏徵、尉遲敬德、李孝恭、高士廉、李靖、蕭瑀、段志玄、劉弘基、屈突通、殷開山、柴紹、長孫順德、張亮、侯君集、張公謹、程知節、虞世南、劉政會、唐儉、李世勣和秦叔寶等二十四人。參見杜正乾：〈凌煙閣與唐代政治試探〉《南京師大學報‧社科版》（2006.7），頁71～75。

〔註72〕詳參陳學文：《明清社會經濟史研究》（台北：稻禾出版社，1991）；谷風編輯部：《明清資本主義萌芽研究論文集》（台北：谷風出版社，1987）。

〔註73〕史學界此類研究的成果十分豐碩，特別是大陸學者對明清市鎮和商品經濟之關係頗多探討，專著如牛建強：《明代中後期社會變遷研究》（台北：文津出版社，1997）；傅依凌：《明代江南市民經濟試探》（台北：谷風出版社，1986）；錢杭、承載：《十七世紀江南社會生活》（台北：南天出版社，1998）等。

〔註74〕依胡應麟：《少室山房筆叢‧卷四》載：「凡刻之地有三：吳也、越也、閩也。」「凡聚之地有四，燕市也、金陵也、閶闔也、臨安也。」另據陳昭珍考證：明代書坊可考見者共計405家，尤以建陽、金陵、武林及蘇州等地最爲興盛，而由書坊所刻之書共計1132種。詳參《明代書坊研究》（台北：花木蘭文化出版社，2008）；另張秀民：《中國印刷史》〈明代‧刻書地點〉一節，對明代書坊的經營歷史亦有詳論。（上海：上海人民出版社，1989.9）。

〔註75〕關於明清通俗小說的「讀者」探討，詳參何谷理：〈明清白話文學的讀者層辨識—個案研究〉，收入《北美中國古典文學研究名家十年文選》（江蘇人民出版社，1996），頁439～476。

宋系列小說盛行，隋唐故事的題材也就成為書坊主擴展的目標。〔註76〕於是，《唐書志傳》、《隋唐志傳》、《大唐秦王詞話》等，都以「按鑑演義」的方式被快速編創出來。

　　萬曆後期，隨著江浙一帶經濟的繁榮，通俗小說創作出版的中心逐漸由福建轉向江浙地區，同時小說的創作主體也由書坊主轉向文人，大大提升了小說的創作藝術。如崇禎年間先後刊刻的《隋煬帝豔史》和《隋史遺文》，前者在敘事上融合歷史與世情，後者則敷演傳奇化的英雄，兩者不但符合消費市場上求新、求變的需求，也符合了當時的社會風尚或政治時勢，更為「隋唐演義系列小說」的發展開闢出新局。

　　由於明末清初「才子佳人小說」、「世情小說」等皆頗為盛行，而隋唐時期除了英雄輩出外，亦多宮闈豔情。因此，擁有書商身分的褚人穫，其在編創《隋唐演義》時，即多採用隋煬帝風流才子的雅韻故事，並吸納唐玄宗和楊貴妃的愛情故事。（詳述於第四章）如此編創方式，既可滿足庶民窺探宮闈豔情的心理，又能發揮「以史為鑑」的創作意圖，因此小說刊刻後廣受讀者歡迎，為了維護商業利益，褚人穫還得聲明在先：「倘有翻刻者，千里必究。」（《隋唐演義‧發凡》）此外，為了滿足不同讀者的品味，特別是廣大的社會中下層階級，於是充滿庶民文化觀點的《說唐》被刊刻出來，爾後更因市場暢銷、欲罷不能，而有更多的「說唐續書」刊刻行世。

　　總之，在商品經濟的小說發展潮流下，隋唐故事的因為有帝王、英雄、兒女情長等豐富的題材，而受到書坊主、文人、作家以及讀者群的青睞。〔註77〕於是，在明清通俗小說史上，就有了隋唐演義系列小說的刊刻和盛行。

〔註76〕詳參陳大康：《通俗小說的歷史軌跡》第三章「通俗小說的重新起步」（長沙：湖南出版社，1993.1），頁67～89。
〔註77〕相關探討可參彭利芝：〈說唐系列小說的產生與隋唐歷史的題材優勢〉《首都師範大學學報‧社科版》（1998第6期），頁53～56。

第三章　草澤英雄傳——《隋史遺文》

　　《隋史遺文》的出現是隋唐演義系列小說從「歷史演義」到「英雄傳奇」的轉變過程中，第一部具有代表性的作品，並且直接影響到後來的《隋唐演義》之創作。作者是明末的袁于令，其編撰隋唐故事，除了善於發揮細節描寫的藝術技巧外，更著重於運用史傳與小說的互動去塑造草澤英雄，意圖將秦瓊塑造成為民間英雄人物的基型，從而彰顯其英雄道義的主題和官逼民反的歷史省思。因此，本章以「草澤英雄傳——《隋史遺文》」為題，分成「版本作者與創作意圖」、「敘事結構與繼承發展」、「民間英雄人物的基型：秦瓊傳」、「主題思想與藝術特色」等四節，依序進行論述。

第一節　版本作者與創作意圖

一、版本作者

（一）版本

　　《隋史遺文》全書十二卷六十回，崇禎癸酉年（1633）刻本為唯一傳世的刻本，卷首有大字楷體的序文，序文後面署：「崇禎癸酉玄月無射日吉衣主人題于西湖冶園。」文後另有篆刻圖章二枚，一為「令昭氏」，一為「吉衣主人」。孫楷第從這兩枚圖章判斷云：「首崇禎癸酉（六年）袁于令序。目錄頁題『劍嘯閣批評出像隋史遺文』，劍嘯閣亦于令自號，則評者仍是于令也。」孫氏又根據每回回末的「總評」，認為：「此《隋史遺文》乃本從舊本出者。」〔註1〕所謂「總評」即《隋史遺文》中每回結束後，袁于令所作的評語。如：

〔註1〕見孫楷第：《日本東京所見中國小說目錄》（北京：人民出版社，1981），頁184

> 舊本有太子自扮盜魁，阻劫唐公，為唐公所識。小說亦無不可。予以為如此釁隙，歇後十三年，君臣何以為面目？故更之。（第三回總評）

> 按史：歷城羅士信，與叔寶同鄉，年十四，與叔寶同事張須陀，同建奇功。後士信歸唐為總管，死節，亦一奇士也。原本無之，故為補出。（第三十五回總評）

> 原本李藝後不得見，茲為補入。既入李藝，則諸人又不得不補矣。（第五十五回總評）

以上的評語即袁于令對「舊本」、「原本」所作修改的說明。至於該「舊本」的作者是誰？孫楷第曾大膽推斷此書「或本市人話本」、「與其謂文人著作，毋寧認為市人之談」。〔註2〕夏志清進一步論斷云：

> 袁本「隋史遺文」刊出前，市面上已有了更接近說書傳統的刻本……但事實上，唯其「隋史遺文」布局設計這樣精細，絕不可能是一位文人的獨創，而是好幾代同一地區說書人的心血結晶（袁于令是蘇州人，我們可以假定這個地區是蘇州或江南一帶）。很可能袁于令從一位說書人手裡拿到了「隋史」的話本，先把它印出來，這就是袁氏在好多則「總評」裡所提到的「原本」、「舊本」。後來因為書銷路很好，袁自己花了氣力再把它增改加評重印。〔註3〕

夏志清的推斷頗有見地，宋祥瑞在校點《隋史遺文》時，亦持相似看法。〔註4〕若再從其他資料來看：明人余懷的《板橋雜記》載有「（柳敬亭）年已八十餘矣。間過余橋寓宜睡軒中，猶說『秦叔寶見姑娘』也」之語。〔註5〕而清朝戲曲家孔尚任在《桃花扇》中也有描述柳敬亭在左良玉軍中說書的情形：「若不嫌聒噪啊，把昨晚說《秦叔寶見姑娘》，再接上一回吧。」（第十三齣）柳敬亭是明末

〔註2〕 同前註。
〔註3〕 見夏志清：《隋史遺文・重刊序》（台北：幼獅文化公司，1977.11），序頁6。
〔註4〕 宋祥瑞：「從袁于令在序文中對舊本的批評看，可以推測舊本比較通俗，適合讀者喜歡故事熱鬧奇幻口味，這很可能與說書人有關。說書人為引人入勝，常採取各種傳聞、記載、小說加以敷衍……說書人講故事，有人據以記錄或改寫，大概即袁于令所說的原本或舊本。」見〈袁于令和《隋史遺文》〉收入《隋史遺文》點校本附件（北京：北京大學出版社，1988.9），頁533～534。
〔註5〕 見余子曼（余懷）：《板橋雜記》（台北：第一文化社，1956.6），頁24～25。

清初時期著名的說書藝人，可見秦叔寶故事在當時已是相當流行的一種評話，而其可能即是《隋史遺文》所據以修訂的「舊本」。〔註6〕

　　總之，因為有袁于令的重新編撰，使得「舊本」成為目前所見的「劍嘯閣批評本」。不過，儘管袁于令編撰的《隋史遺文》，無論在主題思想或藝術表現上都勝過舊有的隋唐故事，但是這本小說在明清時期卻只被書坊刊刻過一次，流傳面也不廣。對此傳播現象，何谷理認為主要是受到後出的《隋唐演義》和禁書政策的影響。〔註7〕若就明清小說發展的現象來看，何氏的推論頗為合理。

（二）作者

　　袁于令生於明萬曆二十年（1592），卒於清康熙十三年（1674），〔註8〕江蘇吳縣人。其名號甚多，原名韞玉，後改名晉，字令昭，又字硯昭、鳧公，號籜菴、白賓、吉衣主人、劍嘯閣主人、幔亭仙史等。

　　袁于令家世顯赫，其家族世居吳縣，為仕宦之家，父祖輩不但甚有文名，且為刻書、藏書之名家。〔註9〕然而袁于令的人生際遇卻頗為坎坷，其雖少有才名、精通音律，但性格狂狷，相傳曾與同郡公子爭妓，導致貢生資格遭到取消。〔註10〕後來到北京又遭逢李自成之亂，歷盡艱險。清兵入關後，袁于

〔註6〕　《隋史遺文》第十三回「秦叔寶解到羅帥府」、第十四回「秦夫人見侄起悲傷」寫秦瓊發配至幽州，幽州總管羅藝的妻子竟是秦瓊的姑母，姑侄竟因此相認，此情節可能就是「秦叔寶見姑娘」的內容。但據《新唐書·羅藝傳》載，羅藝妻為孟氏，與秦瓊毫無關係。故學者指出：「秦叔寶見姑娘」的情節，「顯系評話虛構」。見彭知輝：〈《隋史遺文》與晚明評話及民眾心態〉《湖南第一師範學報》1卷1期（2001.10），頁23。

〔註7〕　何谷里指出造成《隋史遺文》流傳不廣的主因：「顯而易見：隋唐演義把隋史遺文的傑出之處大部分都併入了，而略去一些可能已遭到較道貌岸然的清政府所反對的材料……。」見《隋史遺文·考略》（台北：幼獅文化公司，1977.11），頁7。從小說傳播流傳的角度來看：《隋唐演義》大量吸收《隋史遺文》的內容，並參雜新異，的確頗能取得閱讀市場上的優勢；然而，《隋唐演義》卻不能完全取代《隋史遺文》在小說發展史上的地位，畢竟前者是在後者的基礎上完成。而從禁書層面來看：《隋史遺文》首次刊刻於崇禎六年，然崇禎十五年明廷即因民亂而嚴禁《水滸傳》；而《隋史遺文》與《水滸傳》同為歌頌草莽英雄，故其被列為禁書的機會很大。

〔註8〕　參見徐朔方：〈袁于令年譜（1592～1674）〉《浙江社會科學》（2002第5期），頁154～161。

〔註9〕　參見王春花：〈明清時期吳門袁氏家族刻書與藏書考略〉《蘇州教育學院學報》25卷1期（2008.3），頁43～46。

〔註10〕　據蔣瑞藻《小說考證》卷六引《書隱叢說》載：「吳江有沈同和者，以財雄於

令在北京先任順天府州判官，接著調遷六品工部營繕司主事，不久升爲五品員外郎兼提督山東臨清磚廠。接著，又升調爲正四品的荊州太守。然其在荊州太守任內，似無明顯政績，故有「三聲」之說，〔註11〕最後竟是以「侵盜錢糧」之罪名遭到彈劾、去職還鄉。

袁于令於荊州罷官時年逾六十、生活困窘，據吳偉業云：「尋以失職，空囊僑寓白下。扁舟歸里，惆悵無家」。〔註12〕袁于令罷官後不回故鄉蘇州，反而遠居南京，其中或有難以言說之處。究其因，明清之際的士大夫非常看重士人的品性，而袁于令以明遺民的身分仕清，必有損於名節。如袁于令任職於荊州知府時，當時即傳言乃因其替蘇州士紳撰降清表，以此邀功得賞之故。〔註13〕言下之意，頗有指責袁于令失節、無品。如明人董含（1624～1697）遂以「貪汙無恥」評價袁于令，對其身故更是譏爲「口舌報」。〔註14〕

鄉。凡新到妓女，必先晉謁。名妓穆素徽，美而才，循例謁沈。時適有文會，袁籜菴以名下士居首坐。美人名士，一見傾心，席間私語移時。沈不懌，加詬讓焉。籜菴遂怏怏失志，如崔千年之紅綃妓也。有門下士馮某者，喜任俠，有膽力，知籜菴意，則慷慨激昂，以古押衙自命。一日，沈挾穆遊虎丘，馮徑登沈舟，出不意奪穆而去。沈怒，訟之官。籜菴父大懼，送子繫獄以紓禍。籜菴獄中鬱鬱無聊，乃作《西樓》以寄慨。」（台北：河洛出版社，1979.10），頁132。另《吳縣志》卷七十九「雜記二」、《曲海總目提要》卷九亦皆見載。

〔註11〕據蔣瑞藻《小說考證》卷六引《顧丹五筆記》載：「以京官議敍荊州太守。十年不調，惟縱情詩酒，不理公事。監司謂之曰：『聞公署中有三聲：弈棋聲、唱曲聲、骰子聲。』袁答曰：『聞明公署中亦有三聲：天平聲、算盤聲、板子聲。』監司大怒揭參，云：『大有晉人風度，絕無漢官威儀。』由是落職。」，頁132。

〔註12〕吳偉業《梅家村藏稿》卷十六〈贈荊州守袁大韞玉四首〉小序，對於袁于令的今昔之感有生動的描繪：「袁爲吳郡佳公子，風流才調，詞曲擅名。遭亂北都，佐藩西楚。尋以失職，空囊僑寓白下。扁舟歸里，惆悵無家，爲作此詩贈之。」另《靜愒堂詩集》卷二十〈喜値袁籜菴贈詩三首〉、周亮工《尺牘新鈔》卷十一亦有相關記載。參見徐朔方：〈袁于令年譜（1592～1674）〉，頁160。

〔註13〕蔣瑞藻《小說考證》卷六引《顧丹五筆記》載：「順治乙酉，蘇郡紳士投誠者，浼袁作表齎呈。」頁132。

〔註14〕董含《三岡識略》卷七「口舌報」條：「吳中有袁于令者，字籜菴，以音律自負，遨遊公卿間。所著《西樓》傳奇，優伶盛傳之。然詞品卑下，殊乏雅馴。與康王諸公作典台，猶未首肯。其爲人貪汙無恥，年逾七旬，強作少年態喜談閨閫事，每對客淫詞穢語衝口而出，令人掩耳。予屢謂人曰：此君必當受口舌之報。未幾寓會稽，冒暑干謁，忽染異疾。覺口中奇癢，因自嚼其舌，片片而墮。不食二十餘日，竟不能出一語，舌根俱盡而死。」收入《四庫未收書輯刊.29》（北京：北京出版社，2000）。徐朔方認爲董含此說是「由文品進而否定了袁的人品，言外之意倒是作者對袁于令在清初出仕頗有異議」。見

　　儘管學界對袁于令「侵盜錢糧」和「撰降清表」等人格汙點頗多辨白，〔註15〕然因袁于令的「仕清」畢竟是個事實，加上其為人恃才傲物、放浪形骸，故成為備受爭議的人物。其實，袁于令的個性中也有俠義和天真的一面，如其崇禎元年所作的《瑞玉記》傳奇，內容描寫應天巡撫毛一鷺聯合魏忠賢奸黨，構陷誣害周順昌、五義士等時事，從中表達其俠義精神和反暴意識。另有一則關於袁于令的趣聞：

> 袁韞菴以《西樓記》得名，一日出飲歸，月下肩輿過一大姓家，其家方宴客，演霸王夜宴。輿夫曰：「如此良夜，何不唱繡戶傳嬌語，乃演《千金記》耶？」于令狂喜欲絕，幾墮輿。〔註16〕

「繡戶傳嬌語」是《西樓記·錯夢》中的一句唱詞，連輿夫都耳熟能詳，由此可見《西樓記》流傳之深廣。而「于令狂喜欲絕，幾墮輿」則顯現出袁于令天真、狂狷的性格。

　　袁于令的後半生都在遊歷中度過，其重要作品大都作於明朝滅亡之前，除了《隋史遺文》、《西遊記》題詞、《劍嘯閣批評兩漢演義》之外，戲曲作品更為豐富，如《西樓記》、《金鎖記》、《瑞玉記》、《玉符記》、《合浦珠》、《珍珠衫》、《淚羅記》、《雙鴛傳》等，可惜今多亡佚。

二、創作意圖

　　就明代小說的發展來看，繼《三國演義》之後出現的歷史小說為《隋唐兩朝志傳》（以下簡稱《隋唐志傳》），書前有林翰〈序〉云：

> ……於退食之暇，徧閱隋唐諸書，所載英君名將忠臣義士凡有關於風化者，悉為編入，名為《隋唐志傳通俗演義》。蓋欲與《三國志》並傳於世，使兩朝事實愚夫愚婦一覽可概見耳……若予之所好在文字，固非博奕技藝之比。後之君子能體予此意，以是編為正史之補，勿第以稗官野乘目之，是蓋予之至願也夫。

林翰指出編撰歷史小說之宗旨為「正史之補」。所謂「正史之補」，即內容上「凡有關風化者悉為編入」，而形式上僅是將兩朝事實演為俗語，使「愚夫愚

〈袁于令年譜（1592～1674）〉，頁154。

〔註15〕詳參榮莉：《袁于令戲曲小說研究》（廣州：暨南大學中國古代文學碩士論文，2006.5），頁5～7。

〔註16〕據蔣瑞藻《小說考證》卷六引《兩般秋雨盦隨筆》載，頁133。另宋犖《筠廊偶筆》、《吳梅村詩集箋注》卷九的〈贈荊州守袁大溫玉〉條皆有記載。

婦一覽可概見耳」。此種説法於雖然提高了歷史小説之社會地位，然因過於強調歷史的眞實性，反而忽視了小説的文學性。影響所及，故有《隋煬帝豔史・凡例》中所言「悉遵正史，並不巧借一事，妄設一語」，強調「可徵可據」，「傳信千古」之論調。袁于令在《隋史遺文・序》中則展現出不同的創作觀點：

> 史以遺名者何，所以輔正史也。正史以紀事，紀事者何？傳信也。
> 遺史以蒐逸，蒐逸者何？傳奇也。傳信者貴眞，爲子死孝，爲臣死
> 忠，摹聖賢心事，如道子寫生，面面逼肖。傳奇者貴幻，忽焉怒發，
> 忽焉嬉笑，英雄本色，如陽羨書生，恍惚不可方物。苟有正史而無
> 逸史，則勳名事業、彪炳天壤者，固屬不磨；而奇情俠氣、逸韻英
> 風，史不勝書者，卒多湮沒無聞。縱大忠義而與昭代忤者略已，掛
> 一漏萬，罕覩其全……什之七皆史所未備者……襲傳聞之陋，過於
> 誣人；創妖豔之説，過於憑己；悉爲更易，可仍則仍，可削則削，
> 宜增者大爲增之。蓋本意原以補史之遺，原不必與史背馳也。竊以
> 潤色附史之文，刪削同史之缺，亦存其作者之初念也。

袁于令指出「小説」不同於「歷史」之處即在於「傳奇、貴幻」，其所謂的「幻」乃指藝術之想像、誇張與虛構。因此其認爲歷史小説的創作，內容重點在於「什之七皆史所未備者」，所以作家應該根據其創作意圖，「可仍則仍，可削則削，宜增者大爲增」。同時，其又強調「貴幻」必須以合理爲前提，故謂「傳聞之陋過於誣人，妖豔之説過於憑己」。綜言之，袁于令認爲歷史小説的創作應該在歷史眞實與人物傳奇中取得平衡，在不違背正史的原則下，加重人物的描寫，使之深刻、生動，以達「面面逼肖」。

因此，《隋史遺文》改變了過去隋唐演義系列小説以「帝王」爲故事中心的敘事模式，而改以「英雄」爲中心。袁于令之所以做這樣大的改變，主要是因爲其認爲能夠在歷史上起重要作用的是「草澤英雄」：

> 止有草澤英雄，他不在酒色上安身立命，受盡的都是落寞淒其，倒
> 會把這干人弄出來的敗局，或時收拾，或是更新，這名姓可常存天
> 地。」（第一回）

因此，袁于令塑造英雄，不但要「説得他建功立業的事情」，更要説到「他微時光景」。所以，《隋史遺文》全書以秦瓊和瓦崗寨英雄爲中心人物，重點寫他們身居貧賤時的苦難，以及在亂世中成長的英雄性格。而這恰也反映出袁于令本身的遭遇：當明朝滅亡時，袁于令已經五十多歲了，其人生大半都在

明末的黑暗時局中渡過。身爲一個充滿懷抱的文人，面對當時政治腐化、宦官專權、黨爭亂象等局面，袁于令有意藉由《隋史遺文》之創作以寄託理想。因此，袁于令在小說中一方面極力批判隋朝政權的腐敗，一方面又強烈期待「草澤英雄」現世，好好收拾被「這干人」所搞毀的政治、社會之敗局。

第二節　敘事結構與繼承發展

一、敘事內容

　　《隋史遺文》敘寫的內容，從楊堅建立隋朝開始，到李世民即帝位、功封群臣爲止。全書是以歷史事件的發展爲主體，而以秦瓊的英雄歷程爲主線。全書可分爲三部分：第一部分從第一回到二十三回，前兩回先交代隋初的政治、社會背景；從第三回開始，主人公秦瓊正式登場，此部分敘寫的重點是秦瓊少年時期的困苦境遇，及其與單雄信、李密、王伯當、羅成等英雄的交遊。第二部分從二十四回到四十五回，先寫隋煬帝驕奢淫逸、大興土木、民不聊生，再寫秦瓊與程咬金、羅士信、徐世勣等交遊，最後群豪上瓦崗，成爲草澤英雄。第三部分從第四十六回到第六十回，寫秦瓊、程咬金投靠李世民，秦瓊大戰尉遲恭，秦瓊兄弟與不肯降唐的單雄信訣別等，最終秦瓊、程咬金、尉遲恭等都成爲唐朝的開國功臣。

　　在歷史事件的發展上，《隋史遺文》把隋唐之間四十多年的歷史大事連貫起來，大抵符合史書所記載，如：楊堅立國，楊廣謀奪帝位；隋煬帝荒淫後宮、大興土木、開運河、巡揚州、遭縊殺；各地反隋勢力興起，李密上瓦崗，王世充破瓦崗，李密投唐反唐，李淵父子建立唐朝，李世民即帝位等。以上歷史事件，成爲小說寫英雄活動的時代背景。至於《隋史遺文》的敘事主線，則是以秦瓊之英雄歷程加以展開，小說通過一系列的典型事件講述了秦瓊的生平遭遇，同時也把眾多英雄串聯起來，如「義救李淵、潞州賣馬、病倒東嶽、順義村打擂、幽州比武、燒毀批文、征遼任先鋒、義釋李密、逼上瓦崗、棄鄭歸唐、美良川之戰」等。如此，小說透過歷史事件來塑造英雄事蹟，使得「歷史、英雄」兩者間構成了緊密的關係。

　　在「歷史、英雄」的互動關係中，作者又會頻頻透過天命因果的運用，以預告「天命」才是決定歷史發展的最高力量。如小說慣用天命來寫帝王降生：隋文帝楊堅一出生，即「目如曙星，手有奇文，儼成王字」，因「此兒貴

不可言」，須離父母方得長大，故其母便託老尼撫育之。一日老尼外出，一個鄰媼進庵，正將楊堅抱弄，「忽見他頭出雙角，滿身隱起鱗甲，宛如龍形。」鄰媼大驚丟下楊堅，恰好老尼歸來，連忙抱起，慌惜道：「驚了我兒，遲他幾年皇帝，總是天將混一天下，畢竟產一眞人。」（第一回）〔註17〕而唐公李淵「胸有三乳，曾在龍門破賊，發七十二箭，殺七十二人。」（第一回）〔註18〕此異於常人處，意在顯見天命歸唐。故當天命眞主李世民降生時，「只見景星慶雲，燦然於天，祥霞繚繞，瑞霧盤旋。」原來是「紫薇臨凡，未離兜率，香氣滿天，已透出母胎來了。」（第四回）〔註19〕正因李世民是天命眞主，因此當單雄信追殺秦王不成，反而一跤跌下馬時，作者引詩評曰：「天意佑眞人，狂奴苦相逼。鴻飛已冥冥，縱弋亦無得。」（第五十六回）而竇建德與秦王作戰兵敗，作者亦於回末「總評」論曰：「天命在唐，建德來也亡，不來也亡。」（第五十八回）

在《隋史遺文》中很強調「一興一廢，自有天數。」因此當楊廣謀奪太子之位成功時，「這日天下地震，覆滅之徵早已見了。」（第二回）而後麻叔謀開運河，狄去邪奉命探地穴，見仙長棒打大鼠，因牠「數本一紀，尚未該絕」，故放了大鼠。（第三十四回）原來大鼠即煬帝的前身，小說藉此宣告隋興隋滅自有天命。故當忠勇的張須陀力戰瓦崗，終遭李密下令亂箭射死時，作者即評論道：「一時良將，一敗而死，此天奪隋之股肱耳。」（第四十四回）再如，因民間流傳「楊氏將滅，李氏將興。」又有謠言曰：「桃李子，皇后繞

〔註17〕 《隋史遺文》寫隋文帝之神奇出生，並非完全出自作者的虛構，如《隋書·高祖上》即載：「皇妣呂氏，以大統七年六月癸醜夜生高祖於馮翊般若寺，紫氣充庭。有尼來自河東，謂皇妣曰：『此兒所從來甚異，不可於俗間處之。』尼將高祖捨於別館，躬自撫養。皇妣嘗抱高祖，忽見頭上角出，遍體鱗起。皇妣大駭，墜高祖於地。尼自外入見曰：『已驚我兒，致令晚得天下。』爲人龍頷，額上有五柱入頂，目光外射，有文在手曰『王』。長上短下，沈深嚴重。初入太學，雖至親暱不敢狎也。」（帝紀第一）。

〔註18〕 關於唐高祖的「天命」預言，依《舊唐書·高祖》載：「有史世良者，善相人，謂高祖曰：『公骨法非常，必爲人主，願自愛，勿忘鄙言。』高祖頗以自負。」（本紀第一）。

〔註19〕 李世民爲「天命眞主」的預示，依《舊唐書·太宗》載：「（太宗）生於武功之別館。時有二龍戲於館門之外，三日而去。高祖之臨岐州，太宗時年四歲。有書生自言善相，謁高祖曰：『公貴人也，且有貴子。』見太宗，曰：『龍鳳之姿，天日之表，年將二十，必能濟世安民矣。』高祖懼其言洩，將殺之，忽失所在，因采『濟世安民』之義以爲名焉。」（本紀第二）。

揚州，宛轉花園裡。勿浪語，誰道許。」因此有人說李密是真主，理由為：「桃李子」指逃走的李氏之子，「莫浪語，誰道許」即為密字。（第四十四回）李密因此以為天命所歸，遂殺翟讓佔瓦崗為主。作者其後又寫道：「待那真主出來，順天意應人心，一舉而有天下……當日勢大的無如李密，人道得天下的畢竟是李密。不料又有這唐王。」（第四十八回）因此，李密終於還是兵敗降唐。

而寫秦瓊巧合於榿樹崗救唐公，乃因「上天既要興唐滅隋，自藏下一干亡楊廣的殺手，輔李淵的功臣。不惟在沙場上一刀一槍，開他的基業，還在無心遇合處救他的阽危。」（第三回）正因秦瓊是天命的輔唐英雄，因此善於觀相的李靖，一見秦瓊，即斷定此人「他年定為一殿之臣，必為國家大將。」（第二十回）而頗曉天機的徐懋功也告訴秦瓊：「興朝佐命，永保功名，大要在擇真主而歸之。」（第三十五回）在小說中，英雄的首要之務即在於「擇真主」，因為只有跟隨真命天子，才能發揮英雄「興朝佐命」的使命。因此作者論道：

> 天地間死生利害，莫非天數。只是天有理而無形，雷電之怒，也有一時來不及的，不得不借一個補天的手段，代天濟弱扶危。（第四回）
>
> 當日李密、王伯當、單雄信若肯似叔寶，相天心，歸真主，也可蔭子封妻……總之天生豪傑，必定有用他處，卻也要善識天意。（第六十回）

可見，在天命的最高指導下，英雄在歷史中所扮演的角色，就是天命的執行者。

總之，與前面諸書相比，《隋史遺文》的創新之處是增添了秦瓊少年時期的故事和在隋朝為將的情節，使得秦瓊的畢生功業和英雄形象都呈現出較為完整的敘寫。自從《隋史遺文》刊行，後來的小說敘寫「秦瓊」這一人物形象，即多由此出。因此，在秦瓊故事的發展歷程中，《隋史遺文》可說具有關鍵性的地位和影響。同時，透過「秦瓊」這一民間英雄的塑造，《隋史遺文》也具體塑造出一種「英雄模式」，為後來的小說家們所仿效。（詳論於下節）

二、結構布局

《隋史遺文》全書以歷史事件為發展的縱線，將隋唐間四十幾年的歷史連貫起來，其中的人物和事件大多符合史實；再以秦瓊的活動為發展的橫線，

通過秦瓊的生平遭遇，把眾多隋唐英雄串聯起來，故事大多為虛構。全書首尾完整，故事環環相扣，沒有一般歷史演義頭緒紛繁、人物分散的缺失。

由於隋唐演義系列小說發展到《隋史遺文》的階段，敘述重心已從《隋唐志傳》、《唐書志傳通俗演義》（以下簡稱《唐書志傳》）的歷史興衰轉移到英雄人物。因此，在小說中凡涉及隋唐易代的重大歷史事件，作者主要是運用敘述的手法，只對事件的發展過程作概括性的交待，如第三十六回敘述隋煬帝從大業元年到六年期間的四處巡遊、大興土木等，短短篇幅就依歷史紀年將煬帝的擾民惡行交待出來，鋪陳出官逼民反的時勢背景。相對的，對於主人公秦瓊的人生遭遇，則用描寫的手法，以加深讀者的印象。如小說第六回至第十三回，用大量的筆墨來敷演秦瓊作為一個小捕頭，押送犯人到山西潞州時的遭遇種種，每一個情節，作者都充分運用細節描寫、心理描寫，生動地刻畫出秦瓊作為落難英雄的內在性格和外在表現。（詳論於第四節「藝術特色」）

此外，小說在情節設置上多處運用了「懸念」〔註20〕和伏筆，使得敘事結構的發展環環相扣、引人入勝。以下擇取二條情節發展線索來看：

其一：第十回「單員外贈金貽禍水」寫秦瓊因思念母親急欲要回家，單雄信「欲以厚禮贈叔寶，又恐他多心不受，做一副新鋪蓋起來，將打扁的白銀縫在鋪蓋裡」。待秦瓊臨走前，單雄信「只說是鋪蓋，不講裡面有銀子」。如此，留下一個懸念，讓讀者想要知道秦瓊後來是否會發現鋪蓋裡有銀子？接下來第十一回「眾捕人大鬧皂角林」，寫秦瓊在皂角林投店時，因為感到鋪蓋很重，拆開後才發現有銀子。湊巧的是，這一幕恰好被正在追查響馬的捕盜們瞧見，因而誤會秦瓊是響馬；而當捕盜入門欲逮秦瓊時，秦瓊又誤會他們是劫匪，慌亂之中竟又誤殺店主。如此，本來是單雄信體貼秦瓊的作為，卻陰錯陽差地惹出諸多事端來，反而害秦瓊被發配幽州充軍。然而，小說敘事卻又峰迴路轉，第十四回「秦夫人見姪起悲傷」寫秦瓊遭發配幽州後，卻因此得以和失散多年的姑母相認。原來幽州總管羅藝的夫人正是秦瓊的姑母，羅藝愛屋及屋，使原本是罪犯的秦瓊因此翻身成為旗牌官。

〔註20〕所謂「懸念」，心理學上指人們急切期待的心理態勢；在戲劇結構上，則指通過一定的情節安排，不斷地造成觀眾急切期待的心理，以引起觀眾興趣的一種技巧。見許建中：《明清傳奇結構研究》（鄭州：中州古籍出版社，1999），頁78。

其二，第四回「秦叔寶途次救唐公」寫秦瓊半路仗義救李淵全家，臨別時李淵叫道：「壯士！我全家受你再生之恩，便等我識一識姓名，以圖報異日何妨！」秦瓊無奈告以姓名，忙亂之中李淵卻誤聽作「瓊五」。如此，作者即留下兩個懸念：一是李淵是否會報恩？二是李淵要如何報恩？後來在第十八回「秦叔寶引入永福寺」、第十九回「柴郡馬留寓報德祠」中，寫秦瓊、王伯當等人因緣投宿永福寺，而永福寺正是李淵捐資修蓋的，且內有「報德祠」，供有「恩公瓊五生位」。當秦瓊告知王伯當等人義救李淵的故事時，卻又恰巧為柴郡馬派來的人所聽聞，於是柴郡馬認了恩人、通報唐公。如此，一環接一環，所有事件的前因後果皆能發展得合乎邏輯。

三、繼承發展

由於《隋史遺文》是袁于令根據「舊本」改編而成，因此其成書來源可說吸收了之前隋唐故事的成果。如以下「總評」所云：

> 此節原有《開河記》，近復暢言於《豔史》，若不言則逗留，再言又重複，此卻把狄去邪一節，敍入去邪與叔寶言談。陶榔兒一節，敷衍作事。宋襄公一段，叔謀眾人語言中點出。或虛或實，或簡或繁，可謂極文人之思，極文人之致。（第三十四回「總評」）

> 個中敬德之事稍略，以本傳所重在叔寶，不可多及耳。（第五十五回「總評」）

可知小說中的隋煬帝開運河、殘害百姓等故事，主要取材於《隋煬帝豔史》；尉遲恭故事早出現於元雜劇和《大唐秦王詞話》，作者亦可能從中取材。但是全書最主要的部分仍在於民間英雄秦瓊的塑造，及其身邊的英雄人物，如李密、王伯當、徐世勣、羅士信、羅成、單雄信、程咬金、尉遲恭等。

以下，先就主要人物略述其繼承發展（秦瓊另專論於第三節），再以「秦瓊棄鄭歸唐」和「秦瓊與尉遲恭大戰」兩個常見的情節來具體論述《隋史遺文》對於前作的繼承和發展。〔註21〕

（一）主要人物的繼承發展

李密、王伯當的故事大抵依史敷演，小說所要強調的是李密殺翟讓的不義，以及王伯當的忠心護主。李勣，本姓徐，名世勣，因犯太宗諱，後改單

〔註21〕此二段情節發展到《隋史遺文》時，表現得最為精彩，後出的小說大抵簡略帶過。

名勣，又賜李姓，小說中常稱徐懋功、或徐茂公。李勣在歷史上是一位文武全才的大將軍，也是瓦崗寨英雄中最有義氣的，如李密死，其上表請求收葬；〔註22〕單雄信被囚待誅，其先請以官爵贖之，後又割股肉以啖之，最後還收養單雄信的兒子。〔註23〕《隋史遺文》雖然也寫徐世勣爲李密掛孝，但爲了凸顯秦瓊的有情有義英雄形象，就改寫成「交情深叔寶割股」（第五十九回）。李勣在歷史上文武全才，然小說中只發展其文人、軍師的形象。

羅成，在隋唐演義系列小說中其形象是逐步豐滿的，如在《隋唐志傳》、《唐書志傳》中皆沒有羅成的故事；在《大唐秦王詞話》中羅成與羅士信是同一個人（羅成，字士信），寫羅成遭射死於淤泥河、魂別嬌妻，但情節簡略。《隋史遺文》將羅成、羅士信分爲二人：羅士信史有其人，「年十四，短而悍」，從秦瓊討賊、征高麗，作戰英勇但性格粗暴，劉黑闥攻唐時，不屈而死，死時年方二十，小說大抵據史而寫；〔註24〕羅成則是虛構人物，小說寫其爲羅藝之子、秦瓊表弟，在秦瓊校場比武時，曾仗義助秦瓊箭射飛鷹，表現出少年英勇的性格，然其接下來的故事在小說卻未敘寫，猶如客串演出。

程咬金，其是唯一貫穿隋唐演義系列小說始終的人物（除《粉妝樓》外），可說是隋唐歷史的見證人。從史書記載來看，程咬金「少驍勇，善用馬槊；每陣先登。」（《舊唐書‧列傳十八》），可見其是一員驍勇善戰的大將。然在

〔註22〕《舊唐書‧李密傳》：「時李勣爲黎陽總管，高祖以勣舊經事密，遣使報其反狀。勣表請收葬，詔許之。高祖歸其屍，勣發喪行服，備君臣之禮。」（列傳第三）。

〔註23〕《資治通鑑‧唐紀四》：「初，李世勣與單雄信友善，誓同生死。及洛陽平，世勣言雄信驍健絕倫，請盡輸己之官爵以贖之，世民不許。世勣固請不能得，涕泣而退。雄信曰：『我固知汝不辦事！』世勣曰：『吾不惜餘生，與兄俱死；但既以此身許國，事無兩遂。且吾死之後，誰復視兄之妻子乎？』乃割股肉以啖雄信，曰：『使此肉隨兄爲土，庶幾猶不負昔誓也！』」（卷一百八十九）。

〔註24〕《資治通鑑‧隋紀六》：「歷城羅士信，年十四，從須陀擊賊於濰水上。賊始布陳（陣），士信馳至陳（陣）前，刺殺數人，斬一人首，擲空中，以槊盛之，揭以略陳（陣）；賊徒愕眙，莫敢近。須陀因引兵奮擊，賊眾大潰。士信逐北，每殺一人，剟其鼻懷之，還，以驗殺賊之數；須陀歎賞，引置左右。每戰，須陀先登，士信爲副。帝遣使慰諭，並畫須陀、士信戰陳（陣）之狀而觀之。」（卷一八二）而羅士信的死，則見於《資治通鑑‧唐紀六》：「劉黑闥攻洺水甚急……世民三引兵救之，黑闥拒之，不得進。世民恐王君廓不能守，召諸將謀之……羅士信請代君廓守之。世民乃登城西南高塚，以旗招君廓，君廓帥其徒力戰，潰圍而出。士信帥左右二百人乘之入城，代君廓固守。黑闥晝夜急攻，會大雪，救兵不得往，凡八日，丁丑，城陷。黑闥素聞其勇，欲生之，士信詞色不屈，乃殺之，時年二十。」（卷一百九十）

《大唐秦王詞話》中，寫程咬金「斧劈老君堂」、「大戰尉遲恭」，將其形象轉變爲天眞率直而又莽撞的勇夫。直到《隋史遺文》敘寫程咬金「賣私鹽」的出身、「劫皇杠」的作爲，才使其滑稽性格和重情義的形象有具體的展現。但要到《說唐》，其人物形象才算眞正發展成熟。（詳參第五章）

尉遲恭，史載其「以武勇稱；每單騎入賊陣，賊槊攢刺，終不能傷，又能奪取賊槊，還以刺之；賊眾無敢當者。」玄武門之役論功，「敬德與長孫無忌爲第一。」（《舊唐書・列傳第十八》）因此在唐宋傳說和元雜劇中，關於尉遲恭的故事最多。到了《大唐秦王詞話》時，尉遲恭已有完整的形象，其「力伏鐵妖、智降水怪」，可謂英勇蓋世。（詳參第二章）《隋史遺文》特別發展的是尉遲恭與秦瓊的大戰，展現其勇猛的一面。而後發展到《說唐》、《說唐後傳》時，尉遲恭的性格又有「粗莽豪爽」的新發展。（詳參第五章、第六章）

單雄信，其在歷史上是一名武藝高強的驍將，於李密軍中號稱「飛將」，曾追殺李世民，後爲尉遲恭所敗。〔註25〕在《大唐秦王詞話》中，單雄信是個反面角色，原是李密手下的「五虎將」，因中了王世充的美人計而降鄭，成爲王世充的駙馬，而後詐病回金墉當內奸、助鄭破魏。〔註26〕後遭唐兵擒拿，臨斬之際竟怕死求饒，哀求徐茂公救他；然因遭到拒絕，死後懷怨托生爲葛蘇文，二十年後再次與唐爲敵。由於《大唐秦王詞話》的中心思想是「天下總歸眞命主」（第十八回），因此，「是否忠於秦王和唐王朝就成爲判別人物的試金石。」〔註27〕就個別人物的發展來看，單雄信從元雜劇到明詞話，其人

〔註25〕《舊唐書・單雄信傳》載：「單雄信者，曹州人也。翟讓與之友善。少驍健，尤能馬上用槍，密軍號爲『飛將』。密偃師失利，遂降於王世充，署爲大將軍。太宗圍逼東都，雄信出軍拒戰，接槍而至，幾及太宗……」（列傳第三）又《舊唐書・尉遲敬德傳》載：「世充驍將單雄信領騎直趨太宗，敬德躍馬大呼，橫刺雄信墜馬。」（列傳第十八）。

〔註26〕單雄信的形象，在唐宋時期主要是「驍將與逆賊」；到了元雜劇時，則多將之敷演爲「賣國奸賊」。參見彭知輝：〈從奸賊逆臣到綠林豪傑——論單雄信形象的演變〉《聊城大學學報・社科版》（2007 第 2 期），頁 18～19。至於單雄信在《大唐秦王詞話》中的形象，除了受到元雜劇的影響外，應是附會史書所載，如《資治通鑑・唐紀二》：「雄信驍捷，善用馬槊，名冠諸軍，軍中號曰『飛將』。彥藻以雄信輕於去就，勸密除之；密愛其才，不忍也。及密失利，雄信遂以所部降世充。」（卷一百八十六）。

〔註27〕見齊裕焜：〈從單雄信和羅成形象的演變說起〉《明清小說研究》（1993 第 1 期），頁 149。

的形象都被醜化成是「逆行天命、為臣不忠的賣國奸賊」。〔註28〕

　　《隋史遺文》則將單雄信由背信忘義、貪生怕死的小人，改變成具有俠義品格的二賢莊莊主，同時也是綠林的首領。其對秦瓊有情有義，對李淵殺兄之仇難以忘懷，「只因手足深仇，難講君臣大義」，是個恩怨分別的英雄好漢。然而，《隋史遺文》刪除了單雄信與徐世勣「割袍斷義」的描寫，卻用了兩千字左右詳加敷演單雄信被斬前後，秦瓊、徐世勣、程咬金三人如何苦心營救、割股炙肉、誓願代為照顧妻小等情節，深刻呈現出英雄之間的真摯情誼。而回目標題為「交情深叔寶割股」，亦可見全書有借單雄信事件以凸顯秦瓊重情重義的英雄性格。而單雄信恩怨分明、慷慨就刑的形象，亦因此而獲得廣大庶民的同情與肯定。至於小說為何要寫單雄信與李家結仇呢？按正史，單雄信轉投王世充後，一次陣上交戰，幾乎殺了李世民：

　　　　（單雄信）援槍而至，幾及太宗。徐世勣呵止之，曰：「此秦王也。」
　　　　雄信惶懼，遂退。太宗由是獲免。東都平，斬於洛陽。（《舊唐書·
　　　　列傳第三》）

史載單雄信「惶懼」或許有史官維護君王之意，然以單、徐二人舊識的關係來看，單雄信「遂退」的主要原因可能是顧及朋友的交情。因此，夏志清認為：「演述隋唐的說書人，極注意這一段文字，雄信既然狠狠地要把秦王殺死，一定有私人恩怨在。根據這種推想，說書人編造出一則極有人情味和悲劇性的故事來。」〔註29〕於是作者（或是源自舊本的說書人）故意賣弄巧合，先寫秦瓊仗義救李淵全家，接著寫李淵回楂樹崗時，又見「一馬飛來」，當下以為賊人追來，急忙抽箭將之射死，而此遭冤殺之人即單雄信之兄。如此充滿巧合的情節，細究之下頗有其不合情理之處，但卻能使故事變得緊湊，並且把秦瓊、單雄信和唐家的命運聯綴在一起，建構出「天命」預設下的「歷史」和「英雄」。

（二）典型情節的繼承發展

1. 秦瓊棄鄭歸唐

　　「秦瓊棄鄭歸唐」這一情節的設置既有史籍來源，又有民間俗文學家的改造。《新唐書》對此事記載為：

〔註28〕參見彭知輝：〈由奸賊逆臣到綠林豪傑——論單雄信形象的演變〉，頁19。
〔註29〕夏志清：《隋史遺文·重刊序》，頁12。

（秦瓊）後歸王世充，署龍驤大將軍，與程咬金計曰：「世充多詐，
數與下咒誓，乃巫嫗，非撥亂主也。」因約俱西走，策其馬謝世充
曰：「自顧不能奉事，請從此辭。」（列傳第十四）

《舊唐書》的記載與此略同。〔註30〕這一事件在史書中記載簡要，但在俗文
學中則被大大添枝加葉，不但字數增多，而且有了新的發展。如元雜劇《徐
懋功智降秦叔寶》，演述徐懋功在程咬金的幫助下施行反間計，逼使秦瓊不得
不投唐。如此，徐懋功的智慧才是秦瓊棄鄭投唐的關鍵因素。此情節爲《隋
唐志傳》、《唐書志傳》所採用。

　　《大唐秦王詞話》則在前人的基礎上，作了更周全的敷演。在小說中，
因爲單雄信投靠王世充時，挾持了秦瓊、程咬金等人的家屬，迫使他們不得
已才降鄭。然因秦瓊始終未能得到王世充的重用，內心苦悶之餘，不禁感嘆
生不逢時、英雄無用武之地。不過，當徐世勣勸他投唐時，秦瓊卻說：「唐朝
雖是眞命天子，若論你我，不該投唐，想魏王四馬投唐，被秦王數次羞辱，
直逼到斷密澗而亡。你我若去投唐，就不忠了。」（第二十七回）徐世勣見秦
瓊不願投唐，便用激將法，說他是因爲害怕尉遲恭才不敢歸唐。結果秦瓊當
下氣得表示要與尉遲恭一戰，立刻改變初衷去投唐。而當秦瓊要離開王世充
時，小說寫道：

秦叔寶說：「你各人管著家小，先出南門，我去辭一辭東鄭王就來。」
咬金說：「你我非是他臣子，辭他怎麼？」叔寶說：「大丈夫行事，
怎麼來不參去不辭？」叔寶全裝披掛，手執劈楞簡，跨下呼雷豹，
直至東華朝前，應聲高叫：「東鄭王，我是長隨營的秦叔寶，投唐去
也。」雷震相似，喝一聲，兜轉馬就走。（第二十七回）

比較《大唐秦王詞話》與《新唐書》，可以看出前者對後者的大幅改編。然而
《大唐秦王詞話》中的秦瓊形象仍有矛盾之處，如既寫秦瓊「戰策能通孫子
法，兵韜盡曉呂公文。」（第二十六回）又寫秦瓊自言：「三日前罰（發）下

〔註30〕　《舊唐書‧秦叔寶傳》載：「後密敗，又爲王世充所得，署龍驤大將軍。叔寶
　　　　薄世充之多詐，因其出抗官軍，至於九曲，與程咬金、吳黑闥、牛進達等數
　　　　十騎西馳百許步，下馬拜世充曰：『雖蒙殊禮，不能仰事，請從此辭。』世充
　　　　不敢逼，於是來降。」又《程咬金傳》亦載：「知節謂秦叔寶曰：『世充器度
　　　　淺狹，而多妄語，好爲咒誓，乃巫師老嫗耳，豈是撥亂主乎？』及世充拒王
　　　　師於九曲，知節領兵在其陣，與秦叔寶等馬上揖世充曰：『荷公接待，極欲報
　　　　恩。公性猜貳，傍多扇惑，非僕托身之所，今謹奉辭。』於是躍馬與左右數
　　　　十人歸國，世充懼，不敢追之。」（列傳第十八）。

誓願，永不扶一邦，掌一國。誓願已出，便難改了。」（第二十七回）由此可見秦瓊的性格應是理智而冷靜。然而，當徐懋公一用「害怕尉遲恭」的話來激他時，他卻魯莽地忘了之前的誓願，造成秦瓊形象的不統一。

對此，《隋史遺文》做了較好的修正。由於小說先寫李淵誤殺單雄信之兄（第三回），所以當李密兵敗投唐時，單雄信即因殺兄之仇而誓不投唐，還勸秦瓊一起降鄭。秦瓊猶豫說：「只怕王世充不能容物，怕不能久長。又魏公、伯當情誼，卻不可忘。」程咬金便勸解說：「哥莫要撇古，我們且去，料王世充也拿不住我們的心，怎先失了自己的和氣？」秦瓊在顧及朋友道義下才因此降鄭。（第五十三回）然因王世充終究是個狠毒小人，於是秦瓊、程咬金便在其與唐兵交戰時陣前倒戈。小說寫道：

> （二人）跳下馬來，向王世充拜上兩拜，雷也似發聲道：「末將荷明
> 公殊禮，深思報效，爭奈明公素性猜忌，喜信讒言，不是某等託身
> 之所，如今不能服事了，就此拜辭。」（第五十三回）

袁于令對這一情節的處理，可說恰到好處。既使得史籍中的相關記載得到增飾，又無誇張、遊戲之嫌，並且符合王世充為人「沉猜多詭詐」的歷史形象。〔註31〕

此後，在《隋唐演義》中刪除了「秦叔寶棄鄭歸唐」的情節，改成李密投唐又反唐，秦瓊與徐懋功在安葬完李密後，兩人才一起投唐。《說唐》則寫唐營為了打敗尉遲恭，遂差徐茂公到洛陽去請來秦瓊，秦瓊遂和程咬金一起投唐。兩書的寫法各有其側重點，大抵是為了避開秦瓊「易主」所涉及到的「忠、節」形象。相較之下，在整個隋唐演義系列小說的發展中，「秦瓊棄鄭歸唐」的情節在袁于令的《隋史遺文》中發揮得最為精彩。

2. 秦瓊與尉遲恭大戰

《新唐書·秦瓊傳》載：「每敵有驍將銳士震耀出入以誇眾者，秦王輒命叔寶往取之，躍馬挺槍刺於萬眾中，莫不如志，以是頗自負。」（列傳第十四）可見秦瓊是一個勇猛的戰將，有著超乎常人的智謀與膽識。為凸出表現秦瓊這方面的特點，小說家們就要據此敷演出相關的情節出來，其中一個典型的例子就是秦叔寶與尉遲恭大戰的「三鞭換兩鐧」。此情節最早出現在《隋唐志

〔註31〕《隋書·王世充傳》載王世充為人：「卷髮豺聲，沉猜多詭詐，頗窺書傳，尤好兵法，曉龜策推步盈虛，然未嘗為人言也。」又於「史臣曰」評論：「王充鬥筲小器，遭逢時幸，俱蒙獎擢，禮越舊臣。」（列傳第五十）。

傳》中：

> 敬德曰：「你我共鬥四五百合，手段兩下皆見，也只如此，不足爲意。你敢與我鬥拼力法否？」叔寶曰：「何爲拼力法？」敬德曰：「明人不做暗事，相算不足爲奇，你先受我打得幾鞭，我亦與你打幾鐧，還定下二人生死，在此攸分，此爲拼力之法。」叔寶曰：「汝乃嬰兒戲言，豈有人當得幾鞭幾鐧得以不死？便是鐵石也要打碎了。」敬德曰：「……莫言太多，只一二十鐧，吾亦敢當之。」叔寶曰：「此眞誑言，莫言二十，只消當吾一鐧，也便死了。」敬德笑曰：「吾知汝已有驚懼之心，恐吾所算弄汝，無再生之路。吾讓汝先打，只勿傷吾性命之處，任汝來打如何？」叔寶曰：「可約定打數。」敬德曰：「汝打四鐧，我還三鞭，只此便是實數，別無虛語。」……叔寶手提雙鐧，向敬德背上連打二下，再欲打第三下，敬德已自回馬，走向前面，屈身負痛，口吐鮮血去了……敬德望叔寶背上連打三鞭，再欲打來，叔寶慌忙勒馬回陣，口含鮮血，忍住不吐。叔寶暗思：「若吐了血，則示弱於彼，被其恥笑。」遂將汙血吞了，後來叔寶得病，皆因此吞汙血之故……敬德曰：「汝尚欠吾一鞭。」叔寶曰：「論數算來，果少一鞭，以輕重較之，四鐧約有二百斤之力，三鞭還有二百四十斤之重，汝尚欠吾四十斤的氣力，何足爲奇？」（第五十四回）

以肉身抵擋重達「五十斤、八十斤」的兵器？正如秦瓊所言：「豈有人擋得幾鞭幾鐧得以不死？」這種敘寫失之誇張、不合理，只求凸顯開唐的兩大名將的「勇敢威猛」異於常人。正如作者於回末「總評」所強調：「三鞭兩鐧，德、寶二人，俱能堪受，非勇冠三軍，而能若是乎？」畢竟秦、尉兩人都是執行開唐天命的英雄，因此他們的神勇威武超出常人也就不足爲奇。類此卡通式的誇張表演，充滿民間傳奇的色彩，與後來的《說唐》敘寫十八條好漢應屬同一思惟模式。（詳論於第五章）

　　在《大唐秦王詞話》中，則將此情節改編成「三鞭不及二鐧」，並且改變秦瓊、尉遲恭以兵器互打身體的比試方式，而寫尉遲恭在柏壁關下鞭打馬三保、段志玄、程咬金，中傷不損其命；秦叔寶則在清風嶺下用鐧打死魏雕兒、張賽虎。如此，以傷亡者的數字來看，秦瓊是比尉遲恭厲害一些。但細究之，畢竟雙方傷亡者的實力不同，硬要說是秦瓊武藝高過尉遲恭，失之勉強。因此，《隋史遺文》敘寫秦、尉兩人之勇，即不採用「三鞭換兩鐧」的情節，而

以「美良川大戰」來顯現兩人的勇猛：

> （尉遲恭）提鞭躍馬上前來瞧，見一個：「鳳翅金盔，魚鱗銀鎧，面如月滿，身若山凝。飄飄五柳長髯，凜凜一腔殺氣。弓掛處一彎缺月，簡搖處兩道飛虹。人疑是再世伍胥，真所畫白描關聖。」這便是唐國大將秦瓊。秦瓊見一將提鞭而來，知是敬德，果然也是一個英雄：「兩道黃眉，一團鐵臉，睛懸日月，氣壯虹霓。虎鬚倒卷，峭似鬆針；猿臂輕舒，渾如鐵槊。鐵幞頭配烏油甲，青天湧一片烏雲；烏錐馬映皂羅袍，大地簇一天墨霧。想應是翼德臨戎，一定是玄壇降世。」尉遲大叫道：「何處將士，不曉咱尉遲敬德麼？敢攔我去路！」秦叔寶道：「我唐朝大將，那認得你這胡地小卒！快留下擄掠輜重，饒你性命。」敬德道：「你這廝不知死活，待擒去一並獻功。」拍一拍馬，提雙鞭直取叔寶。叔寶也縱兩簡，直取敬德。自早至午，戰有半晌，不分勝敗。

在尉遲恭眼中，秦瓊是「再世伍胥、白描關聖」；而在秦瓊眼中，尉遲恭是「翼德臨戎、玄壇降世」。透過兩人第一印象的對襯效果，更能凸顯出英雄見英雄、勇猛對勇猛的氣勢。至於兩人交戰的過程，作者則引詩帶過：「馬蹴征塵颺，戈揮霜雪飛。相逢皆勁敵，血汗濕征衣。」（第五十四回）後來因尉遲恭的部下遭唐兵衝散，尉遲恭只得隨著敗兵且戰且退，途中又與秦瓊戰了數回。秦王知尉遲恭勇猛，欲以「天意有在，何不背暗投明？」來勸降之。故「幾次敬德來，單搦秦瓊出馬。叔寶要與他定個雌雄，秦王不許。」作者還在第五十五回卷首引詩強調「雌雄方未定，天意靡攸歸」。後來尉遲恭因「武周猜狠異常，金剛剛愎自用」而率全城歸附唐營，作者又引詩贊曰：「就湯伊尹原非畔，天意歸時人意從。」（第五十五回）如此，將「英雄」納於「天命」之下，識天命者為真英雄。

此後，在《隋唐演義》中改寫為秦、尉兩人相約以「互換兵器、打石頭」的方式來比賽定輸贏，結果尉遲恭拿秦瓊的雙鐧，用力打了三下才把石頭打碎；而秦瓊拿尉遲恭的單鞭，卻只打二下就把石頭打碎了。如此，褚人穫將傳統的「三鞭換兩鐧」改寫成「三鐧換兩鞭」。（第五十六回）《說唐》則延用「三鞭換兩鐧」的故事，但作者強調兩人是各以武器互擊，還批評「互打背心」之舊說，「豈有此理？」（第四十六回）〔註32〕

〔註32〕《說唐》第四十六回，先寫「秦叔寶卻是左天蓬大帥星臨凡，尉遲恭是黑煞

　　總之，不管是「三鞭換兩鐧」、「三鐧換兩鞭」或是「美良川大戰」，都是為了展現秦瓊和尉遲恭的勇猛，只是有些小說寫得太過誇張，反而顯得不合情理。相較之下，《隋史遺文》的敘寫倒是比較符合實際的情理。

第三節　民間英雄人物的基型：秦瓊傳

　　由於隋唐演義系列小說初期發展爲「歷史演義」，相關小說在「接鑑演義」的要求，敘事主體皆以歷史事件爲進程，旨在宣揚李世民反隋興唐的功業，其他人物的塑造自非重點。因此，在秦瓊形象的塑造上，皆無敘及秦瓊的少年時期和在隋朝爲將之經歷。如《隋唐志傳》寫秦瓊的出場是在裴仁基投降李密之後，《大唐秦王詞話》寫秦瓊的出場則是在李世民偷窺李密的金墉城之時。直到《隋史遺文》才將敘事焦點置於秦瓊，小說以將近三分之二的篇幅，描寫以秦瓊爲主的草澤英雄故事，並且有意將秦瓊塑造成典型的民間英雄，使得整部小說堪稱爲「秦瓊傳」。以下分由「英雄的形象」、〔註33〕「英雄的歷程」、〔註34〕「英雄的性格」等三方面，來看作者如何透過秦瓊，形塑出民間英雄人物的基型。

　　　神降世」，以喻兩人實力相當。再寫兩人交戰時：「尉遲恭大喝一聲：『照鞭罷！』耍的一鞭打下。叔寶把左手的鐧架開鞭，右手當的一鐧打來。尉遲恭叫聲：『不好！』將手中矛一架，吭的就是一鞭。叔寶架開鞭，耍的又是一鐧。尉遲恭一矛架開鐧，當的又是──鞭。叔寶架開鞭，卻待要打，尉遲恭回馬跑了。這名爲『美良川三鞭換兩鐧』，尉遲恭打他三鞭。叔寶只換得他兩鐧。那小說上卻說三鞭換兩鐧，是打背心的。叔寶二鐧重一百八十斤，尉遲恭的鞭重八十一斤，就是一根鐵柱打下去，也要打個缺兒，何況身體乃精血所成，豈有此理？」。

〔註33〕本文所謂之「英雄的形象」，主要是指相對於「內在性格」的描述，如小說寫英雄出場時所描述的外在形貌（長相、武器、坐騎等），以及戰場表現（如武藝、謀略）等。

〔註34〕神話學大師坎伯（Joseph Campbell），在其《千面英雄》中探討了不同文化傳說英雄之共通性，歸納出相似的故事發展形式：「英雄的啓程冒險、英雄的啓蒙、英雄的回歸、神性的轉換」。這大致是英雄成長旅程的基調，稱爲「單一神話」或「英雄的歷程」。詳參朱侃如譯，《千面英雄》（台北：立緒文化，1997）。然本文在探討《隋史遺文》塑造秦瓊的「英雄的歷程」時，不擬操作坎伯的神話學理論，乃因本文著眼處在於「系列小說的發展史」，看重的是袁于令如何補足歷史敘事中所缺乏的秦瓊之少年故事，亦即袁于令自序中所強調的創作重點：「英雄的微時光景」。同時，由於這類講史小說在敘寫上尚有「史傳與小說互動」之特色，依敘寫時序探析人物歷程，較能看出作者改編史傳之用心處。

一、英雄的形象

秦瓊做爲一個「民間英雄」，其人物形象是逐漸發展、累積而成。以下從相貌和配備、武藝、謀略等三方面述之：

（一）在相貌和配備方面

《隋唐兩朝志傳》寫秦瓊的相貌是「身長九尺三寸，美鬚髯，眉清目秀，膽力過人」。（第八回）《大唐秦王詞話》除了寫秦瓊的相貌爲「彪背熊腰石間玉，虎頭燕額人中龍」外，更進一步描述其裝束打扮，以具體化其猛將特徵。如：

> （秦瓊）全裝披掛，果然是虎將叢中領袖，英雄隊裡班頭。戴一頂獅獸口、嵌鴨青、纓簇將爛銀盔，披一領珠絡索、拱祥雲、眞鎖幅、靛青袍，掛一副綠絨穿、排雁翅、賽唐猊銀頁甲，繫一條稱熊腰、妝異寶、翠玲瓏鑲金帶，穿一雙踏寶凳、踢飛雲、烏犀獸軟皮靴，彎一張賽鷹鷂、落鴻雁、龍角靶花梢弓，插一壺穿鐵鎧、透征衣、點鋼鑿雕翎箭，擎一杆刺三魂、追七魄、明如雪火尖槍，懸兩條妖魔懼、神鬼驚、皎如銀鐧鐵簡（鐧），騎一匹猛如龍、威勝虎、慣追風呼雷豹。彷彿靈官臨世界，依稀眞武下天門。（第二十八回）

這段秦瓊全副武裝的敘述，從鎧甲，武器到戰馬一一都做了仔細的鋪寫，頗能渲染出秦瓊勇猛威武的虎將形象，故用「靈官、眞武」來加以比附。[註35]《隋史遺文》對於秦瓊的形象，則有多元而具體的描寫。如：

> 秦瓊長大，生得身長一丈，腰大十圍，河目海口，燕頷虎頭。（第三回）

> 這刺史姓劉名芳聲，見了秦瓊：軒軒雲霞氣色，凜凜霜雪威稜。熊腰虎背勢嶙嶒，燕頷虎頭雄俊。聲動三春雷震，髯飄五柳風生。雙眸朗朗炯疏星，一似白描關聖。（第三回）

> 來公抬頭一看，秦瓊跪在月臺上，身高八尺，兩根金裝簡（鐧），懸於腕下，就是李天王兩座金塔倒懸，身材凜凜，相貌堂堂，一雙眼，光射寒星。兩彎眉，黑如刷漆，胸脯橫闊，有萬夫難敵之威風，語句軒昂，吐千丈凌雲之志氣。（第十七回）

[註35] 眞武、靈官皆道教神明，眞武即「眞武大帝、玄天上帝」；靈官一般指的是「王靈官」。王靈官既是火神，又是雷部尊神，故又稱爲「太乙雷聲普化天尊」。參見侯會：〈華光、王靈官與二郎神〉《民俗研究》（2009.2），頁82～95。

（尉遲恭）提鞭躍馬上前來瞧，見一個：鳳翅金盔，魚鱗銀鎧，面
如月滿，身若山凝，飄飄五柳長髯，凜凜一腔殺氣，弓掛處一彎缺
月，鐧搖處兩道飛虹，人疑是再世伍胥，真所畫白描關聖。（第五十
四回）

這四處對秦瓊外貌的描寫，分由不同人物引出，有實寫、虛寫、誇張、比喻，
從不同角度刻畫出一個威風凜凜的武將形象。如此，較之《隋唐兩朝志傳》
中的「眉清目秀」合理，也比《大唐秦王詞話》中「靈官、真武」之比喻具
體化。

此外，在「英雄配寶馬」〔註36〕的觀念下，早在唐代的《酉陽雜俎》中
就有秦瓊坐騎的記載：

秦叔寶所乘馬號「忽雷駮」，常飲以酒，每於月明中試，能豎越三
領黑氈。及胡公秦瓊死後封胡國公卒，嘶鳴不食而死。（卷十二「語
資」）〔註37〕

宋代曾慥《類說》亦有錄此馬「每月夜設二領氈，溪澗當前一躍而過」。〔註38〕
雖然段、曾二人對該馬所躍過的氈之數目描寫不一致，但都一致推崇此馬善於
跳躍，通人性。然在《隋史遺文》的「秦瓊賣馬」情節中，寫的卻是秦瓊的另
一匹寶馬「黃驃馬」〔註39〕。不管是「忽雷駮」（後來的小說多作「忽雷豹」），
或是「黃驃馬」，都是秦瓊作為一個「英雄」所不可或缺的配備。

〔註36〕 馬與古代英雄的功業和命運，承繼著先秦「騏驥──士不遇」的文學慣性，
逐漸從文人雅文學的殿堂中走下來，世俗化地凝結在眾多野史趣聞中。同時，
在古代文人「士不遇」的文化模式裡，馬與人的恩怨，也帶有士與恩主之間
的主客對等性。因此良駒神駿效忠的都是真主、真英雄，這是「英雄寶馬」
的深層意涵。詳參王立，〈馬意象與中國古代馬與人恩怨的審美闡釋〉《遼東
學院學報》2004年第1期，頁13～16；又〈千古文人的伯樂夢：馬文學與馬
文化的美學、人類學內涵〉，《內蒙古大學學報·哲社版》總第73期（1991.4），
頁18～25。
〔註37〕 唐·段成式，《酉陽雜俎》收入《唐五代筆記小說大觀》（上海古籍出版社，
2000.3），頁643。
〔註38〕 宋·曾慥，《類說》卷四十二「忽雷駮」條下引《酉陽雜俎》亦收有此條，而
文字稍有不同。收入《筆記小說大觀》第31編（台北：新興書局，1980.8），
頁2789。
〔註39〕 在說唐故事中雖然出現不少名馬，但卻沒有一匹馬表現得比黃驃馬更有靈性
和人情味，這或許是受到「秦瓊賣馬」情節的影響，黃驃馬也因此在民間頗
有名聲。參見彭志文，〈古典小說中的五大神駒〉《章回小說》2008年第2期，
頁110～111。

（二）在武藝方面

在《新唐書》中已載有秦瓊「躍馬挺槍刺於萬眾中，莫不如志」（列傳第十四），可見秦瓊武藝高強。《隋唐兩朝志傳》則透過臨陣描寫，以見秦瓊武藝：

> 秦瓊手提雙簡（鐧），大怒而出，單搦周武交鋒。長子文英與叔寶交鋒，戰不數合，叔寶刺死文英於馬下。次子文禮大怒，一騎馬一隻戟來與瓊交戰。瓊乃抖擻精神，施逞平日虎威，戰上二十餘合，拖簡便走。文禮兜住馬，倚了戟，取箭射之，被瓊用簡速撥下。連射三箭，皆不中。……比及趕到，被叔寶一箭射中面門，應弦墜馬而死。（第三十四回）

「戰不數合」秦瓊便將敵將刺死馬下；再來一將，連射秦瓊三箭皆不中，倒是秦瓊只發一箭便輕易將敵將射死墜馬。如此，皆可見秦瓊武藝之高超。《大唐秦王詞話》中關於秦瓊的武藝，則有以下敘述：

> 叔寶抖搜（擻）神威，使起花簡法：有時見人不見馬，忽然露馬不露人。幾回人馬都藏過，只見玉蟒銀蛇往下奔。（第二十八回）

> 叔寶急縱呼雷豹，袋取寶雕弓，壺摘金星箭，往夏陣內執旗軍事（士），一箭射去，應弦而倒。（第四十一回）

透過舞鐧之精彩、射箭之神準，可見秦瓊武藝之精湛。《隋史遺文》在敘寫秦瓊武藝時，進一步增補了秦瓊學武的經歷：

> 祖傳有兩條鎏金熟銅簡（鐧），稱來可有一百三十斤，他舞得來，初時兩條怪蟒翻波，後來一片雪花墜地，是數一數二的。（第三回）

> 秦瓊在齊州當差時，……做仗義疏財的事。江湖上行教的把式到齊州，圖叔寶的盤纏，知道他用槍，就教他一路槍。今日是這個教他一路槍，明日是那個教他一路槍，傳雜了。（第十五回）

> （羅藝）向秦瓊道：「府中有個射圃，賢任可與汝表弟習學槍馬。」……自此表兄弟二人，日在射圃中走馬使槍。羅公暇時，自來指撥教導，叫他使獨門槍，發暗簡打敵，百發百中。（第十六回）

如此，不但交代了秦瓊如何習得鐧法、槍法，同時也透過品牌保證（秦家鐧、羅家槍），再度宣告秦瓊武藝的高超。至於秦瓊的箭法，則頗有寓意：小說寫秦瓊在羅藝校場時，自稱會射箭，乃因自認：「在齊州時，往來上司操演，那

靶子上紅心，也有斗大，我箭箭皆中紅心，山東人也就稱我會射。」不料羅藝帳下的將官皆是「奇射」，個個「射那懸針滾豆，百步穿楊，射楊柳枝，墜馬鞭，金錢眼，若射金剛腿槍桿，就算不會射的了」。相較之下，秦瓊顯然是屬於「不會射的」。所謂「強中自有強中手」，小說如此敘寫，意在凸顯秦瓊具有一般人的普遍人性，唯有不將秦瓊「神化」，才能使秦瓊的形象更能貼近庶民的情感。

（三）在謀略方面

關於秦瓊的用兵謀略，《隋唐兩朝志傳》只見作者評論秦瓊具有「統馭之才，孫吳之略。」（第四十九回）《大唐秦王詞話》亦只寫徐懋功稱讚秦瓊：「戰策能通孫子法，兵韜盡曉呂公文。」又寫秦瓊自言：「想昔日喜功名潛心銳志，習孫吳傳孔孟尚武崇文。知陣法曉兵機六韜之略，十八般真武藝件件皆精。」（第二十六回）

《隋史遺文》寫秦瓊雖然少年在家時「最懶讀書」（第三回），但是後來在幽州充軍時，羅藝教授他「三韜六略，孫吳兵法」（第十六回）。如此，合理交待了秦瓊通曉兵法謀略的過程。而後，因此，小說更以「秦叔寶智取洱水」（第三十七回）的情節，具體描寫了秦瓊用兵謀略的發揮。如小說寫秦瓊跟隨來護兒征高麗時，先寫秦瓊「戰船開出洋來」，接著作者即作出宣告：「兵凶戰危，相殺也是一件險事，到了水戰更險。」預告若非智勇雙全，難以成功。而後寫秦瓊「領兵做先鋒，先招熟知水道的做了嚮導」，因此一路行船，皆得以順利避過暗礁、颶風；到了高麗境內，即謀畫乘虛直搗平壤，使「遼東安市各城，可不戰而下」。作者強調：「當日鄧艾入蜀，韓擒虎平陳，都是如此。」後又寫秦瓊「自洱水進兵，出其不意」；趁東南風緊，下令放火箭大敗高麗水師。作者引詩贊曰：「公瑾謀偏勝，曹瞞哪得生？」更於回末總評曰：「來護兒名為宿將……。如叔寶才是興王名將，其局段出手自不同也。」如此，在作者筆下，秦瓊的用兵謀略足以比附鄧艾、韓擒虎、周瑜等智勇名將，且勝過隋朝大將來護兒。

二、英雄的歷程

民間崇拜的英雄，常有其成長的歷程。特別是小說家從史傳中取材，對於英雄成名前的少年生活，在史書不載的情況下，必須發揮更多的想像，並採擷相關的民間傳說加以生發敷演，因此其內容最能符合庶民的生活和情

感。在《隋史遺文》之前的相關小說中，並未就秦瓊個人加以立傳，因此《隋史遺文》以「秦瓊傳」的方式來寫秦瓊的英雄歷程，在系列小說的發展過程中，實具有里程碑的意義。袁于令在小說開首即議論曰：

> 止有草澤英雄，他不在酒色上安身立命，受盡的都是落寞凄其，倒
> 會把這干人弄出來的敗局，或時收拾，或是更新，這名姓可常存天
> 地……就到後來，稱頌他的，形之紙筆，總只說得他建功立業的事
> 情，說不到他微時光景。（第1回）

可見，作者不但表明其敘寫中心在於草澤英雄，同時也說明了其發揮重點在於英雄的「微時光景」。以下，依小說中英雄成長的歷程，分成三個階段來看：

（一）微賤困苦的少年生活

史傳文學多從人物性格來塑造英雄。如《左傳》寫重耳在外流亡十九年，備嘗險阻艱難而終得繼位爲晉文公。其成長過程正是儒家「天將降大任於斯人也，必先苦其心志，勞其筋骨，餓其體膚，空乏其身，行拂亂其所爲，所以動心忍性，增益其所不能」（《孟子·告子》）的形象化詮釋。這是中國人所崇拜的英雄精神，而小說作者既從歷史中取材，故其在塑造其民間英雄時都會如同史傳文學一般，刻意去鋪寫英雄遭受磨難的情節，從中強調出英雄精神的文化。

《隋史遺文》寫秦瓊的家世：「乃祖是北齊領軍大將秦旭，父是北齊武衛大將軍秦彝」。秦彝後來殉節而死，秦瓊由寡母撫育長大。長大後好打不平，「生得身長一丈，腰大十圍，河目海口，燕頷虎頭。最懶讀書，只好輪槍弄棍，廝打使拳。在街坊市上，好事抱不平，與人出力，便死不顧。」（第三回）人們見他有勇仗義，又聽母親訓誨，就叫他做「賽專諸」。當樊虎前來邀請秦瓊到齊州衙門當捕盜都頭時，起初秦瓊不願意，其所考慮的是：

> 我累代將家，若得志爲國家提一枝兵馬斬將搴旗，開疆展土，博一
> 個榮封父母，蔭子封妻。若不得志，有這幾畝薄田，幾樹梨棗，儘
> 可以供養老母，撫育妻兒，這幾間破屋中間，村酒雛雞，儘可與知
> 己談笑。一段雄心沒按捺處，不會吟詩作賦，鼓瑟彈琴，拈一回槍
> 棒，也足以消耗他。怎低頭向這些贓官府下聽他指揮？拿得賊，是
> 他的功；起來贓，是他的錢。還又咱們費盡心力，拿著幾個強盜，
> 他得了錢放了去，還道咱們誣盜。若要咱和同水密，扳害良民，滿
> 他飯碗，咱心上也過不去。（第三回）

可見，秦瓊在自恃「累代將家」的高貴出身下，自然不肯屈降自尊去受「贓官府」的指揮。後因秦母擔心他「終日遊手好閒」，秦瓊只好從母命入公門。這段敘寫，既見秦瓊少年時維護家門的自尊，又強調他能看清社會現實，因此在孝順的大原則下，他不得不屈從現實，踏出英雄旅程的第一步。小說接著寫秦瓊在潞州出差途中，打退楊廣派來的強盜，仗義救李淵一家。後來秦瓊與樊虎分手，然因路費全放樊虎處，而潞州刺史不在無法領到回批，導致秦瓊落難潞州，在王小二的酒店中備受冷眼，逼得不得不當鐧賣馬。〔註 40〕秦瓊因自身落難，賣馬給二賢莊主單雄信時，不好意思說自己就是秦瓊；回到酒店，也羞於與李密、王伯當相認。趕回家途中，卻病倒東嶽廟，幸觀主魏徵早知「有罡星臨於本地」，而單雄信亦趕來將之接回二賢莊熱情招待。此一落難情節，是典型「天將降大任於斯人也」的預備，因此作者開首議論曰：

> 如今人小小不得意便怨天，不知天要成就這人，偏似困苦這人一般，
> 越是人扶扶不起，莫說窮愁，便病也與他一場，直到絕處逢生，還
> 像不肯放捨他的。（第九回）

又於回末總評云：「窮到賣馬，還要找上一場大病，此正窮乏拂亂，天所以玉成之也。」（第九回）

　　後來樊虎受秦母之託，往潞州找秦瓊。秦瓊思母急欲回鄉，單雄信欲贈厚禮，又怕秦瓊不肯收，於是將打扁的白銀藏於鋪蓋裡相送。秦瓊路經皂角林，剛好發生搶案，店主懷疑秦瓊是強盜，秦瓊卻失手將之打死，被發配幽州。不料因禍得福，因幽州總管羅藝的妻子為秦瓊姑母，秦瓊反受提拔為旗牌官，並與曾暗助他射下飛鳥的表弟羅成結好、切磋武藝。然秦瓊因思母欲回鄉，羅藝遂將之舉薦給齊州總管來護兒。這段敘寫，頗多曲折，處處可見在英雄的歷程中，危機即轉機。

　　在來護兒帳下，秦瓊奉派送壽禮給越國公楊素，路過少華山，遇到在當地落草的王伯當、齊國遠等人；到京城，結識了李淵的女婿柴紹；到楊素府上，主簿李靖見秦瓊「儀表不凡」、「他年定為一殿之臣，必為國家大將」（第二十四回），於是熱情接待，並預測其目下將有災難。秦瓊辦完公事，與柴紹、

〔註40〕李燕青認為小說中描寫秦瓊微時光景的許多情節，很符合當時普通市民的實際情況。因為明朝後期，商品經濟日益發展，金錢至上成為許多人的人生信條，每一個離家外出的人，如果沒有金錢，都可能會遇到類似秦瓊所經歷的情況。所以，作者在夾評中說「開飯店主人，何足為奇當今至友亦然矣父子兄弟亦然矣。」（第六回）。參見《明清小說中的秦瓊形象研究》，頁27。

齊國遠、王伯當等人進城觀燈，雖然李靖已叮囑他「切不可觀燈玩月」，以免招禍，但他出於朋友之義，並未向齊國遠等人言明。在觀燈之時，處處小心，並不想鬧事，可是聽了老婦人的哭訴，俠義之心頓起，找到強奪民女的奸臣之子宇文惠及將之打死。如此，作者一方面寫秦瓊的生活遭遇，一方面又安排秦瓊從中結交好漢、講究義氣，並爲他以後的爲奸所害埋下伏筆。

（二）戰亂時局的草澤英雄

楊廣奪取帝位後，大興土木造宮殿、開運河，導致民不聊生、天下大亂。所謂「亂世出英雄」，隋末大亂的時代背景，正是秦瓊展現英雄作爲的舞台。小説先寫程咬金、尤俊達打劫官銀，齊州府多次緝捕卻毫無線索，樊虎遂請秦瓊協助捕盜。不久，單雄信召集江湖豪傑爲秦母祝壽，秦瓊方得與失散多年的兒時玩伴程咬金重新會面。當秦瓊向眾人訴説因緝盜無獲而多次遭受刺史責打時，程咬金遂自招爲盜，要秦瓊將他綁付官府。不料，秦瓊仗義爲友，當場將捕批扯得粉碎。作者引詩贊曰：「自從燭燄燒批後，慷慨聲名天下聞。」（第三十一回）從此可見秦瓊不願受「賊官府」指揮的個性。同時，在亂世仗義的時代氛圍下，作者預告秦瓊成爲草澤英雄的必然趨勢。

後來，秦瓊奉派去監督開河工，然因個性正直，得罪了開河都護麻叔謀，遭到罷斥。〔註41〕雖又有令狐達差人來請，然秦瓊思及：

> 我此行不過是李玄邃爲我謀避禍而來，這監督河工，料也做不出事業來。況且那些無賴的，在這工上，希圖放賣些役夫，扣剋些須工食；或是狠打狠罵，逼索些常例，到後來隨班敍功，得些賞賚。我志不在此，在此何爲？（第三十五回）

於是秦瓊遂以「家有老母」爲由，回鄉隱居。這段敍寫，是英雄歷程中必備的挫折磨練，因此作者議論曰：

> 賢才抱一才、挾一藝，也都思量做一番事業。但生不逢辰，觸處多礙，所遇都是一班肉眼，把作尋常看待，還要忌他。他如何肯把他那一副擔弘鉅的勁骨向人屈折？空海宇的眼孔看人面色？（第三十五回）

〔註41〕《隋史遺文》第三十四回「牛家集努力除奸，睢陽城直言觸忌」，寫開河總管麻叔謀嗜食蒸小兒、又喜收受民間賄款更改河道。秦瓊可憐百姓，卻去捉拿到專偷小兒的賊人；又爲人正直，不受賄款亂改河道。如此皆令貪官麻叔謀爲之氣結，遂以「生事擾民，阻撓公務」爲由，將之革職。

－92－

在英雄頓挫的階段中，其間秦瓊結識徐懋公，懋公以「永保功名，大要在擇真主而歸之」互勉之；後又遇少年勇士羅士信，與之結為兄弟。

　　不久，隋煬帝征高麗，來護兒領兵征伐，請秦瓊任先鋒。秦瓊以「母老患病」為由婉拒。張須陀親自登門相請，秦瓊感於「國士之知」，再加上羅士信、母親的勸說，遂又鼓起他的功名之心。在征討高麗的過程中，秦瓊竭盡展現他的智勇才能，努力實現他「為國家提一枝兵馬，斬將騫（搴）旗，開疆展土，博一個榮封父母，蔭子封妻」（第三回）的志向。不料，奸臣宇文述為報秦瓊殺子之仇，誣賴秦瓊通敵欲殺之。若非來護兒全力營救，秦瓊勢必難脫死難。小說如此敘寫，已具有「忠奸抗爭」的模式，在英雄的歷程中，既有奸臣相害，又有貴人相助，藉此展現英雄事業的波折。後來隋軍征高麗失敗，秦瓊即回鄉照顧母親。這又是一場英雄遭挫、有志難伸的典型敘寫。

　　不久，天下大亂，楊玄感起兵反隋，張須陀請秦瓊協助鎮壓亂軍。楊玄感兵敗後，時任楊軍參謀的李密遭到通緝，秦瓊在仗義（李密是舊友）與報恩（李密曾助其了卻捕盜案）的雙重考量下，皆必須設法營救。於是，秦瓊暗中派羅士信通風報信，使李密得以逃到瓦崗寨。宇文述獲知密報，一方面派人捉拿秦瓊母親、妻子，一方面命張須陀逮捕秦瓊。後來羅士信打退解官，保護秦母上瓦崗。事發至此，秦瓊不得不留書辭別張須陀，也奔投瓦崗寨。這段敘寫頗有「逼上梁山」的意味，秦瓊的亂世英雄之事功，註定要在草澤中成就。

（三）天命真主的開唐功臣

　　瓦崗軍因有李密、王伯當、單雄信等英雄好漢的加入而聲威大振，張須陀奉命要剿滅瓦崗，然因寡不敵眾，終遭瓦崗軍亂箭射死。（第四十四回）秦瓊感於張須陀待他「有恩有禮」，而害死張須陀的人卻又是他放走的李密，自責「我雖不殺伯仁，伯仁由我而死。」於是，尋得其屍骨，立碑祭奠。作者評曰：「叔寶之葬須陀，感恩圖報的須如此。」（第四十五回）〔註42〕

　　而後，李密殺翟讓造成瓦崗軍分裂，進而為盤踞東都的王世充所敗，單雄信因與李淵有殺兄之仇不肯降唐，秦瓊與程咬金遂與之同降王世充。李密先歸順李世民，不久卻又反唐，後與王伯當皆遭唐軍亂箭射死。秦瓊、程咬

〔註42〕《隋史遺文》敘寫張須陀的死，大致符合史載，然只略說，其側重點在於秦瓊感恩致祭，這段情節史書未見記載，可能是袁于令為了凸顯其主人公秦瓊，而加以生發。

金因感於王世充「素性猜忌，喜信讒言，不是某等托身之所」，故反鄭歸唐。歸唐後，秦瓊與徐懋公基於情義，埋葬了舊友也是舊主的李密，並派人安頓李密和王伯當的眷屬。

秦瓊投唐後，一方面他對唐王李淵一家有救命之恩；一方面「天命眞主」李世民對他大加重用，在「明主——良將」的組合下，秦瓊先於美良川大戰尉遲恭，又於竇建德兵圍羅藝時領兵解圍，立下不少戰功。後來，王世充兵敗降唐，當李世民要殺單雄信時，秦瓊、程咬金、徐懋功三人求情無效，[註43] 基於恩義，只能割股炙肉與單雄信訣別。而後，秦瓊「將伯當與雄信妻子，安置一處。叔寶子許娶雄信的女，伯當的女議與世勣的子，彼此都結了親，以便往來。」（第五十九回）可見，做爲一個英雄，秦瓊始終講究道義，處處以情義爲念。最後，李世民即帝位，大封功臣，秦瓊成爲開國功臣，爲其英雄歷程畫下圓滿的句點。

三、英雄的性格

儘管歷史上文韜武略冠絕一時的帝王將相多如過江之鯽，但是眞正能夠成爲民間所敬仰的英雄卻是少之又少。細究其因，民間百姓心中的英雄標準，除了文韜武略皆能超凡出眾之外，更必須具有民眾心中所期望的理想人格。特別是宋代以後，理學思潮帶動整體的社會風氣。而宋代理學家的「英雄觀」是人生道德修養和踐履過程中的一環，其終極目標是成爲聖人。影響所及，宋人多從文化角度來肯定英雄。[註44] 換言之，只有集忠孝節義於一身的「道德英雄」，才能符合庶民文化中的審美理想和人生價值。[註45] 因此，通俗文學在塑造「英雄」時，無不將「忠孝節義」這類傳統道德、普世價值，設法

〔註43〕 小說中的徐懋功即歷史上的李世勣（594～669），原名徐世勣，字懋功，亦作茂公。唐高祖李淵賜其姓李，後避唐太宗李世民諱改名爲李勣。

〔註44〕 如宋‧羅大經在《鶴林玉露》中引朱文公告陳同父曰：「眞正大英雄，卻從戰戰兢兢、臨深履薄處做將出來，若是氣血粗豪，卻一點便不著也」，作者對此加以發揮，認爲歷史上的大禹、周公、孔子等人「此皆所謂眞正大英雄也。後世之士，殘忍剋核、能聚斂、能殺戮者，則謂之有才。鬧鄰罵坐、無忌憚、無顧藉者，則謂之有氣……不知有所謂戰戰兢兢、臨深履薄之工夫故也。」參見王玫，〈漢末英雄觀與建安文學〉「第五屆魏晉南北朝文學與思想學術研討會」（台南：國立成功大學，2004.3.26～27），頁4。

〔註45〕 中國人喜愛的英雄既可能來自社會上層，也可以來自社會下層，重點是英雄必須具有廣大民眾心中所期望的人格力量、忠孝節義等優秀品質。參見傅才武，〈煮酒論英雄——中國古代英雄標準探微〉《歷史月刊》（2000.3），頁102。

附屬到其「英雄」的性格之中。《隋史遺文》既要將秦瓊塑造成草澤英雄，自然處處用心點染，務使忠孝節義成爲秦瓊內在性格的主要元素。以下分從「忠與節、孝、義、人性化」等四方面，來看小說如何塑造秦瓊的英雄性格：

（一）忠與節

據新、舊《唐書》記載，秦瓊先是在隋朝爲將，後投李密、再投王世充，最後才投唐。〔註46〕雖然秦瓊爲唐朝東征西討，立下赫赫戰功，成爲開國功臣，加官晉爵，並在死後，獲得很高榮譽，與長孫無忌等二十四人圖形於凌煙閣，成爲一個廟堂英雄。但是，畢竟秦瓊從隋到唐，即有「辭張須陀、投瓦崗軍、降王世充、歸李世民」等四易其主。這就涉及秦瓊是否有「忠」？有「節」？甚至是否可以成爲「道德英雄」的質疑？因此，在歷史演義階段的幾部小說在敘述秦瓊故事時，大都是從其加入瓦崗寨、投奔李密開始寫起，而對這之前的事卻隻字不提，只有《大唐秦王詞話》寫徐懋功說到秦瓊的遭遇時，以「隋朝失卻擎天柱，煬帝輕看駕海臣」（第二十六回）點出秦瓊在隋朝的征戰之功。

爲了解決關於秦瓊是否具備「忠、節」的質疑，《隋史遺文》一開始即虛構秦瓊爲北齊忠臣後代的身份。寫他的祖父、父親都被周將所殺，是北齊的忠臣，如此秦家與隋主也就沒有君臣關係，從而使秦瓊在擇君事主的選擇上沒有家族包袱。同時，作者還從天命史觀的角度，賦予秦瓊一個重責大任，即「把這干人弄出來的殘局，或是收拾，或是更新。」（第一回）「這干人」指的是造成隋末亂世的君臣。於是，儘管秦瓊曾在隋朝爲官，但他畢竟是天命英雄，因此「忠於天命」是他最重要，甚至是唯一的使命，所以小說中有「秦叔寶途次救唐公」（第四回）這一關鍵情節，從而確定秦瓊與李唐的必然關係。正如作者第三回開首評論：

> 單說賢才埋沒，拂拭無人，總爲天下無道，豪傑難容。便是有才如
> 李淵，尚且不容於朝廷；那草澤英雄，誰人鑑賞？也只得混跡塵埃，
> 待時而動了。況且上天既要興唐滅隋，自藏下一干亡楊廣的殺手，

〔註46〕《舊唐書》：「大業中，爲隋將來護兒帳內⋯⋯隋末群盜起，從通守張須陀擊賊⋯⋯須陀死之，叔寶以餘眾附裴仁基。會仁基以武牢降於李密，密得叔寶大喜，以爲帳內驃騎，待之甚厚⋯⋯後密敗，又爲王世充所得，署龍驤大將軍。叔寶薄世充之多詐⋯⋯（投唐後）太宗素聞其勇，厚加禮遇。」（列傳第十八）。

> 輔李淵的功臣。不惟在沙場上一刀一槍，開他的基業，還在無心遇
> 合處，救他的阸危。這英雄是誰？姓秦名瓊，字叔寶。

可見，秦瓊在隋朝爲官，不過是「混跡塵埃，待時而動」，秦瓊的最終歸唐全
是天意使然。因此，小說第五十三回在寫「秦叔寶失主歸鄭，程知節決意降
唐」前，即先下一番議論：

> 人到世亂，忠貞都喪，廉恥不明，今日臣此，明日就彼。人如旅客，
> 處處可投；身如妓女，人人可事。豈不可羞可恨！但是世亂盜賊橫
> 行，山林畎畝都不是安身去處。有本領的，只得出來從軍作將，卻
> 不能就遇著眞主，或遭威劫勢禁，也便改心易向。只因當日從這人，
> 也只草草相依，就爲他死，也不見得忠貞，徒與草木同腐。不若留
> 身有爲，這也不是爲臣正局，只是在英雄不可不委曲以量其心。

英雄留有爲之身，意在「遇著眞主」。如此，即可解決秦瓊四易其主「可能不
忠？有損名節？」等問題。〔註47〕因此，秦瓊一生中的總總遭遇，都只是英
雄歷程中的考驗，他最終的宿命是「歸順李唐」。

（二）孝

新、舊《唐書》中的載有秦瓊喪母，來護兒使人弔慰事。〔註48〕由於秦
母早在秦瓊投李密之前就亡故了，因此《隋唐兩朝志傳》、《唐書志傳演義》
這類標舉「按鑑演義」的歷史小說，自然無法藉由秦母的「點」，牽連出秦瓊
孝母的「線」，如此在建構秦瓊爲英雄的「面」也就有了缺失。

因此，爲了完整建構秦瓊的英雄形象，《隋史遺文》改變史實，虛構一個
長壽的秦母，使秦瓊的「孝」有了具體的落實處。因此，小說多次描寫秦瓊
「順母命」、「思念老母」等情節，如俠義性格的秦瓊原本不願就任捕盜都頭，
受「贓官府」的指揮，然因「聽了母親一席話，也不敢言語了」（第三回）。
潞州落難時，秦瓊等不到樊虎來，本想「到晚我就在這樹林中尋一個沒結果
的事」，然因「思想家中有老母，只得又回來」（第六回）。在幽州姑母處，作
者又強調「叔寶卻是個孝子……今日在羅公帥府，難道樂而忘返，把老母就

〔註47〕 石昌渝從袁于令出身明末而仕清的遭遇，認爲《隋史遺文》「主要描寫在改朝
　　　　 換代的大動亂中的一群英雄豪杰的命運，在這些描寫中寄託著明清易代時士
　　　　 人難以言表的苦衷。」因此，小說寫秦瓊的四易其主，終歸眞主，「歸順眞主
　　　　 就是善識天意，天意要高於名節」。參見《中國小說源流論》（北京：三聯書
　　　　 局，1995.10），頁315～316。
〔註48〕 詳參《舊唐書・列傳第十八》、《新唐書・列傳第十四》。

置之度外？可憐他思母之心，無時不有。」（第十六回）在二賢莊作客，秦瓊一聞老母有恙，即「五內皆裂，淚如雨下。」（第十七回）爾後，又寫秦瓊結交不少江湖豪傑，朋友感其義氣，遂於秦母壽誕之日，遠道前來祝壽，於是：「眾豪傑登堂祝鶴算，老夫人受慶飲霞觴。」（第三十二回）如此情節的敘寫，頗有《孝經》所倡「揚名顯親」的意味，可見作者有意藉此彰顯秦瓊對孝道之發揚。

（三）義

「義」向來是民間檢核英雄好漢的重要標準。《隋史遺文》寫秦瓊的「義」，大致可以區分出「俠義」、「恩義」、「仁義」三大類。以下分述之：

「俠義」可說是繼承並發展了先秦的遊俠精神，司馬遷在《史記‧遊俠列傳》中對先秦的俠客精神作了詳細界定：

> 今遊俠，其行雖不軌於正義，然其言必信，其行必果，已諾必誠，
> 不愛其軀，赴士之厄困，既已存亡死生矣。而不矜其能，羞伐其德，
> 蓋亦有足多者焉。〔註49〕

人們崇拜英雄，正因在英雄身上散發著類此俠義的氣質，所以英雄們個個講義氣、重然諾，扶危濟弱、捨生取義。特別是明末又是一個推崇俠客、鼓吹俠義的時代。〔註50〕這種號召俠義的時代氛圍，對當時通俗文學的創作必然會造成影響。因此，《隋史遺文》寫秦瓊少年時即有「賽專諸」的稱號，甚至在江北地方，「說一個秦瓊的做人，心花都開」（第三回）；秦瓊在赴潞州途中，救了李淵全家，家丁說唐公有重謝，秦瓊卻笑說：「咱也是路見不平，也不爲你家爺，也不圖你家謝。」作者還強調這種行爲就是：「生平負俠氣，排難不留名。」（第十四回）在長安觀燈時，秦瓊才對王伯當說：「凡事不要與人爭競，以忍耐爲先，要忍人不能忍處，才爲好漢。」可是當他一聽到老婦人的哭訴時，原本謹慎忍耐不惹事的態度，敵不過俠義之心呼喚，終究還是仗義行俠，打死強淫民女的宇文公子。（第二十一回）

在「恩義」方面，主要是表現在秦瓊的回報知己之恩。除了爲了程咬金扯碎捕批，爲了單雄信割股炙肉等著名的典型情節外（如前述），「贈金報柳氏」則特別能從細節中看出秦瓊重情義的性格。小說寫秦瓊落難潞州時，因

〔註49〕瀧川龜太郎，《史記會注考證》（台北：洪氏出版社，1986.9），頁 1317。
〔註50〕參見龔鵬程，〈英雄與美人──晚明晚清文化景觀再探〉《中國文哲研究通訊》
　　　　第 9 卷第 4 期（1999.12），頁 63～64。

付不出飯錢而被店主王小二趕到破屋，不禁感嘆：「旅舍荒涼雨又風，蒼天著意困英雄。欲知未了平生事，盡在一聲長歎中。」這時，王小二的妻子柳氏趁夜偷偷跑來：

> 婦人道：「秦爺！我那拙夫是個小人的識見，見秦爺少幾兩銀子，出言不遜。秦爺是大丈夫，把他海涵了。我常時勸他不要這等炎涼，他還有幾句穢污的言語，把惡水潑在我身上來。我這幾日不好親近得秦爺，適才打發我丈夫睡了，存得有晚飯送在此間。」叔寶聞言，眼中落淚道：「賢人！你就是淮陰的漂母，哀王孫而進食，恨秦瓊他日不能封三齊，報千金耳。」柳氏道：「我是小人之妻，不敢自比於君子。君子施恩，卻不望報……飯盤邊有一索線，線頭上有一個針子，爺明日到避風的去處，且縫一縫，遮了身體……媳婦倒趲得有幾文皮錢，也在盤內，爺買得些粗糙點心充饑，晚間早些回來。」說完這些言語，把那裊弔兒開了自去了。（第六回）

當秦瓊挨寒受饑而深嘆「蒼天著意困英雄」時，賢明的柳氏送飯、送針線，甚至把自己攢下的私房錢也大方相贈，這都使秦瓊深深感念於心。而後，秦瓊從幽州回鄉，經過潞州時，王小二遠遠見他著官服而來，深怕遭到報復而要老婆撒謊，說自己已經病故了。秦瓊往潞州府取回昔年被扣留的物品，並同蔡刺史相贈的一百兩路費後，即往王小二的店來。這時：

> 柳氏哭拜於地，道：「上年拙夫不是，多少炎涼，得罪秦爺。原來是作死。自秦爺爲事，參軍廳拘拿窩家，用了幾兩銀子，心中不快，得病就亡故了。」叔寶道：「昔年也不干你丈夫事，是我囊橐空虛，使你丈夫下眼相看，世態炎涼，古今如此。只是你那一針一線之情，到今銘刻於心。今日既是你丈夫亡故，你也是寡婦孤兒了。我曾有言在先，你可比淮陰漂母，但恨我不能效韓信有千金之報，權以百金爲壽。」柳氏拜謝。（第十六回）

秦瓊對昔日的王小二的冷落相欺，只以「世態炎涼，古今如此」一語道過，令他眞正「銘刻於心」的卻是落難之際，柳氏對他的「一針一線之情」。因此，當秦瓊見憐柳氏的「寡婦孤兒」而相贈百金時，還不禁自責：「恨我不能效韓信有千金之報。」由此，可見秦瓊做人厚道，重情重義。

再如秦瓊曾協助張須陀捕盜，張須陀待秦瓊恩義有加。然因宇文述要陷害秦瓊全家，羅士信爲保秦母已反山東、上瓦崗，秦瓊不得不留信予張須陀，

悄悄逃去。而後，張須陀奉命剿瓦崗，遭李密設計而死。消息傳入瓦崗寨，眾人皆因隋朝已無將帥之才而拊掌稱慶時，獨有秦瓊慘然淚下，思及張須陀：

> 他待我有恩有禮，原指望我與他患難相同，休戚與共，到那密疏為
> 我辨白，何等恩誼。不料生出變故，以致棄他逃生，令他折了羽翼，
> 為人所害。況且這害他的人又是我放去的李玄邃、王伯當，這真叫
> 做「我雖不殺伯仁，伯仁由我而死。」（第四十五回）

秦瓊對昔日上司張須陀的死特別悲感交集，其因有三：一來昔日恩情無法報謝於他；二來棄他而去導致他折了羽翼；三來害死他的人卻又是自己私放的李密。於是，秦瓊尋到張須陀和昔日捕盜好友樊虎、唐萬仞等三人的屍首，自備豬羊，祭奠其英靈，並在宣讀的祭文中強調：「瓊於張公，則舊僚友，兩君則貧賤交也。瓊於兩君則交最久，而沐公恩則最深。」由秦瓊心中的慘痛，更可見其多情不忘恩的英雄道義。

至於「仁義」，則具體表現在秦瓊與張須陀平亂的過程中。秦瓊仁義愛民，曾在打敗敵軍後對羅士信說：「我你為將，還志在救人，不在殺人，以後，不來迎敵，只逃竄的，也便放他些去。」（第三十九回）濰水之戰，秦瓊大敗敵軍後貼出告示：「被殺人家，俱行開報；逃亡人戶，俱各復業。俱各酌量賑恤，給於粟帛。被擄人民，俱給寧家。」（第四十回）如此，充分體現出秦瓊的仁義。此外，作者還透過因果觀念，以羅士信濫殺無辜的反例以彰顯仁義觀點。如羅士信攻下千金堡後，不分軍民男女老弱，全殺。對此，作者譴責其殘暴曰：

> 羅士信只是少年情性，忍不得一口氣，害了多少人？後來守洺水，
> 被竇建德餘黨劉黑闥攻城，雪深救兵不至，被擒死節，年不過二十
> 歲。雖然成忠義之名，卻不免身首異處，也是一報。（第五十六回）

透過秦瓊與羅士信的對比，可見作者在秦瓊身上寄託著對仁義英雄的熱切期盼。

（四）人性化

《隋史遺文》之前的隋唐演義系列小說，是以天命真主李世民為主角，並將之塑造成「神化式的英雄」，逢難處自有神蹟化解。《隋史遺文》所塑造的秦瓊，則是「平民式的英雄」，因此小說不但寫秦瓊做為一個英雄所要具備的「忠、孝、義」，同時也寫秦瓊做為一個普通人也會有的「人性」。如秦瓊在潞州時，面對王小二的炎涼冷落，他每次皆忍耐以委曲求全；又因身在公

門，對官府的橫霸，甚至兩次遭到責打，也只能將委屈往肚裡吞。

　　秦瓊除了待人誠懇、能夠忍受委屈外，他也同一般人一樣，有著自矜自持、愛面子的性格。如秦瓊初到王小二的店，因肉羹好吃，頓頓要一碗下飯，自睬帳後，連飯都沒得吃了。後來柳氏將客人吃的肉羹留下一碗送來給他，「叔寶欲待不吃，熬不得肚中饑餒，只得將肉羹連氣吃下。」（第六回）可見，英雄再怎麼愛面子，也熬不過現實的饑餒。又如秦瓊因付不出飯錢而不得不賣馬，別人告知可賣給二賢莊的單員外時，他頓時暗暗自悔：

> 我失了檢點，在家時，常聞朋友說潞州二賢莊單雄信，是個延納的豪傑，我怎麼到此就不去拜他？如今去拜他，卻是遲了，正是臨渴掘井，悔之無及。若不往二賢莊去，過了此渡，又無船路，卻怎麼處？也罷！只是賣馬，不要認慕名的朋友就是了。（第七回）

因此，當見了單雄信時，秦瓊謊稱自己姓王，甚至不敢「久坐等飯，恐口氣中間露出馬腳來，不好意思。」（第八回）而後，回到酒店，「瞧瞧自己身上襤襤褸褸」也羞於被同在酒店的好久王伯當認出。故當李密說他像秦瓊時：

> 叔寶聞言暗道：「呀！看見我了。」伯當道：「仲尼、陽虎，面龐相似的上多，叔寶乃人中之龍，龍到處自然有水，他怎麼得一寒如此？」叔寶見伯當說不是，心中又安些。那跟隨的卻是個少年眼快的人，要實這句言語，轉過身緊看著叔寶，嚇得叔寶頭不抬，箸也不動，縮頸低坐，像伏虎一般。這跟的越看越覺像了，總道：「他見我們在此，聲色不動，天下也沒這個吃酒的光景。」便道：「我看來卻像得緊，待我下去瞧瞧，不是就罷了。」叔寶見從人要走來，等他看出，卻沒趣了，只得自己開言招架：「王兄，是不才秦瓊，落難在此。」
> （第八回）

這段細節描寫，將秦瓊落難，卻又怕在朋友面前丟臉的心理展現無遺。而後，王伯當、李密拉他一同去見單雄信，他又怕落個「蹤跡變幻」，只好請兩位「替我委曲道意，說賣馬的就是我，先因遲拜得罪，後因報顏，不好相見，故假托王姓。」（第八回）然後自己急急忙忙付錢離去。可見，小說寫秦瓊這位大英雄，和一般人一樣都有著好面子的普遍人性。

　　秦瓊這種好面子的個性，也表現在不肯為人看輕的自尊自重上。如在幽州校場，羅藝有意加以提拔，要秦瓊展示武藝以收服人心：

> 羅公問道：「你可會射箭麼？」羅公所問，有會射就射，不會射就罷

　　的意思。秦瓊此時得意之秋，人不知短，只說自己的簡舞得好，槍

　　又舞得好，隨口答應道：「會射箭。」（第十五回）

由於秦瓊的「會射箭」只是愛面子心態下的應答，因此當其看見羅藝手下將
官射槍桿的精彩表演後，不禁擔心「這槍桿止有雞蛋粗細，從幼不曾射過，
倘走了手，一箭不中，貽笑於人多矣。」甚至「自覺精神恍惚，耳紅面熱，
站立不穩」。羅藝見秦瓊表現如此，即說：「我標下這些官將，都是奇射。」
意在讓其有台階可下，不料好面子的秦瓊卻反倒又說：「諸將射槍桿，皆死物，
不足爲奇……小將會射天邊不停翅的飛鳥，百發百中的。」這種死要面子的
誇張程度，連表弟羅成都不禁吐舌驚張道：「我這表兄也會說天話的……。」
後來，幸有羅成暗中發箭助他射下飛鷹，否則秦瓊的「誇口」勢必就要當眾
出醜了。此外，秦瓊從從幽州回鄉，途經二賢莊做客，臨去前，單雄信勸他：
「求榮不在朱門下。」魏徵也說當官差「低頭下人，易短英雄氣。」秦瓊反
倒疑心：「雄信把我看小了，這叫做久處令人賤，送了幾十兩銀子，他就教我
不要入公門，他把我當在家常是少了飯錢、賣馬的人……。」（第十回）這眞
是以小人之心，度君子之腹了。

　　以上，皆可見《隋史遺文》在塑造秦瓊這個「民間英雄」時，特別賦予
他有著和民間百姓相同的想法、遭遇和心態。正因如此，市井細民每當閱聽
到秦瓊的故事時，就會在情感上產生連結，認同這位與自己情感上相通的「英
雄」。

　　就《隋史遺文》型塑英雄來看：首先，在英雄的形象方面：由於隋唐故
事發展得早，因此秦瓊做爲一個英雄，其裝備、武功和謀略等，都是逐漸發
展、累積而成。到了《隋史遺文》，由於描寫秦瓊的篇幅增多，因而能在前代
作品的基礎上，以具體化的情節做出更完整的塑型。其次，在英雄的歷程方
面：《隋史遺文》創造性地敷演秦瓊的「微時光景」，刻意鋪寫其做爲一個英
雄所必須遭受的磨難，從中凸顯出「天將降大任於斯人也」的文化意涵，並
將之落實於「天命」的主題和「忠奸抗爭」的情節。再次，在英雄的性格方
面：「道德英雄」是中國一個根深柢固的文化思惟，只有集忠孝節義於一身的
英雄，才能符合民間百姓的審美理想和人生價值，因此《隋史遺文》特別虛
構情節以圓滿秦瓊的忠、孝、節；處處張揚秦瓊的俠義、恩義與仁義；重要
的是表現秦瓊做爲一個普通人也會有的人性，這種平民化的型塑，使秦瓊成
爲道地的民間英雄。

再就「歷史、小說」的互動關係來看：若依史實，雖然秦瓊也是唐朝的開國功臣，但他在歷史上的眞實地位並不如尉遲恭、徐世勣等人。然而，由於秦瓊「才而武、志節完整」〔註51〕，相較於尉遲恭的「奮勇負氣，非自全之道」〔註52〕，更能爲傳統的儒家文化所接受和欣賞。此落實到通俗文學中，即是：秦瓊比尉遲恭更能體現出忠義孝道的精神，因而在民間，秦瓊可以獲得更多庶民的欣賞和支持。〔註53〕特別是經過《隋史遺文》以「型塑英雄」手法加以改造後，使秦瓊在民間的形象，成爲文武兼備、忠孝節義具足的大英雄。由於在小說中，秦瓊非但是個講究義氣的豪傑，同時又是個謙恭仁義的君子。這使得秦瓊比起其他的隋唐英雄，更容易滿足庶民文化所要求的理想形象，因而不管是外在形象、內在性格或人生歷程等，「秦瓊」的表現就是一個「民間英雄的基型」。

總之，就秦瓊在小說中的形象來看，袁于令的塑造功不可沒，誠如他在《隋史遺文‧序》中所言：「即其功已冠凌煙矣，名已傳汗簡矣，生平節概，如穎之在囊。所爲義不圖報，忠不謀身，才奇招嫉，運阨多艱。」這些史不勝書的「奇情俠氣，逸韻英風」，是「眼眶如黍，不解燭材；胸次如杯，未能容物；有手如攣，未能寫照」等一類「金馬石渠之彥」所不能欣賞的，故編此書，以「貌英雄留之奕世」。可見，袁于令型塑秦瓊的形象，頗有寄寓自身感慨之意。

第四節　主題思想與藝術特色

一、主題思想

《隋史遺文》刊刻於晚明，作者袁于令藉由隋末亂世的故事，寄寓了對晚明政局的看法，因此期待有「草澤英雄」來「把這干人弄出來的敗局，或

〔註51〕《新唐書‧秦瓊傳》寫來護兒評價秦瓊：「是子才而武，志節完整，豈久處卑賤邪？」（列傳第十四）。

〔註52〕《舊唐書‧尉遲敬德傳》以「史臣曰」論尉遲恭：「敬德奪槊陷陣，鼓勇王師，卻賂報恩，竭忠霸主。然而奮勇負氣，非自全之道⋯⋯。」此「奮勇負氣」指的是尉遲恭自居功大，曾奉毆皇親李道宗事。（列傳第十八）。

〔註53〕萬晴川指出：天地會非常推崇忠義和孝道，會友見面時，拜訪者先念「天下英雄訪英雄」的聯句，首先就提到秦瓊：「日山東方一點紅，秦瓊打馬到山東⋯⋯。」如此，可見秦瓊是以忠義和孝道廣受民間的肯定。參見《《說唐全傳》與天地會》《淮陰師範學院學報‧哲社版》（2007.5），頁648～649。

時收拾，或時更新」，從中彰顯出官逼民反的主題思想。同時，袁于令在〈序〉中也強調其所謂的「英雄本色」，在於「奇情俠氣、逸韻英風」、「壯夫意氣，篤於朋友」、「義不圖報」、「感恩知己之報」等，使英雄道義成為小說中重要的主題。因此，以下探討《隋史遺文》的主題思想，即從「官逼民反的歷史省思」和「色彩鮮明的英雄道義」兩方面加以論析：

（一）官逼民反的歷史省思

　　隋朝末年，內憂外患，戰爭頻繁，導致民不聊生、怨聲載道。同樣親身經歷過明末亂世的袁于令，對於這種易代之際的歷史必定特別能夠體會。因此《隋史遺文》第一回寫陳後主，即批評他「做了一個人主，不能治民，反又害民」。又引詩評論他「剝眾害民」云：

　　　　釀盡一國愁，供得一時樂。杯浮赤子膏，筵列蒼生膜。宮庭日歡娛，

　　　　閭里日蕭索。猶嫌白日短，醉舞銀蟾落。

因此隋文帝便起而伐陳。袁于令對於這種昏君導致亂世的悲憤，更可從後出的《隋唐演義》來加以比較。《隋唐演義》雖然大都直接採用《隋史遺文》的內容，但在這段引詩的評論上，卻將「釀盡一國愁」改寫成「費輒千萬錢」，如此，對於「官逼民反」的批判味道就大打折扣了。從而可見《隋史遺文》以「官逼民反」來看待隋末歷史的思想。

　　因此，小說寫陳亡後，代之而起的是益加荒淫無道的隋煬帝。作者對隋煬帝的所作所為深惡痛絕，故連用三回寫楊廣即位前後的作為：「恣蒸淫太子迷花，躬弒逆楊廣篡位」、「新皇大逞驕奢，黔首備遭荼毒」、「二百里海山開勝景，十六院嬪御鬥豪華」。〔註54〕作者在小說中不斷地批判隋煬帝淫欲無度、奢侈豪華的生活，如寫隋煬帝為了一己享樂，動用八十萬男丁開河，作者引詩道開河之苦：「浚竭黎民力，鋤穿赤子心。試看落來淚，應共汴河深。」（第二十五回）對於隋煬帝大興土木、橫徵暴斂導致民不聊生，更是充滿同情的說：「各處工役，有司但曉督催，刻限完工，那一個肯來軫恤工匠夫役，那邊風雨寒暑相侵，飲食失度，沒一日不死千百人，正是：圖遂一人之歡，那計萬民之苦。」（第二十五回）又於第二十六回開首議論云：

　　　　宮室所以容身，是少不得的。若說苑圃，不過是略取點綴，可以適

　　　　情而已，著甚要緊。定要移山換水，選異徵奇。初時把一塊荒榛衰

〔註54〕《隋史遺文》第二十四回到第二十六回回目。

　　草之地，變換作錦繡園林。到後來錦繡園林，仍舊還做了荒榛衰草。
　　一段乾忙，許多花費，都在那裡？況且不知拆了多少房產，成得一
　　兩座亭館；毀了多少田園，成得一兩座池台；多少人兒啼女哭，博
　　得個一院笙歌；多少人百結懸鶉，博得個滿身羅綺；多少人鳩形枵
　　腹，博得個食前方丈。

對於隋煬帝興兵伐高麗，作者也評論曰：

　　天下最荼毒百姓的，是土木之工，兵革之事。剝了他的財，卻又疲
　　他的力。但土木之工，毒民還未至死，那兵革之事，兵管戰鬥，民
　　管搬運，在戰場死的，斷頭刜頸；在道路死的，骨肉異鄉。孤人之
　　兒，寡人之婦，說來傷心，聞之酸鼻。若是因四夷侵凌，中原盜發，
　　不得已而應之，還是沒奈何。卻爲自己一點好大喜功的心，把中國
　　的百姓，驅迫在窮海之邊，中國的錢糧，糜費在大漠之地，著甚來
　　由？（第三十六回）

以上，皆可見作者滿懷對百姓的同情，也直指出隋煬帝的荒淫無道、好大喜
功所導致的生民塗炭，正是天下大亂、官逼民反的根源。因此小說寫隋末亂
世，各地反王興起，造反的群伍中，「也有原係隋朝官員，也有百姓卒伍，勢
大的擁眾可二三十萬，小的也有四五萬、五七萬。敗而復起，散而復聚，沒
一塊地方沒賊。」（第三十九回）

　　《隋唐兩朝》、《唐書志傳》、《隋煬帝豔史》等，大都是從歷史興衰的角
度來批判隋煬帝的淫靡無度，袁于令則認爲隋煬帝的作爲連秦始皇都不如，
故評論曰：

　　自古有天下，逆取順守，猶恐國祚不長，如隋煬，正所謂逆取逆守
　　者也。無論眞主，只如玄感李密，已欲而代之矣。猶不知悔，欲以
　　殺戮威天下，根株逆黨，遍及天下，遂致奸徒羅織，良善駢夷，畏
　　死者從亂如歸，不可救藥。豈非天奪其魄乎！」（第四十二回總評）

而對於煬帝的死，袁于令亦評論道：「隋煬一死，內不足謝父兄，外不足快天
下。（第五十回總評）

　　袁于令不僅對隋煬帝的腐敗深惡痛絕，對於隋朝的貪官污吏亦嚴加譴
責。如朝廷權奸宇文述，小說寫他的兒子宇文惠及誘姦民女，秦瓊出於仗義
將宇文惠及打死。〔註55〕宇文述一怒之下，命人將民女「一頓亂棍，打得腦

〔註55〕小說中宇文惠及的形象，頗有眞實歷史宇文述之子宇文化及的影子。依《隋

漿迸裂，血濺渾身，往夾牆裡一丟」；又叫家將，「各帶刀斧去，看那老婦人家下，有幾口家屬，盡行殺戮；將住居房屋，替我拆毀，放火燒焚了罷。」（第二十三回）

再如朝廷的武將中，也有個慘無人道的麻叔謀。小說寫麻叔謀被隋煬帝任命爲開河總管，在開河過程中他不但對民工嚴刑拷打、貪婪受賄，甚至爲了享口腹之慾，竟縱人偷來幼童，「加上五味，爛蒸了吃」，搞得「野哭村村急，悲聲處處聞。哀聲相間處，行客淚紛紛」，弄得各村百姓「夢也做不得一個安穩的。有兒女人家，要不時照管，不敢放出在道兒上行走。夜間或是停著燈火看守，還有做著木欄櫃子，將來關鎖裡邊。」秦瓊聞知後，不得不驚訝且感嘆地說：「怎一個做官的做這樣事？」（第三十四回）

再看地方官吏，有平原縣知縣，借征遼之名，要原是仕宦人家的劉霸道「出牛車五十輛往遼東，詐了他二百金」，還不全免其役；爲送妾兄，又要劉再出一百兩銀子。劉霸道不依，平原知縣即誣他「有誤軍機，要行處斬」，逼得劉霸道「作起反來」，招來群盜，「聲言要拿知縣祭旗」。（第三十九回）

宇文述之所以敢在天子腳下肆意妄爲，正因有恃無恐，當初他爲了輔助楊廣即帝位，先是建議收買宰相楊素，後又策劃陰謀暗殺李淵，還要楊廣趁文帝病危奪權，故爲楊廣視其爲心腹，導致日後濫權作惡、肆無憚忌。而麻叔謀和平原知縣之所以明目張膽的貪贓枉法，假借的都是煬帝大興土木、大舉兵革的名義。如此，整個隋朝政權，猶如滿山吃人的豺虎。故袁于令於第十八回的開場詩曰：

> 賦重生愁，民窮產絕，暗中每扼英雄腕。攘攘豺虎滿山林，生民何計逃塗炭。莫浪興嗟，休生長歎。衣冠豺虎偏雄悍。劫人何必逞戈矛，筆尖落處皆糜爛。

正因如此，作者對於「強盜」的反抗行爲予以大膽的肯定，所以在開場詩後，隨即又評論道：

> 如今人最惱的無如強盜，不知強盜豈沒人心，豈不畏法度？有等不

書》載：「宇文化及，左翊衛大將軍述之子也。性兇險，不循法度，好乘肥挾彈，馳驚道中，由是長安謂之輕薄公子。煬帝爲太子時，常領千牛，出入臥內。累遷至太子僕。數以受納貨賄，再三免官。太子嬖暱之，俄而復職。又以其弟士及尚南陽公主。化及由此益驕，處公卿間，言辭不遜，多所陵轢。見人子女狗馬珍玩，必請託求之。常與屠販者遊，以規其利。煬帝即位，拜太僕少卿，蓋恃舊恩，貪冒尤甚。」（列傳第五十）。

> 拿刀斧強盜去剝削他，驅迫他，這翻壯士有激胡爲，窮弱苟且逃死，
> 便做了這等勾當。便如隋時盜一錢者死，法豈不嚴？但當時重閭閱，
> 輕寒微，加以峻法嚴刑，大兵大役，民不聊生，自然不知不覺，大
> 半流爲盜賊了。（第十八回）

袁于令把隋朝的貪腐政權形容爲「衣冠豺虎」、「不拿刀斧的強盜」，強調人民之所以爲盜，乃因被逼迫得民不聊生，才「不知不覺，大半流爲盜賊」。這正是袁于令在《隋史遺文》中所要痛心指責的「官逼民反」。後來褚人穫在編寫《隋唐演義》時，由於思想觀點的差異，故對於袁于令這些痛陳時弊、感於民傷的評論大都刪去。如此，更可見《隋史遺文》有其特性與價值。

（二）色彩鮮明的英雄道義

《隋史遺文》特別推崇「義」，在小說中，秦瓊的所作所爲都是「義」的化身，如他濟弱扶危，人稱「賽專諸」，江北地方「說一個秦瓊的做人，心花都開」（第三回）；救了李淵全家，李家人說唐公有重謝，他卻笑說：「咱也只是路見不平。」展現出「生死鴻毛似，千金一擲輕」的英雄俠氣（第四回）；在牛家集抓到偷盜小兒的賊人，百姓贈銀相謝，他亦是「施恩豈圖報，殄惡不言功」（第三十四回）。

雖然《隋史遺文》中的「義」，可以再細分出忠義、孝義、仁義、恩義、情義……等，然而小說中最主要的中心思想，還是帶有鮮明色彩的英雄道義，而這種英雄道義可說具有明顯江湖文化之特徵。小說中呈現這類主題思想最典型的敘寫情節有二：一是「單雄信與秦瓊的道義關係」；二是「程咬金與秦瓊的道義關係」，以下分述之：

1. 單雄信與秦瓊的道義關係

單雄信對秦瓊的義氣極爲深厚感人。當秦瓊重病躺在寺廟時，單雄信前來看他。小說寫道：

> （單雄信）不顧草鋪上穢污，將身伏倒道：「吾兄在潞州地方，受如
> 此悽惶，單雄信不能爲地主，羞見天下豪傑朋友。」叔寶到此，難
> 道還不好認，只得以頭觸地，叩拜道：「兄長請起，恐賤軀穢污，觸
> 了仁兄貴體。」雄信流淚道：「爲朋友者死，若是替得吾兄，雄信不
> 惜以身代兄，何穢污之有？」（第九回）

而後，單雄信將秦瓊接回二賢莊養病，他不但親自「替叔寶沐浴更衣」，還「與

叔寶同榻而睡，將言語開闊他的胸襟」，「日日有養胃的東西供給叔寶，還邀魏玄成來，與他盤桓」，作者不禁贊曰：「眞賽過家人父子。」（第九回）後來樊虎受秦母之託來尋秦瓊，單雄信還開導秦瓊：

> 我與兄長既有一拜，即如我母一般，收拾些微禮，作甘旨之費，寄與令堂，且安了宅眷，再托樊兄，把潞州解軍的批回，往齊州府注銷了，完了衙門的公事，公私兩全。待來春日暖風和，小弟還要替兄設處些微本錢，勸兄長此番回去，不要在齊州當差，求榮不在朱門下，倘奉公遣差，由不得自己，使令堂老伯母倚門懸念，非人子事親之道。（第十回）

單雄信之所以要秦瓊不必急於回鄉，除了考量秦瓊的病體剛痊癒不堪夜行趕路之外，更重要的是其爲了秦瓊的黃驃馬，「做一副熔金鞍轡，正月十五日方完，異常細巧，耀眼爭光。」同時，其欲以厚禮相贈秦瓊，但又恐秦瓊多心不受，於是做一副新鋪蓋，「將打扁白銀縫在鋪蓋裡……捎在馬鞍後，只說是鋪蓋，不講裡面有銀子。」臨別之際，秦瓊說要向東嶽廟去謝魏徵，單雄信即著人去請魏徵來相聚。可見，單雄信相待秦瓊，眞是處處體貼、面面周到。

不料，秦瓊回鄉途中被誤認爲盜匪，又失手打死店主，被關進潞州府監獄。單雄信聞報即千方百計替他活動，對官差又是「雙膝跪下」，又是以「千金買通」，使秦瓊免受重刑、輕判幽州充軍。（第十一回）而後，秦瓊因禍得福，在幽州認了姑母，回鄉途中，單雄信自認秦瓊必來看他，於是「辦酒倚門等候」，「直等到月轉東山，花枝弄影，還在那裡倚門翹首。」好不容易終於看到秦瓊來了，「雄信鼓掌大笑，眞乃月明千里故人來。」見到秦瓊後，單雄信雖然希望好友重逢能夠多聚幾天，然因秦母病重，故反而勸他說：「小弟如今欲兄速速回去，與令堂相見一面，全人間母子之情，豈可因友道而絕人間孝道。」（第十七回）後來單雄信得知秦瓊母壽，還「馳送綠林箭」〔註56〕，

<hr/>

〔註56〕《隋史遺文》第二十九回敘寫這段「單雄信馳送綠林箭」的情節，十分周到細膩，頗能展現單雄信身爲一個「講義氣」綠林首領的氣勢。茲引錄如下：雄信回內書房，取二十兩散碎銀子，包做兩包，拿兩枝自己的令箭。雄信卻又不是武弁官員，怎麼用得令箭？這令箭卻只是做就的竹籌，有雄信字號花押，取信於江湖的豪傑朋友。觀了此籌，如君命召，不俟駕而行。把這兩枝令箭安在銀包兩處，用盤兒盛著，叫小童捧至席前，當王、李二友發付。叫兩個走差的手下來。門下有許多去得的人，一齊當道：「小的們都在。」雄信指定兩個人道：「你兩個上來，聽我吩咐。」雄信道：「你兩個槽頭認轡口，備兩騎馬，一個人拿十兩銀子爲路費草料之資，領一枝令箭，分頭走。一個

邀集江湖好漢同去山東替秦母祝壽。（第二十九回）如此，單雄信對秦瓊的有情有義，可說處處爲著秦瓊著想。

瓦崗軍敗時，秦瓊因「唐主德望尊隆」、「今魏公已投唐，我等須從魏公」，然單雄信卻說：

> 叔寶，你與李淵有恩，你自去，料不失高官重祿。我卻不去，他殺我親兄，是必報之仇，我怎忘得手足之情，仰面去事他？要去，你與程大哥去。（第五十三回）

秦瓊、程咬金也是講義氣的好漢，既然單雄信這樣講，那也只好先隨單雄信轉投王世充。然而，因王世充素性猜忌，故秦瓊、程咬金不久還是轉而投唐去了。王世充兵敗後，單雄信成了敗軍俘虜，思及：「當日叔寶、知節要我投唐，我決意不從，投了鄭國。他三人後邊棄鄭而去，做了唐朝佐命，我卻做亡國之臣，何面目相見？」結果秦瓊、程咬金、徐世勣主動前來看他，還不斷向秦王李世民求情：「願納還三人官誥，以贖其死。」秦瓊甚至表明「願以身代死」。結果，秦王以「三將軍所請，終是私情。我這國法，在所不廢」，還是堅持要殺單雄信。（第五十九回）

當單雄信被帶到刑場時，秦瓊三人含淚告知求情結果：「止免得家口流徙。」單雄信聽後，立即展現英雄氣概地回說：「我料你也了不我事來，丈夫自從軍來，便在一刀一槍中做事業，免不得斷頭截頸，這也何足惜。」遂教妻子過來，見了三個叔叔。接著小說寫道：

> 眾人哭做一團，雄信半點眼淚也沒有，道：「不要作此兒女態，只管我兒女就是了。」叔寶三人抱了雄信大哭，叫從人拿過一把刀，一個火盆，三人輪流把自己股上肉割下來，炙在火上熟了，遞與雄信吃，道：「兄弟們誓同生死，今日不能相從，倘異日食言，不能照顧你妻子，當如此肉，爲人炮炙、屠割。」雄信也將來吃了，不辭。延至午時，一邊起鼓，叔寶三人只好痛哭，也留人不住，一齊砍了。
> （五十九回）

從河北、良鄉、涿州郡順義村、幽州，但是相知的就把令箭與他瞧。九月十五日，二賢莊會齊，算就七八個日子到齊州，趕九月二十三日與秦奶奶拜壽。九月十五到不得二賢莊，就趕出山東路上相會罷。」又指那一個道：「你這一個奔河南、山東，直至兗州府武南莊尤老爺莊上爲止。這東路的老爹，卻不要枉道又請進潞州，收拾壽禮，在官路會齊，同進齊州，二十三日與秦太太拜壽。」二人答應，分頭去了。

單雄信死後，秦瓊等不但處理了他的後事，還接來他的妻子，讓自己的兒子娶雄信的女兒爲妻。如此，就單雄信與秦瓊的道義關係來看，單雄信對秦瓊的「友道」可謂犧牲奉獻，而秦瓊回報單雄信的則是知己之恩。

2. 程咬金與秦瓊的道義關係

在小說中，秦瓊與程咬金本是「朝夕頑耍弟兄」，長大以後，天各一方，過了十多年才在爲秦母祝壽的酒宴上見面，秦瓊起初沒有認出程咬金，「只因當日咬金的面，還不曾這般醜陋，後因遇異人，服了些丹藥，長得這等青面獠牙，紅髮黃鬚。」（第三十一回）後來程咬金叫出秦瓊的乳名「太平郎」，秦瓊才想起這位舊友。而後，當秦瓊述說因爲緝捕不到劫銀杠的盜賊而遭責打時，尤俊達就偷捏程咬金的腿，意在暗示他勿說出兩人就是劫匪。不料，程咬金不忍秦瓊受責，竟叫將起來：「尤大哥，你不要捏我，就捏我也少不得要說出來。」（第三十一回）於是，程咬金當眾承認「是我與尤大哥幹的事」。此話一出，當場氣氛緊繃，群豪個個無言。這時，單雄信開口對秦瓊說：

> 當年寒舍，曾與仁兄有一拜之交，誓同生死患難，真莫逆之交。我如今求足下不要難爲他二人，兄畢竟也就依了。只是把兄解到京，卻有些差池，到爲那一拜斷送了兄的性命。如今要把尤俊達與程咬金交付與兄受賞，卻又是我前日邀到齊州來與令堂拜壽的，害他納命，於心何安？卻不是兩下做人難。（第三十一回）

由此，可見單雄信講義氣的性格。而秦瓊也很夠義氣地回說：「但憑兄長吩咐。」於是單雄信提出一個周全之策，要秦瓊「半日寬限」，待拜完秦母之壽，再向官府告訊，任由官兵去抓，而程、尤二人與官兵相鬥，「那個勝負的事，我們也管不得了」。就當時的情況而言，單雄信提出的方法可謂兼顧情理法的圓融之策。然而，秦瓊卻持道義立場說話：

> 昔年在潞州顛沛險難，感兄活命之恩，圖報無能。不要說尤俊達、程咬金是兄請往齊州來，替我家母做生日；就是他弟兄兩個自己來的，咬金又與我髫年之友，適才聞了此事，就慷慨說將出來，小弟卻沒有拿他二人之理。（第三十一回）

隨後，秦瓊取出應捕批來與單雄信等人觀看，「上面止有陳達、尤金兩個名字，並無他人。」程咬金豪氣地道：「剛剛是我兩人，一些也不差，拜壽之後，同見刺史便了。」然而，當單雄信交還捕批時，秦瓊一接過，即「豁

的一聲，雙手扯得粉碎。」李密、柴紹見狀想阻止時，「早就在燈上燒了」。在場群豪目睹秦瓊如此慷慨的舉動，「大半拜伏在地」。作者對此引詩贊曰：「自從燭焰燒批後，慷慨聲名天下聞。」並於回末「總評」論道：「咬金慨然自招盜杠，友義可嘉。叔寶更有燒批義舉，無非一念所激。如此交情，可風末俗。程咬金直吐眞情，眞是大英雄氣概，乃是不欺故友，非粗率也。」（第三十一回）然而，秦瓊燒了捕批，便無法向官府交差，因此程咬金強調：

> 自古道：「自身作事自身當。」這當時我做的，怎麼累你？只是如今獲不著我兩個，尚且累你。如今失了批回，如何回話？這官兒怕不說你抗違黨盜，這事怎了？況且我無妻子，止得一個老母，也虧做了這事，尤員外盡心供奉，飽衣暖食，你卻何辜？倘你有一些長短，丟下老母嬌妻，誰人看管？如今我有一個計議：尤員外！只要你盡心奉養我老母，我出脫了你，我一身承認了，就是殺官時原只是我，沒有你⋯⋯放我二人，我們豈不感秦大哥恩德？卻不是了局，枉自害了秦大哥。（第三十二回）

「自身作事自身當」，程咬金果然講究江湖道義，既不拖累秦瓊又要成全尤俊達。故作者評論曰：「叔寶肯捨己徇人已難，咬金寧殺身便友更難。」（第三十二回）

二、藝術特色

　　袁于令在《隋史遺文‧序》中，開宗明義即強調：「史以遺名者何？所以輔正史也。」後又表明他所要敘寫的重點是草澤英雄們的「奇情俠氣，逸韻英風」、「才奇招嫉，運阨多艱」等「史不勝書者，卒多湮沒無聞。」因此，爲了形象化地凸顯出草澤英雄，以及「更旁及其一時恩怨共事之人」，袁于令在小說中充分運用「細節描寫」和「心理描寫」。從隋唐演義系列小說的發展來看，「細節描寫、心理描寫」可說是《隋史遺文》最主要的藝術特色，因爲在《隋史遺文》之前的相關小說是以「按鑑演義」爲敘寫模式，重事不重人；而後，《隋唐演義》雖然大量採用了《隋史遺文》的內容，然因書寫視野的改變，故刪除了很多精彩的細節描寫。此外，《隋史遺文》既由「舊本」、「原本」中來，因而在語言的運用上除了顧及人物性格外，也保留某些說書風格，以下一併探論之。

（一）工於細節和心理的描寫

《隋史遺文》之前的《隋唐志傳》、《唐書志傳》，都是以「事件」為主的歷史演義，至袁于令則以秦瓊等英雄人物為主要的敘寫對象。既要寫人，就要有許多生動細節的描寫；而這些大都只能靠作家依照自己的生活經驗，以及掌握故事人物的性格發展，透過想像去營造出具體而微的細節。以《隋史遺文》來看，小說中即通過許多精妙傳神的細節描寫和心理描寫，描摹人物在特定環境下的情態、動作和語言。若再與褚人穫《隋唐演義》刪改的情形加以對照，更可見《隋史遺文》在這方面的藝術表現，實有其特別精到處。以下舉例來看：

1. 秦瓊與王小二、柳氏的相關情節

《隋史遺文》寫秦瓊落魄的淒慘狀，主要是通過王小二的世態炎涼加以烘托出來。試看以下王小二向秦瓊討帳時的描寫：

> 正值秦叔寶來家吃中飯，小二不擺飯，自己送一鍾暖茶到房內，走出門外來，傍著窗邊，對秦瓊陪笑道：「小的有句話說，怕秦爺見怪。」叔寶道：「我與你賓主之間，一句話怎麼就怪起來。」小二道：「連日店中，沒有生意，本錢短少，菜蔬都是不數的，意思要與秦爺預支幾兩銀子兒用用，不知使得也使不得。」叔寶道：「這是正理，怎麼要你這等虛心下氣，是我忽略了，不曾取銀子與你，你卻那裡有這長本錢，供給得我來。你跟我進房去，取銀子與你。」王小二連聲答應，歡天喜地做兩步走進房裡。（第五回）

這段王小二的心理描寫頗有意思：他在吃飯時間，對秦瓊只送茶、不擺飯，如此已有暗示其欠飯錢未還之意。他本想讓秦瓊自己發覺有異而問話，結果秦瓊卻未注意及此，只好走出門外。然因目的未能達成，又不甘一走了之，他只得再「傍著窗邊」，假意陪笑以試探。待確定秦瓊態度誠懇之後，他即採取低姿態，以「本錢短少」的難處、「預支銀子」的反語，希望秦瓊自覺理虧而快點還錢。當秦瓊說要取銀子付帳時，他因為目的達成了，「歡天喜地做兩步走進房裡」，果然喜形於色。如此，小說運用細節描寫，把王小二那種既要討帳又恐得罪客人的微妙心理，充分展現出來。

再看小說寫秦瓊從幽州回來，王小二的反應：

> （秦瓊）入城到府前，飯店的王小二先看見了，往家飛跑，叫：「婆娘不好了！」柳氏道：「你好好的一個人，怎麼就不好了？」小二道：

> 「當初在我家少飯錢的那個秦客人，……問罪往幽州去一二年，到
> 掙了一個官來。纏綜大帽，氣昂昂的騎著馬，往府前來，想是討什
> 麼過關口糧。他惱得我緊，與下四衙講了去，也拿我打一頓板子，
> 卻怎麼處？」柳氏道：「……如今沒面目見他，你躲了罷。」小二道：
> 「我躲不得。……你要說我不在家，我卻是飯店，倘他說我住住兒，
> 等他相見，我怎麼躲得這些時？」柳氏道：「怎麼樣？」小二道：「你
> 只說我死了罷。人死不記冤，打發他去了，我才出來。」王小二這
> 句話，不是站著說，他著了忙，出這一個題目與妻子，慌忙走開了。
> （第十六回）

王小二眼看昔日爲罪犯的秦瓊，今日竟然變成了官，自思過去對他冷落相待，
今日必遭報復。他本想躲起來，卻又怕秦瓊賴在店中不走，慌亂之際想到「人
死不記冤」的習俗，遂裝死以對。如此，小說透過王小二的一番思慮，將市
井小民的狡獪心理表露無遺。相對的，秦瓊則顯得豁達大度，當柳氏謊稱丈
夫已故時，秦瓊反倒安慰她說：「昔年也不干你丈夫事，是我囊橐空虛，使你
丈夫下眼相看，世態炎涼，古今如此。」並告知其來意，並非是要找王小二
報復，而是對於柳氏的「一針一線之情，到今銘刻於心」，見其「寡婦孤兒」，
甚至還謙恭自責地說：「我曾有言在先，你可比淮陰漂母，但恨我不能效韓信
有千金之報」。只這個「恨」字，就足以彰顯「叔寶是個有意思的人」。可惜
《隋唐演義》在敘寫本段情節時，刪除了秦瓊自責的這句話，同時也減去了
秦瓊體貼內省的性格特色。〔註57〕

2. 秦瓊在羅藝校場的情節

小說寫羅藝爲了提拔秦瓊，故意讓他在眾將士面前展現武藝。由於秦瓊
過去在齊州操演時，可以箭箭皆中靶心，因此自認爲會射箭。不料看了羅藝
標下的弓箭手，個個都是「射那懸針滾豆，百步穿楊。」這時，秦瓊才自覺
若以羅藝帳下的標準，自己實屬「不會射的」，然話已出口，卻又擔心「一箭
不中，貽笑於人」，「在腹內躊躇，人自覺精神恍惚，耳紅面熱，站立不穩。」
作者於此將秦瓊的緊張心理描寫得十分細緻。而後，小說寫道：

> 羅公卻不要看眾將射箭，單爲叔寶，見秦瓊精神恍惚，也就知道他
> 弓矢不濟了，令他過來。叔寶跪下，羅公道：「你見我標下這些官將，

〔註57〕《隋唐演義》第十四回「賢柳氏收金獲一報」，將《隋史遺文》中秦瓊所說的
「但恨我不能效韓信有千金之報」刪簡爲「今權以百金爲壽」。

都是奇射。」羅公是個有意思的人，怎麼出言自滿，言標下將官奇
射？恐怕秦瓊不能射，故發此言，使秦瓊謙讓。羅公就好免他射箭。
叔寶不解其意，少年人，心生一計，出言不遜，道：「諸將射槍桿，
皆死物，不足為奇……小將會射天邊不停翅的飛鳥，百發百中的。」
（第十五回）

這段敘寫充分展現「羅公是個有意思的人」，作者把羅藝成熟老練又極力袒護
秦瓊的心態寫出來了，相對之下，也凸顯了秦瓊這個「少年人」的年輕氣盛。
然而，秦瓊畢竟是小說中極力要塑造的「英雄」，總不能讓他「口出狂言、胡
亂吹噓」。因此，作者又跳出來補充說：「叔寶後來臣唐，貴為勛爵，難道言
過其實，說謊不成。他也曾射過飛鳥，射的是什麼飛鳥？因在山東路上捕盜，
邊海地方塞雁成群，飛在空中。叔寶郊外騎在馬上，弓硬箭准，紛紛射將下
來，卻也不是指定那一個射的，冒天空射將下來的。」正因如此，所以秦瓊
才說自己會射箭，然其中卻又暗藏著僥倖的心理，故作者接著說：「他料今日
演武廳沒有飛鳥，把曾射過的事，遮飾眼前。」如此，即將秦瓊的少年好勝
且略帶投機的性格展現出來。接著，又有一段精彩的敘寫：

卻又不知道羅公年高任性，只曉得他射不得槍桿，定要他射個飛鳥
看看。吩咐中軍官：「諸將暫停弓矢，著秦瓊射空中飛鳥。」軍政司
將卯簿掩了，眾將官都停住了弓矢。秦瓊張弓搭箭，立於月台，候
天邊飛鳥，青天白日，望得眼酸，並無飛鳥。眾將官為叔寶央中軍
大人，替秦將軍稟一聲：老爺十萬雄兵操演，沒有鳥雀經過。中軍
跪下稟事：「老爺有十萬雄兵操演，搖旗擂鼓，人馬簇擁，就是大鵬
鳥也不敢飛過演武場，請老爺號令。」羅公吩咐傳令下去：「曉喻五
營四哨大小官將人目，馬摘項下金鈴，三軍銜枚俯伏，如喧譁違令，
以軍法斬。」朝中天子三宣，不及閫外將軍一令。這個令，傳將下
來，十萬人盡數銜枚俯伏，銜的這個枚，卻不是每人散一個枚子，
若是散十萬人，幾日也不得清白。三軍號色包巾傍邊，絨繩拴一根
竹籤，上寫一枚字。傳令銜枚，將此竹籤銜於口內，霎時萬籟無聲。
俯伏多時，並無飛鳥，正是：風雲覘氣色，鳥鵲避旌旗。中軍官又
稟奉老爺將令，三軍銜枚寂靜多時，並無飛鳥。日色將晡，時光有
限，請老爺號令。」羅公道：「叫供給官，討生牛肉二方。」這演武
場不是城郭之中，有宰割的鋪戶，筵宴諸將的酒肉都已完備，一聲

> 討生牛肉，羅公號令又嚴，藍旗官令刀斧手出演武場，山坡下牧童
> 放的耕牛，活剌剌的割下兩塊牛肉來。上帳稟「生牛肉到了。」卻
> 也都不知老爺的作用。吩咐中軍官：「叫軍政司，將這兩塊牛肉，掛
> 在報纛旗上，將旗扯在帥字旗上面，自有飛鳥。」眾人也還不知什
> 麼緣故，只見血漓漓掛在虛空裡晃著，把那山中叼雞的餓鷹，引了
> 幾個來叼那牛肉。

這段敘寫雖長，但卻將羅藝的「年高任性」（定要他射個飛鳥看看），而又「號
令嚴明」（十萬人盡數銜枚俯伏、霎時萬籟無聲）的性格作風，透過層層鋪敘
的情節，層層展現出來。褚人穫《隋唐演義》寫此情節時，非但刪除了秦瓊
之所以說會射飛鳥的因由，對於校場射鷹的描寫也大加刪減，列出如下：

> 羅公年高任性，曉得他射不得槍桿，定要他射個飛鳥看看，吩咐中
> 軍官諸將暫停弓矢，著秦瓊射空中飛鳥。軍政司將卯簿掩了，眾將
> 官都停住了弓矢，秦瓊張弓搭箭，立於月台，候天邊飛鳥。青天白
> 日望得眼酸，並無鳥飛。此時十萬雄兵，搖旗擂鼓，演操急切，那
> 有飛禽下來？羅公便道：「叫供給官取生牛肉二方，掛在大纛旗上。」
> 只見血淋淋掛在虛空裡蕩著，把那山中叼雞的餓鷹，引了幾個來叼
> 那牛肉。（第十四回）

相較之下，由以上的敘寫很難看出人物的性格，也少了那種緊張萬分的氣氛。
因此，後來情節發展到「小羅成射鷹助一弩」時，《隋史遺文》就能充分展現
的羅成的「俠義氣概」。相較之下《隋唐演義》因爲缺乏先前緊張氣氛的營造，
其表現羅成性格的效果就遠遠不如《隋史遺文》的精彩。

3. 其他心理與細節的描寫

《隋史遺文》中寫秦瓊機敏應變的性格，作者常會以一句「叔寶是個有
意思的人」加以強調出來，至於如何表現出秦瓊的「有意思」，則是透過細節
描寫。除了以上兩則典型情節外，以下尚可再舉出幾例說明之：

《隋史遺文》第十六回「羅元帥作書貽蔡守」，寫秦瓊帶著姑丈羅藝的書
信，往潞州取回被扣留的行裝。當潞州蔡刺史吩咐秦瓊進府時，作者寫道：

> 叔寶是個有意思的人，到那得意之時，愈加謹慎。進東角門，捧著
> 書，一步步走將上來。

用「捧著書、一步步」可見秦瓊的謹慎小心。而後，寫蔡刺史「見書封上是
羅公親筆，不好回公座開緘，立著就打開書看。」如此可見蔡刺史對羅公的

恭謹。再寫蔡刺史看信後，發現信上所載的「三百六十兩」與實際扣留的銀兩數目不合，便遲疑說「前日參軍廳解來，止得此數，這仔麼處，須得根究了。」這時，秦瓊即打圓場說：「想在皂角林晚間相打時，失去了些，這也不敢費老爺清心。」如此，細緻地表現出秦瓊「到那得意之時，愈加謹慎」的性格。《隋唐演義》第十四回敘寫此段情節時，刪除了以上的細節描寫，同時也消弱了秦瓊性格謹慎的表現。

《隋史遺文》第十九回「陶蒼頭送進光泰門」，寫秦瓊與柴紹、王伯當、齊國遠、李如珪等進長安送禮觀燈，宿於城外陶家店。店主人擺了幾桌酒席，「這個酒席，是主人親故看燈的，見他眾人坐在席上，也不過是口角春風，虛邀眾人」。不料秦瓊竟然應承了，「主人卻難改口」，只得私下命人把原本欲邀請的客人都辭了。作者接著寫道：

> 秦叔寶這個有意思的人，難道不知主人是口角春風，如何就招架他吃酒？他心裡自有個主意，今日才十四，恐怕朋友們吃了晚酒，沒事幹，街坊頑耍，惹出事來。他公幹還未完，只得借主人酒席，款留諸友到五更天。費過了壽禮，卻得這個閒身子陪他們看燈。叔寶留心到此，酒也不十分吃。眾朋友開懷痛飲，三更時分盡歡，方才回客房中睡。

秦瓊明知店主人的邀請只是客套話，卻順口答應下來，其用意乃是為了絆住這些草莽朋友，深怕他們惹禍而誤了他的公事。《隋唐演義》第十六回於此刪改成「主人見眾豪傑行李鋪陳僕從，知是有勢力的人」，遂主動熱情接待。如此就無法看出秦瓊機敏的性格。

《隋史遺文》第二十回「收禮官英雄識氣色」，寫李靖預告秦瓊「切不可觀燈玩月，恐罹在此難，難以脫身。」秦瓊且走且想：

> 李藥師卻是神人，知幾料事，洞如觀火，指示迷途，教我不要看燈。只是我到下處，對這幾個朋友開不得口。他這幾個人，都是不信陰陽神鬼的，去歲在少華山，遇見伯當，說起長安，他就講看燈，那齊國遠、李如珪也要來，我用言語搪塞他，幾乎傷了義氣。就是昨日柴嗣昌陪我來，卻也講看燈。我如今完了公事，怎麼好說遇這個高人，說我面上步位不好，我先去罷，不像個大丈夫說的話。大丈夫卻要捨己從人，我的事完了，怎就好說這個鬼話來？真的也做了假的了，惹眾朋友做一場笑話。李藥師，我秦瓊只得負了你罷。開

> 不得口，隱在自己腹內，倒陪他進城來看看燈，我約他們不要放肆
> 就是了。

這段心理描寫，把秦瓊心裡那種既要顧及個人安危，又要顧及朋友義氣的矛盾衝突，表現得十分傳神。《隋唐演義》第十七回刪除此段精彩的心理描寫，只寫秦瓊心理：「李藥師的言語，不可全信，也不可不信。如今進城，倘有些不美的事務，跨上馬就走了。」

再如《隋史遺文》第四十五回「祭須陀逢李密」，寫張須陀遇害，秦瓊思念他對己的知遇之恩，加上「害他的人，又是我放走的李玄邃、王伯當」，因此秦瓊頗爲自責：「這眞叫做我雖不殺伯仁，伯仁由我而死！」次日「自備了豬羊」，至大海寺祭奠。如此，把秦瓊對張須陀的感恩重義表現得極爲眞切。《隋唐演義》第四十五回雖然也敘寫秦瓊祭奠張須陀，但卻刪除了秦瓊這句自責的話，減輕了秦瓊內省性格的表現；且又改下一句爲「次日，叫手下備了豬羊祭儀」，從「自備」改成「叫手下備」，相較之下，亦減輕了秦瓊對張須陀感恩報義的情懷。

（二）善用個性化的人物語言

《隋史遺文》還具有「文不甚深，言不甚俗」的語言特色。其語言的雅與俗是因人而異，符合人物的地位和身分特徵，是個性化的語言。秦瓊身上表現出一定的文人色彩，他的語言就傾向於雅化。如李密請秦瓊出使李唐陣營，柴紹意欲秦瓊留歸唐營，秦瓊即加以辭謝曰：

> 不才承唐公優禮，故人綈袍戀戀，也不能無情。但奉使而來，豈有
> 不復命之理。唐公之新恩不敢負，魏公之舊誼不可忘。倘得彼此交
> 好，並無二三，使瓊得遨遊二主間，所得已多矣。如欲令不才留滯
> 於此，非心所願。（第四十九回）

而後，秦王李世民親邀「共成王業」，秦瓊垂淚道：

> 秦瓊武夫，荷蒙公子德意，怎不知感？但我與魏公，相依已久，已
> 食其祿，一旦背之，不義；出使不復，不信；貪利忘恩，不仁。不
> 仁、不義、不信之人，公子要他何用？只願他日盟好不斷，緩急相
> 援，脫有會時，赴湯蹈火，有所不辭。今日之身，未敢輕許公子。（第
> 四十九回）

以上皆可見秦瓊語言之雅化，符合其人物性格。而程咬金恰與之相反，他出語粗俗，與其心粗膽大、率直的性格相輔相成。如在秦母壽筵上，秦瓊因與

程咬金十多年未見，不識舊交，故相待「甚是薄薄的」。尤俊達即質疑程咬金「你一向是老成人，不想你會說謊。」小說接著寫道：

> 咬金激得暴躁：「兄不信，等我叫他就是。」尤俊達道：「你叫。」
> 咬金厲聲高叫：「太平哥，你今日怎麼就倨傲到這等田地！」就是春雷一般，滿座皆驚，連叔寶也不知是那一個叫，慌得站起身來：「那位仁兄錯愛秦瓊，叫我乳名。」（第三十一回）

此「厲聲高叫」果然是一副「老成人」受到冤枉的反應。也因此，當尤俊達暗示程咬金勿招出劫銀，咬金卻就叫將起來：「尤大哥，你不要捏我，就捏我也少不得要說出來。」程咬金雖自招為盜，但因秦瓊以為戲言，故激得他暴躁起來，一聲如雷道：「秦大哥！你小覷我，這是什麼事，好說戲話！若說謊，就是畜生了。」以上皆可見作者透過生動活潑的語言，彰顯出人的性格。

此外，尚有民間說書式的口語藝術，如第四十二回敘寫李密東逃西奔的情景：

> 此時遍天下正搜求楊玄感餘黨，李玄邃和光混俗，但英雄貴介，意氣未能盡除，容易識得。東逃西竄，弄得似常人樣的，一個指頭的牙刷，兩個指頭的筋，四個指頭的木梳，五個指頭的討。無計奈何，或時相面，或時起課，再糊不這張嘴來。

小說以「一個指頭牙刷，兩個指頭的筋，四個指頭的木梳，五個指頭的討」為比喻，將李密作為通緝犯的緊張心理表現得十分生動精彩，明顯帶有說書式的口語化。從中亦可見袁于令修改「舊本、原本」所留下的痕跡。

第四章　歷史小帳簿——《隋唐演義》

　　《隋唐演義》以「歷史演義」爲主，雜以「英雄傳奇」和「才子佳人」小說的體例，主要結合了《隋煬帝豔史》和《隋史遺文》的內容，並且把相關的隋唐故事都搜羅在一起，可說是集前代隋唐演義系列小說之大成的代表作品。作者是清初的褚人穫，其編撰隋唐故事，除了善於人物語言之藝術技巧外，更著重於運用天命因果以串連故事情節，意圖以再世因緣的結構來詮釋隋唐興衰的輪迴關係，並且從中彰顯了女性對歷史的影響，以及對情義英雄的讚揚。因此，本章以「歷史小帳簿——《隋唐演義》」爲題，分成「版本作者與創作意圖」、「敘事結構與繼承發展」、「歷史興衰輪迴轉：天命下的再世因緣」、「主題思想與藝術特色」等四節，依序進行論述。

第一節　版本作者與創作意圖

一、版本作者

（一）版本

　　《隋唐演義》全書共一百回，清・褚人穫撰。它最早的本子是清康熙乙亥年（1695）四雪草堂刊本，首有林翰原〈序〉，此與《隋唐兩朝志傳》（以下簡稱《隋唐志傳》）之林翰〈序〉大同小異。次爲褚人穫自序，〈發凡〉，有圖五十葉。正文卷端題「四雪草堂重訂通俗隋唐演義」，署「劍嘯閣齊東野人等原本，長洲後進沒世農夫彙編，吳鶴市散人鶴樵子參訂」。其中，「劍嘯閣」爲明末清初戲曲小說家袁于令的閣名，齊東野人有小說《隋煬帝豔史》，「沒世農夫」即是褚人穫的別號。爾後，《隋唐演義》又有多種版本刊刻出來，光

是《小說書坊錄》所載就有文盛堂、文錦堂、吳郡崇德書院等十六種之多，可見這本小說當時之盛行。〔註1〕

（二）作者

褚人穫，字稼軒，一字學稼，號石農，別號沒世農夫。江蘇長洲人，著有《堅瓠集》六十六卷，增補《通俗隋唐演義》一百回，及《讀史隨筆》、《退佳鎖錄》、《鼎甲考》、《聖賢群輔錄》、《續蟹譜》等。生卒年不詳。褚人穫名字之由來，據其叔父褚篆說：「侄初就家塾，吾兄名之曰穫，有『樹穀』、『樹人』之思。」〔註2〕可見褚父對其抱有殷切期望，故將之取名為「人穫」。

褚人穫生於江蘇長洲（今蘇州），其祖父輩都是讀書人，家學淵源相當深厚，「一門之內，少長皆有文端雅之士。」〔註3〕然而，褚家世代卻始終與科舉無緣。褚人穫的父親褚笈，一生「七預棘闈，皆以數奇不偶。」直到崇禎丙子（1636）赴省鄉試，才僅中副榜。〔註4〕而褚人穫在科舉之路上同樣充滿著落寞之情，如同他的叔父褚篆所云：「邇年來自傷困頓，不能為得時之稼……故寓意於書，以示慨焉。」〔註5〕為他寫序的毛際可亦云：「先生負雋才，歷落不偶。」〔註6〕褚人穫則自述：「余平居碌碌，無所短長。二十年前方在少壯，已不敢萌分外一念。今則百歲強半，如白駒之過隙，憂從中來，悔恨交集，輒籍卷帙以自遣。」（《堅瓠集引》）可見，褚人穫對於少壯時耗費精神於科考，卻終至碌碌無為頗為悔恨，臨老才決定轉而著書立說。對於科舉功名之得失，他也只好視之為天命。〔註7〕於是，褚人穫修築了一座名為「四雪」

〔註1〕參見王清原、牟仁隆、韓錫鐸編纂：《小說書坊錄》（北京：北京圖書館書，2002.4），頁316。

〔註2〕見褚人穫：《堅瓠集》〈堅瓠九集序〉收入《筆記小說大觀》第23編（台北：新興書局，1978.10），頁5329。

〔註3〕見褚人穫：《堅瓠集》〈堅瓠廣集序〉，頁5713。

〔註4〕見褚人穫：《堅瓠集》〈堅瓠八集〉卷之一「改題見用」，頁5228。

〔註5〕見褚人穫：《堅瓠集》〈堅瓠九集序〉，頁5329。

〔註6〕見褚人穫：《堅瓠集》〈堅瓠四集序〉，頁4695。

〔註7〕在《堅瓠集》中收錄許多功名前定的故事，從中可見褚人穫視功名為宿命的心態。如〈堅瓠二集〉卷之二「兄弟應兆」，寫明初有兩兄弟，由貢入太學。夜夢人語曰：「七竅比干心。」如是數次。翌早言夢，兄弟不殊，未祥其義。時五月競渡，生儒出遊，惟二生篤志不出。高皇偶微行，至號舍。聞書聲，大喜。案上有藕一截，因出對曰：「一彎西子臂。」兄弟齊聲對曰：「七竅比干心。」高皇稱賞，命詮部以御史授之。見褚人穫：《堅瓠集》，頁4502。另〈堅瓠四集〉卷之四「應制詞」、〈堅瓠續集〉卷之四「蛙鳴喜怒」、〈堅瓠二

的草堂以讀書寫作。〔註8〕

康熙二十九年（1690），當時褚人穫已經五十六歲了，他的《堅瓠甲集》編刊完成，爾後，幾乎以一年一集的速度編刊《堅瓠集》。〔註9〕康熙三十四年（1695）五月，刊印四雪草堂訂正本《封神演義》並序；十月刊印四雪草堂《隋唐演義》並序。直到康熙四十二年（1703），經過十餘年的苦心編撰，他總算完成了《堅瓠十集》及《續集》、《廣集》、《補集》、《秘集》、《餘集》等共六十六卷。各集編成後，又曾經重編並補充條目，如《補集》卷六《後戲目詩》即有「甲申（康熙四十三年，1704）春連觀演劇，復成四律……。」云云。〔註10〕

褚人穫一生以文會友，曾與許多當世名流交遊，如孫致彌、沈宗敬、毛際可、尤侗、洪昪、毛宗崗、張潮等都與他有過交誼，並熱情爲其作品寫序。他之所以能廣結善緣，實與他重義輕財、慷慨好施的個性有關。如康熙戊辰（1688）進士孫致彌因遭冤獄罷官還鄉，一時之間親友遠避，只有褚人穫不避嫌疑，時時過訪，使孫氏深感慰藉而云：「余自辛未歲歸里，留寓海湧峰，岑寂無賴，辱褚先生稼軒攜屐過訪，相見恨晚，余亦時往過從。」〔註11〕後孫致彌冤情昭雪，並在康熙皇帝南巡時獻詩復官翰林，昔日親友又紛紛逢迎，惟褚人穫依然故我。爲此，孫致彌深許爲相知，故不僅熱忱爲《堅瓠集》作序，在褚人穫六十大壽時，還特地請同年好友、著名書畫家沈宗敬畫了一幅《岡陵圖》奉賀。褚人穫這種意氣豪邁的性格，受其父親褚笈影響甚大，可謂繼承家風。〔註12〕

集〉卷之四「用舍有命」等，皆表現出「功名前定」的思想。

〔註8〕因郎瑛曾說：李白「梨花白雪香」、元穆之「落梅香雪浥蒼苔」、蘇東坡「海棠泥污胭脂雪」和楊廷秀「雪花四出剪鵝黃」等句，皆以雪比花而有四色，褚人穫草堂庭院中恰恰栽種了這幾種花，故以「四雪」爲草堂之名。

〔註9〕褚人穫借莊子《逍遙遊》中「堅瓠無用」的典故，把自己勤苦編集、欲垂不朽的筆記小說集命名爲《堅瓠集》。毛宗崗在〈堅瓠三集序〉中有云：「蓋爲仕爲學皆儒者事，不得仕則終於學而已，苟非好事，安能於學無遺事乎！乃先生則曰：吾非好事也，吾幸值太平無一事之時，聊借閒筆墨以銷此閒日，故書成而取義於物之無用如堅瓠者以名篇。噫！儒者之書豈無用之書；儒者豈無用之人。雖學優不仕，疑於鮑繫，然儒者自命即不見用於世，要當立言以垂不朽。」見褚人穫：《堅瓠集》，頁4569。

〔註10〕見褚人穫：《堅瓠集》〈堅瓠補集〉，頁6092。

〔註11〕褚人穫：《堅瓠集》〈堅瓠集總序〉，頁4309。

〔註12〕褚笈一生雖鬱鬱不得志，但卻爲人正直，品格高尚。褚笈的妻妹改嫁後，隨後夫赴廣東某縣令任上，行前將前夫遺留的一箱財物託褚笈保管，此事無人知曉。後來，其妻妹一家皆病歿於廣東，褚笈遂召來妻妹前夫之子，並請人

二、創作意圖

在《隋唐演義》之前，明代已有多部隋唐演義系列小說刊行。到了清代，爲何褚人穫還要繼續重編隋唐故事呢？其自〈序〉中云：

> 昔人以《通鑑》爲古今大帳簿，斯固然矣。第既有總記之大帳簿，
> 又當有雜記之小帳簿。此歷朝傳志演義諸書所以不廢於世也。他不
> 具論，即如《隋唐志傳》，創自羅氏，纂輯於林氏，可謂善矣！然始
> 於隋宮剪綵，則前多闕略。厥後鋪綴唐季一二事，又零星不聯屬，
> 觀者猶有議焉。

可見，褚人穫之所以要寫《隋唐演義》，是因爲以前的作品「多闕略」、「零星
不聯屬」，導致「觀者猶有議焉」。因此，他要改變這些缺失和不足，重新創
作出一部足以傳世的隋唐故事。至於其創作的依據和特色爲何？褚人穫在
〈序〉中云：

> 昔鐸菴袁先生曾示予所藏逸史，載隋煬帝、朱貴兒、唐明皇、楊玉
> 環再世因緣事，殊新異可喜，因與商酌，編入本傳，以爲一部之始
> 終關目。合之遺文豔史，而始廣其事，極之窮幽僻證而已竟其局。
> 其間闕略者補之，零星者刪之，更採當時奇趣雅韻之事點染之，彙
> 成一集，頗改舊觀。

可知褚人穫重編《隋唐演義》的主要作法是「合之遺文豔史」，亦即將前代的
《隋煬帝豔史》和《隋史遺文》加以統合。然而，齊東野人、袁于令和褚人
穫三人的創作思想並不相同。如齊東野人在《隋煬帝豔史·凡例》中云：

> 今《豔史》一書，雖云小說，然引用故實，悉遵正史，並不巧借一
> 事，妄設一語，以滋世人之惑。故有源有委，可徵可據，不獨膾炙
> 一時，允足傳信千古……著書立言，無論大小，必有關於人心世道
> 者爲貴。《豔史》雖窮極荒淫奢侈之事，而其中微言冷語，與夫詩詞
> 之類，皆寓譏諷規諫之意。使讀者一覽，知酒色所以喪身，土木所
> 以亡國，則茲編之爲殷鑑，有裨於風化者豈鮮哉！

可知，齊東野人撰《隋煬帝豔史》是以「信史」自居，其寫隋煬帝荒淫亡國的

作證，依當年清單點還財物。這件事褚人穫終生難忘，編纂《堅瓠集》時還
特地將之記下，評曰：「此事在古人中亦爲難得，先君於流離播遷之際，護持
不失，爲尤難。其所以遺吾子孫者厚矣……。」見褚人穫：《堅瓠集》〈堅瓠
十集〉卷之一「還金」，頁 5478。

故事，旨在「寓譏諷規諫之意」。而袁于令在《隋史遺文・序》中則云：「蓋本意原以補史之遺，原不必與史背馳也。竊以潤色附史之文，刪削同史之缺，亦存其作者之初念也。」目的是「無往非昭好去惡，提醒顓蒙」。因此，《隋史遺文》將過去以帝王爲中心的寫法，改以草澤英雄爲中心，並於一開篇即強調云：

> 止有草澤英雄，他不在酒色上安身立命，受盡的都是落寞淒其，倒會把這干人弄出來的敗局，或時收拾，或是更新，這名姓可常存天地。（第一回）

正因爲在歷史上起重要作用的是「草澤英雄」，因此作者不但要「說得他建功立業的事情」而且說到「他微時光景」。

　　褚人穫在編撰《隋唐演義》時，雖然也把袁于令這段關於「草澤英雄」的議論全數抄入，然而在實際敘寫時卻非以草澤英雄爲主。如在前引的〈序〉中，褚人穫強調他「頗改舊觀」的敘寫重點在於「奇趣雅韻之事」，並於《四雪草堂重編隋唐演義・發凡》中，再度強調：

> 《隋唐演義》原本出自宋・羅貫中。明正德中，三山林太史亨大復加纂緝，授梓行世已久，而坊人猶以爲未盡善。近見逸史載隋帝、唐宗與貴兒、阿環兩世會合，其事甚新異，因爲編入，更取正史及野乘所紀隋唐間奇事、快事、雅趣事彙纂成編，頗堪娛目。非欲求勝昔人，聊以補所未備云爾。

可見，所謂的「奇事、快事、雅趣事」，正是褚人穫重編《隋唐演義》所要特別彰顯的特色。換言之，褚人穫所關注的並非是歷史上的大事，歷史發展在其小說中只是用來做爲敘事的主幹，隋唐間的「奇事、快事、雅趣事」才是他的創作發揮處。所以，在《隋唐演義》中即使是形象高大的帝王或英雄，都一樣具備有人間「奇快雅趣」之情感。由於這種「娛心」效果是褚人穫創作《隋唐演義》的重心之一，因此他把當時出版市場所盛行的世情小說和才子佳人小說，適度地將其體裁、作法等融入了傳統的「歷史演義」，從而打破了小說題材之間的畛域。〔註13〕從另一方面來看，《隋唐演義》刊刻之後之所

〔註13〕陳文新認爲《隋史遺文》是一部歷史演義英俠傳奇化的作品，《隋煬帝豔史》是一部歷史演義人情化的作品，《隋唐演義》綜合二者，即將歷史演義、英俠傳奇和人情小說合爲了一體。小說寫隋煬帝的故事標誌著歷史演義與人情小說的合流。又小說名爲《隋唐演義》，卻格外留意兩個風流皇帝的故事，足見一時的言情風氣給褚人穫的影響。這種言情的主幹情節，除了隋煬帝和唐玄宗的故事外，還包括才子佳人的變異──英雄美人故事，其主角是羅成、竇

以能夠廣為暢銷，正是因為這種娛心效果的運用成功。

　　若再進一步追究：為何褚人穫要特別重視小說的娛心效果？此應和褚人穫本身具有「書坊主」的身分頗有關聯。在其《四雪草堂重編隋唐演義‧發凡》的最後一條云：

> 是編草成已久，刊刻過半，因末後二十餘回，偶爾散軼，遂至中止。
> 茲幸得之一友人篋中，始成全帙，付之剞劂，以公同好。倘有翻刻
> 者，千里必究。

這句「倘有翻刻者，千里必究」既是「版權」聲明，更是《隋唐演義》在當時必定廣為流傳的間接證明。此外，從《隋史遺文》和《隋唐演義》的回後評論中也可以看出：《隋史遺文》重在評價作品人物、歷史事件，對書中的藝術手法很少著筆；《隋唐演義》則不同，褚人穫經常提點或評價其在小說中所運用的藝術技法。如：

> 單雄信之待秦叔寶，有一段至情。其贈厚貲，恐說明叔寶決不肯受，
> 故暗藏於被褥中，不料因此生出許多事來。作者苦心，正於此見……
> 無一曲筆，又無一直筆，一波未平，一波復起，真令看者應接不暇
> ……至於番僧丸藥，說到怠政卸權，為後邊伏案，直是太史公筆法。
> （第十一回）

> 看他敘事，一絲不亂，極細微處，正是極周到處，無一漏語，意到
> 筆隨，如見當年情事。（第十四回）

> 此都是無中生有，忙處無漏筆，閑處有補筆，細心點染，看者幸勿
> 草草忽過。（第二十二回）

> 作此種書，要寫得極閑極緊，極濃極淡。因車中二王偶語，忙亂時
> 寫各人情性，卻甚閑暇。禁獄中，似可淡描，又寫得何等緊促。其
> 間鋪張敘義，皆從情理中打出，一絲不亂，一針不走，前後串合，
> 深得《水滸》行文之法。（第五十九回）

> 回中寫馬周洗足，蕭后賞燈，看者安得不疑，然皆史中之可據者，
> 但描寫曲盡，如豔花錦簇，引人觀翫不了，此文人之妙筆也。（第六
> 十九回）

線娘、花又蘭等。參見〈論《隋唐演義》的基本品格及其小說史演義〉《武漢
大學學報‧人科版》56 卷 4 期（2003.7），頁 463～464。

從作者的這些評語中，處處可見有其「自我推銷」之意。當然，褚人穫作為一個書坊主，編撰小說必然有其謀利的目的，因此他運用當時流行的才子佳人故事之敘事模式，編撰出一部歷史小說的「小帳簿」。同時，或許因為袁于令的名氣頗大，因此他又在〈序〉中強調「昔籜菴袁先生曾予所藏《逸史》，載隋煬帝、朱貴兒、唐明皇、楊玉環再世因緣事。」事實上，袁于令與褚人穫的年齡差距過大，兩人不大可能有此交往，這點學者考證已明。〔註14〕

第二節　敘事結構與繼承發展

一、敘事內容

《隋唐演義》的敘事從隋主伐陳開始，以「安史之亂」後唐明皇回京作結，寫了前後一百七十多年的歷史。小說的主要內容由三部分構成：一是以隋煬帝和朱貴兒為中心的隋末宮廷故事；二是秦瓊、單雄信、程咬金等「亂世英雄」反隋的故事；三是以唐明皇和楊貴妃為中心，寫「安史之亂」前後的唐代宮廷故事。全書以「隋煬帝、朱貴兒」與「楊貴妃、唐明皇」的「再世因緣」為敘事主線，把隋唐之間種種紛繁的歷史事件、趣聞傳說都匯集到一個龐大的敘事結構中。

小說的第一部分從第一回到第六十六回，寫隋末的大動亂和唐王朝的建立，著重寫隋煬帝的暴政和亂世英雄秦瓊、李密、單雄信、程咬金等人的故事。第二部分從第六十七回到第七十七回，寫唐太宗李世民登位到唐玄宗李隆基即帝，把歷史上輝煌的「貞觀之治」簡單幾句話交代過，著重寫武則天和韋后的專權，作為小說主要情節的過渡階段。第三部分從第七十八回到第一百回，寫隋煬帝轉世為楊貴妃，朱貴兒轉世為唐明皇，開始了所謂的再世因緣，敘寫的重點即在於唐明皇和楊貴妃的愛情故事。

雖然《隋唐演義》幾乎寫盡了隋唐兩朝的歷史，但是對於那些在歷史中起重要作用的大事，卻很少進行鋪敘。如：第三十八回「楊義臣出師破賊，

〔註14〕柳存仁在《倫敦所見中國小說書目提要》中指出，褚人穫此說「無非是因為劍嘯閣主人名聲很大……在新編的書銷路方面也許會佔一點便宜」。（台北：鳳凰出版社，1974），頁 257～258。歐陽健除了肯定柳氏此說「頗有見地」外，還進一步認為褚人穫擴大銷路的主要手段，其實是想借助唐明皇、楊貴妃愛情故事的名氣。參見〈清代三大演義定本的形成〉《長江大學學報・社科版》27 卷 1 期（2004.2），頁 51。

王伯當施計全交」，寫孫安祖在商寓偶遇王伯當，得知李密與楊玄感起義兵敗，這事就此帶過。又第四十一回「秦叔寶脫陷榮歸」，有關隋朝攻打高麗，秦瓊與張須陀合力戮賊等情節，亦簡略帶過。又第七十一回「武才人蓄髮還宮，秦郡君建坊邀寵」，武媚娘殺女奪后是改變李唐歷史發展的關鍵，小說亦採略寫。又第七十七回「鴆昏主竟同兒戲，斬逆后大快人心」，李隆基與太平公主合誅韋氏，使唐代政權重回李氏之手，小說亦採略寫。此外，對於唐玄宗的「開元盛世」採略寫，而詳敘其後宮生活。可見，《隋唐演義》敘寫的重點既不在於歷史大事，也不在於草莽英雄，而在於「當時奇趣雅韻之事」。這樣的內容發展，如前述，主要受到當時流行之才子佳人小說的影響。

因此，褚人穫把隋唐兩代的歷史，逕以「再世因緣」加以貫串，將「歷史」的發展置諸於「天命」之下，如在敘寫完「隋興、隋滅、唐亂」的歷史之後，作者即分別於回末作「總評」曰：「自古帝王出世，必有一段驚異非常氣象。」（第一回）；隋文帝晚年廢太子、幸美人，「皆隋運氣數不久長使之也，人何能爲也。」（第二回）；「宮闈之亂，至唐而極，然亦氣數使然。」（第八十一回）作者更在書末強調「再世因緣」的天命因果，引詞結證隋唐兩代的歷史發展云：「隋唐往事話來長，且莫遽求詳。而今略說興衰際，輪迴轉，男女猖狂。怪跡仙蹤，前因後果，煬帝與明皇。」（第一百回）

此外，在《隋唐演義》中也常藉由夢境對歷史事件的發展及其結果做出預告。如第二十九回以花之盛衰喻朝代興亡；第五十一回寫眞命天子李世民遭囚，當夜獄官之女即夢見黃龍盤踞在囚室之中；第五十二回寫王世充夢周公，後果因此而敗李密；〔註15〕爾後唐太宗入冥預見兩世因緣、唐玄宗與楊貴妃更是常常在夢中預見因果等。作者頻頻運用這類夢境，固然有其渲染傳奇色彩之意圖，但由於最終必然應驗的結局，可知所宣告的仍是「天命」對「歷史」事件的掌控。

〔註15〕 王世充夢周公事，見於史傳。《隋書·王世充傳》載：「李密破化及還，其勁兵良馬多戰死，士卒皆倦。充欲乘其敝而擊之，恐人不一，乃假託鬼神，言夢見周公，乃立祠於洛水之上，遣巫宣言周公欲令僕射急討李密，當有大功，不則兵皆疫死。充兵多楚人，俗信妖妄，故出此言以惑之。眾皆請戰。」（列傳第五十）《資治通鑑·唐紀二》亦載：「（王世充）詐稱左軍衛士張永通三夢周公，令宣意於世充，當勒兵相助擊賊。乃爲周公立廟，每出兵，輒先祈禱。世充令巫宣言周公欲令僕射急討李密，當有大功，不即兵皆疫死。世充兵多楚人，信妖言，皆請戰。」（卷一百八十六）可見，「夢周公」一事是王世充借天命以自神。《隋史遺文》未寫本段，《隋唐演義》則依史傳敷之。

正因「天命」是決定「歷史」的最終力量，因此「英雄」必須待時而發。如小說一開首，即引詩曰：「時危俊傑姑埋跡，運啓英雄早致君。」（第一回）西嶽判官勸勉李靖道：「凡事自有命數，不可奢望，亦不須性急，待時而動，擇主而事，不愁不富貴也。」（第三回）對於秦瓊的遭遇，作者強調：「不意天公巧於播弄英豪，使叔寶不是一番黜陟，何以全其品志，爲後日功名之地。」（第三十三回總評）對於李密的敗亡，作者更以不識天命、強逞英雄論之，認爲李密若眞是一個明哲之士，「見國中屢現災異，便要安守金墉，悔改前愆」，而非「刻刻要想似漢高提著三尺劍，無敵於天下」。（第五十三回）所以作者在小說中處處提醒：

> 人的功業是天公註定的，再勉強不得。若說做皇帝，眞是窮人思食熊掌，俗子想得西施，總不自猜，隨你使盡奸謀，用盡詭計，止博得一場熱鬧，片刻歡娛。直到鐘鳴夢醒，霎時間不但瓦解冰消，抑且身首異處，徒使孽鬼啼號，怨家唾罵。（第五十七回）

> 人生最難是以家爲國，父子群雄振起一時，使謀定計，張兵挺刃，傳呼斬斫，不知廢了多少謀畫，擔了無數驚惶，命中該是他任受，隨你四方振動，諸醜跳梁，不久終歸殄滅。至於內廷諸事，諒無他變，斷不去運籌處置，可知這節事，總是命緣天巧，氣數使然。（第六十六回）

> 天下事自有定數，一飮一啄，莫非前定。（第六十七回）

> 人之遇合分離，自有定數。隨你極是智巧，揣摩世事，億則屢中的，卻度量不出。（第七十回）

> 從來士子的窮通顯晦，關乎時命，不可以智力求。即使命裡終須通顯，若還未遇其時，猶不免橫遭屈抑，此乃常理，不足爲怪。（第八十回）

儘管如此，作者仍然肯定在「歷史」的發展進程中，「英雄」是「天命」的執行者。故曰：

> 天地間死生利害，莫非天數。只是天有理而無形，電雷之怒，也有一時來不及的，不得不借一個補天的手段，代天濟弱扶危。（第五回）

《隋唐演義》在此因襲《隋史遺文》的寫法，將秦瓊塑造爲「代天濟弱扶危」的英雄。由於天命註定李氏父子是「眞命天子」，故當第四回寫「楂樹崗唐公

遇盜」時，緊接著第五回即寫「秦叔寶途次救唐公」。又因秦瓊是要執行天命的英雄，正是「國步悲艱阻，仗英雄將天補」（第四十三回開首），因此當權奸宇文述要加害秦瓊時，又有忠義虎將「張須陀具疏救秦瓊」（第四十三回）。再如寫單雄信追殺眞命天子李世民，即有尉遲恭「單鞭奪槊」（第五十七回）；而後「玄武門兄弟相殘」時，尉遲恭英勇護衛李世民（第六十六回）。可見秦瓊、尉遲恭兩人都是「歷史」上執行「天命」的「英雄」。

二、結構布局

雖然《隋唐演義》的內容龐雜，但是褚人穫在結構布局卻頗爲用心，除了運用「再世因緣」以串連隋唐兩代的歷史故事外，小說中在結構布局上尚有三種明顯的特色，一是敘事埋下伏筆、二是情節發展合理、三是人物結局圓滿。以下分別舉例述之：

（一）敘事埋下伏筆

褚人穫編撰《隋唐演義》，善於在行文中埋下伏筆，以爲前後呼應，並使情節發展合理。如第十一回「冒風雪樊建威訪朋，乞靈丹單雄信生女」，增寫單雄信的妻子足月未產，後遇一番僧化齋，賜給靈丹才生下女兒愛蓮。因爲有此伏筆，故後來寫到單雄信臨刑前，才能順理成章地寫秦瓊之子娶單雄信之女。同時，因番僧言：「聞當今主上倦於政事，一切庶務，俱著太子掌管。那太子是個好頑不好耐靜的人，所以喀這裡修合幾顆耍藥，要去進奉他受用。」如此就與當時的政事結合起來，並爲後來煬帝的「恣蒸淫」做出伏筆。

第三十九回「陳隋兩主說幽情」，寫隋煬帝見陳後主的幽魂，罵其爲亡國之人，陳後主怒而回敬道：「你的壯氣能有幾時？敢欺我是亡國之君？只怕你亡國時，結局還有許多不如我處。」後來隋煬帝被叛臣逼死，眞的是不如陳後主「不失作一歸命侯」。（第一回）

第四十八回「遺巧計一良友歸唐，破花容四夫人守志」，寫隋亡時，煬帝的四位夫人破容明志，楊義臣遂把四位夫人和袁紫煙送到斷崖村女貞庵。當時，老尼曾對楊義臣說：「令甥女非是靜修之時，後邊還有奇逢。」此爲小說後來寫袁紫煙與徐世勣的成親預做伏筆。（第五十八回）

第五十七回「改書諫寶公主辭姻，割袍襟單雄信斷義」，寫秦王被單雄信追趕，被一野鶯帶到一個山洞，遇聖僧唐三藏救之，並賜以偈言四句：「建業唯存德，治世宜全孝。兩好更難能，本源當推保。」後來小說先寫寶線娘救

父（全孝），再寫竇建德自願出家。這時，唐帝大喜道：「你肯做和尚，妙極，朕倒替你覓一個法師在那裡，叫你去做他的徒弟。」如此，透過這種伏筆的運用，使得情節發展得以前後呼應，增加讀者閱讀的興趣。

此外，《隋唐演義》中尚有許多伏筆是運用「徵兆」來暗示，以揭示其「天命」的大主題。如第二回，寫隋文帝的一場夢境：

> 隋主朦朧之間，夢見己身獨立於京城之上，四遠瞻眺，見河山綿邈，心甚快暢。又見城上三株大樹，樹頭結果纍纍。正看間，耳邊忽聞有水聲，俯視城下，只見水流洶洶，波濤滾滾，看看高與城齊。隋主夢中吃驚不小，急急下城奔走。回頭看時，水勢滔天而來。隋主心下著忙，大叫一聲，猛然驚醒。

樹上結果實，即木之子，合為「李」字；而水流洶洶，高與城齊，暗指「淵」字。此夢預告隋運將終，而由李淵取而代之，為後來的唐興隋滅留下伏筆。再如第四十七回「看瓊花樂盡隋終」，寫煬帝偕同眾妃欲賞正盛開的瓊花，怎知才到台邊，「忽然花叢中捲起一陣香風，甚是狂驟」，煬帝抬頭看花，「只見花飛蕊落，雪白的堆了一地，枝上要尋一瓣一片卻也沒有。」瓊花落盡，代表隋的氣數也將盡，果然奏上李淵造反，煬帝遂令杳娘拆「隋」字，以卜趨避。小說敘寫如下：

> 杳娘道：「隋乃國號，有耳半掩，中間工字，王不成王，又無之字，定難走脫。」又命拆朕字。杳娘道：「移左手發筆一豎於右，似淵字。目今李淵起兵，當有稱朕之虞；若直說陛下，此月中亦只八天耳。」煬帝怒道：「你命當盡在何日？」命拆杳字，杳娘道：「命盡在今日。」煬帝道：「何以見之？」杳娘道：「杳字十八日，更無餘地，今適當其期耳。」

煬帝聽後大怒，即命武士殺之。杳娘應驗了自己死亡的預言，接著煬帝即遭叛軍進白絹縊死。再如武則天女主稱帝，小說寫民間早有祕記云：「唐三世之後，女主武王代有天下。」（第七十回），而唐玄宗與楊貴妃的死生有命，更是小說「再世因緣」情節所要敷演的主題之一（詳述於後）。《隋唐演義》這類伏筆的安排，正如作者在第九十七回總評中所說：「處處有相合，處處有照應，無一遺漏，允稱妙筆。」

（二）情節發展合理

褚人穫除了充分運用伏筆，使小說的情節能夠前後呼應外，在故事情節

的發展上，更是著重於修訂《隋史遺文》的不足，講究細微處的合理。如《隋唐演義》第十回「東嶽廟英雄染痾，二賢莊知己談心」，寫單雄信前往東嶽廟爲亡兄醮，得知秦瓊在此廟，因此迫不及待趕去看他。此情節相較於《隋史遺文》，多了秦瓊往後軒散步時，恰見火工偷米荣「帶回家給老娘吃」，藉此引發其省思：「小人尚思孝母，我秦瓊空有一身本事，不與孝養，反拋母親在家，累他倚閭而望。」秦瓊因此倍加思親而「止不住雙淚流落」。如此布局，使得情節發展較爲合理，因前文已講秦瓊的病體經魏徵調理後已逐漸安安，接著才寫「是日因天氣暖和，又見殿上熱鬧，故走出來。」同時，第八回寫秦瓊賣馬得銀時的欣喜之情：「今見此銀，得以回家，就如見母的一般。」如此，這兩回的情節即可相呼應，而把秦瓊的孝母之情連貫起來。

《隋史遺文》第十七回，寫秦瓊歸家，其娘子聽到敲門聲，在裡面問道：「呀！風雨不灑寡婦家門。我兒夫經年在外，是什麼人經過，擊我家後門。」《隋唐演義》第十五回「秦叔寶歸家侍母」，寫此情節時刪去了「風雨不灑寡婦家門」這句話，因爲秦家尚未證實秦瓊生死，其妻即自稱「寡婦」較不合情理。

再如單雄信當二賢莊主頗爲得意，爲什麼還要落草上瓦崗？在《隋唐演義》之前的小說中，皆未曾做出合理而仔細的交待，褚人穫則寫李密入瓦崗後，前往二賢莊勸單雄信入伙，不料遭人告發，官軍因此前來追捕。當時單雄信不在莊內，瓦崗寨眾好漢前來殺退官兵、燒了莊院，並將單雄信的家屬接到山寨，恰好這時單雄信來訪，了解情勢後也不得不跟著入伙。（第四十二回）

（三）人物結局圓滿

《隋唐演義》看似結構龐雜，但卻雜而不散，特別是在人物安排上，都能注意到結局的圓滿。以下，分就興唐功臣、內宮寵妃、楊妃與鸚鵡、民間人物等四類舉例來看：

首先，在興唐功臣方面：小說詳加交待了興唐功臣的結局，如《隋唐演義》第七十回寫唐太宗臨死前召長孫無忌、褚遂良、徐世勣等到榻前，交待房玄齡、李靖、馬周等人已死去。第七十四回，又寫武則天思念昔日功臣，死亡殆盡，「又聞程知節亦謝世，凌煙閣上二十四人，惟叔寶一人尚在……不及一月，叔寶之母身故，叔寶因哭母致病，未幾亦亡。」如此，即將唐代開國功臣二十四的結局都作了交待。

　　其次，在宮內寵妃方面：惑亂李淵的張、尹二妃，兩人在《隋煬帝豔史》和《隋史遺文》中都是匆匆帶過，沒有下文。《隋唐演義》則給她們一個有結局的發展。如第三十九回「陳隋兩主說幽情，張尹二妃重貶謫」，寫張、尹二妃「兩個多是文帝時，與宣華同輩的人，年紀與宣華相仿，而顏色次之。」隋煬帝挑選宮人從遊時，張、尹二人因自恃文帝幸過，不肯送禮給負責選妃的人而落選；加上蕭后也因這二人「平日不肯下氣趨承」，故又陷害她們。因此，煬帝龍舟出發後，即把張、尹二妃連同餘下宮奴，一併送到太原晉陽宮。如此，為後來張、尹二妃得以私侍李淵，淫亂建成、元吉等情節預留伏筆。小說又寫玄武門之變後，唐帝將二妃退入長樂宮。而在第六十八回「成後志怨女出宮，證前盟陰司定案」中，作者寫唐太宗將老宮女盡數放出時，還不忘交待：張、尹二妃亦出宮歸家。

　　再次，在楊妃和鸚鵡方面：《隋唐演義》第八十回寫安祿山獻上一隻能言語、解人意的鸚鵡，「楊妃愛之如寶，呼為雪衣女。」第八十七回寫雪衣女飛至楊妃妝台前說道：「雪衣女昨夜夢兆不祥，夢己身為鷙鳥所逼，恐命數有限，不能常侍娘娘左右了。」說罷慘然不樂。楊妃因此教導雪衣女頌念心經。後來，有個內侍擎著一只青鶻從樓下走過；那鶻兒瞥見鸚鵡，飛起便撲。楊妃急看鸚鵡時，已悶絕於地下，半晌方醒轉來。爾後鸚鵡不食不語，只「喃喃吶吶的念誦心經」，三日後，「聳身向著西方，瞑目戢翼，端立而死。」至第九十九回，小說又寫梅妃夢中見仙姑立於雲端中，手執一隻白鸚鵡，言：「此鳥亦因宿緣善果，得從皇宮至佛國，今從佛國來仙境，何以人不如鳥乎？」第一百回，寫楊通幽往尋二妃魂，得一隻白鸚鵡為其引路至「蕊珠宮」；而後在「北陰別宅」見到楊妃，楊妃自言：「幸我生前曾手書《般若心經》念誦，又承雪衣女白鸚鵡念我舊恩，常常誦以念佛，為我懺悔，因得暫時軟禁在此。」如此，小說透過這隻鸚鵡，圓滿串連出一段因果故事。〔註16〕

　　最後，在民間人物方面：以隋末反王高開道之母為例，高母在小說中雖是可有可無的人物，然作者卻讓她出現四次。第一次，第七回寫秦叔寶落魄潞州，高姓老婦人設膳款待，秦瓊自思：「慚愧我秦瓊出門，不曾撞著一個有

〔註16〕《堅瓠集》〈堅瓠秘集〉卷五中載有楊貴妃與心經的關係：「真定大曆寺中，多藏唐時宮人所書佛經，字俱工楷。內有楊太真手寫心經一卷，字尤婉麗，後題云：『善女人楊氏，為大唐皇帝李三郎書。』呼皇帝為三郎，此宮幃燕暱時語，乃直書於經卷，貽譏後世，大為可笑。」，頁 6254。

意思的朋友，反遇著兩個賢明的婦人，消釋胸中抑鬱。」又寫高姓婦人之子「有些膂力，好的是使槍弄棍，所以不事生業，常不在家」，此與後文寫高開道反隋作亂形成前後呼應。小說又寫當時高母手持一串素珠，成爲後來寫高母出現在女庵中的伏筆。第二次，第十四回寫秦瓊從幽州回家途中經過潞州，贈金予客店的柳氏後，即往南門外探望高開道之母，結果高母「半年前已遷往他處」了。第三次，第四十八回寫楊義臣安排煬帝的四位夫人去處，四位夫人破容明志，因此把她們送到斷崖村女貞庵，此庵中的老尼即高開道之母。第四次，第六十七回寫蕭后到女貞庵，作者還不忘交待「高開道的母親已圓寂三年了」。如此，可見褚人穫安排人物結局之細心和用心。

三、繼承發展

　　從褚人穫的〈序〉中，可以發現《隋唐演義》繼承發展的線索有以下幾點：《隋唐志傳》「多闕略」，後補的作品又「零星不聯屬」；「合之遺文豔史，而始廣其事」；「更採當時奇趣雅韻之事點染之」。如此，可知《隋唐演義》繼承的部分主要在於《隋史遺文》和《隋煬帝豔史》；而《隋唐志傳》等「歷史演義」階段的小說，以及其他「零星不聯屬」的隋唐故事，也是作者參雜旁採的對象。至於發展的部分，就是那些「奇趣雅韻」的相關情節。若以前述小說之「敘事內容」來看，所謂「合之遺文豔史」主要集中在第一部分（即前六十六回）；第三部分（第七十八以後）則是會集唐玄宗和楊貴妃的愛情故事，再透過「再世因緣」的脈絡加以組織。至於第二部分（六十七回到七十七回）因屬歷史發展的過渡情節，較無特定而明顯的繼承對象。如此，《隋唐演義》敘寫隋唐兩宮的主要情節，可謂「皆有所本」。〔註17〕

　　若由小說回目和內容加以比對，可知《隋唐演義》前六十六回中，有將

〔註17〕梁紹壬《兩般秋雨盦隨筆》卷七「隋唐演義」云：「《隋唐演義》，小說也，敘隋煬帝、明皇宮闈事甚悉，而皆有所本：其敘土木之功，御女之車，矮民王義及侯夫人自經詩詞，則見於《迷樓記》；其敘楊素密謀，西苑十六院名號，美人名姓，泛舟北海遇陳後主，楊梅、玉李花開，及司馬戲逼帝，朱貴兒殉節等事，並見於《海山記》。其敘宮中閱廣陵圖，麻叔謀開河食小兒，家中見宋襄公，狄去邪入地穴，皇甫君擊大鼠，殿腳女挽龍舟等事，並見於《開河記》。其敘唐宮事，則雜采劉餗《隋唐嘉話》、曹鄴《梅妃傳》、鄭處晦《明皇雜錄》、柳珵《常侍言旨》、鄭棨《開天傳信記》、王仁裕《開元天寶遺事》、無名氏《大唐傳載》、李德裕《次柳氏舊聞》、史官《樂史之太真外傳》、陳鴻之《長恨歌傳》，復緯之以《本紀》、《列傳》而成者，可謂無一字無來歷矣。」收入「名人筆記叢書」（台北：新興書局，1956），頁47。

近四十二回繼承《隋史遺文》的內容。相對來看，《隋史遺文》全書六十回中，被《隋唐演義》所採用者則高達五十五回。其中，除了第二十五回「新皇大逞驕奢，黔首備遭塗毒」（為《隋唐演義》第二十七回內容）移至第三十三回「李玄邃關節來總管，柴嗣昌請託浣贓官」（為《隋唐演義》第二十五回內容）之後外，其原來敘事順序均未打亂。（詳參附表一）而對於《隋煬帝豔史》的材料，則往往根據行文的需要，任意取捨穿插。如陳隋兩主說幽情事，在《隋煬帝豔史》為第十二回，事接煬帝花蔭下私幸妥娘之後；《隋唐演義》則將此情節移置於第三十九回，寫群雄蜂起而煬帝猶自點選遊幸宮人。又如《隋煬帝豔史》第二十九回「清宮玩月」，本為煬帝初臨揚州時事；《隋唐演義》移置於第四十七回「看瓊花樂盡隋終」即煬帝遭弒之前，以寓「樂盡隋終」之意。

此外，在某些章節中，褚人穫又將《隋史遺文》與《隋煬帝豔史》的有關內容聯綴為一體，或前後相續，或因果相關，有的甚至選擇各書的現成文句，交織成篇。如《隋唐演義》第十九回「恣蒸淫賜盒結同心」，就是合《隋史遺文》第二十四回「恣蒸淫太子迷花」與《隋煬帝豔史》第五回「黃金盒賜同心」的文句而成。總之，《隋史遺文》以秦瓊為主角，偏重於興唐功臣；《隋煬帝豔史》以煬帝為主角，偏重於隋宮美人，《隋唐演義》則合此兩者，「更採當時奇趣雅韻之事點染之」。

至於《隋唐志傳》的內容也多為作者所採用，如竇建德、楊義臣、尉遲恭等事蹟。而《通鑑綱目》對《隋唐演義》也有直接的影響，小說後四十回情節發展線索是根據《通鑑綱目》安排的，且與之有直接聯繫者高達二十二回。〔註18〕褚人穫從《通鑑綱目》中廣泛取材，其基本原則應是為了遵循史書實錄，實踐「按鑑演義」的作法。

由以上可見，褚人穫編撰《隋唐演義》，主要是擇取前代相關小說的敘事結構，加以重新編輯。而在故事內容的繼承發展上，又可歸納出以下幾種方式：

〔註18〕彭知輝指出：「22回中，有的基本上是摘錄、復述《通鑑綱目》內容而成，如第 77，88，90，91，92，94 回；有的是部分摘錄、復述《通鑑綱目》內容而成，如第 76，78，83，87，96，100 回；有的襲用了《通鑑綱目》的個別段落、情節，如第 66，68，69，71，75，85，99 回；有的是在史實的基礎上敷演而成，如第 73，74，93 回。」見〈《隋唐演義》材料來源考辨〉《明清小說研究》（2002 第 2 期），頁 204～205。

（一）刪簡增添

爲了使小說行文更加緊湊，敘述更加流暢，褚人穫在改編時作了不少刪簡和增添。刪簡部分如：將《隋史遺文》第十一、十二回，第十三、十四回，第十五、十六回等之內容合併。（詳參附表一）《隋史遺文》寫宇文惠及誘姦民女極其詳盡；《隋唐演義》則簡化描寫，只將之作爲秦瓊打抱不平的鋪墊。《隋史遺文》爲凸顯秦瓊的英勇善戰，極力鋪寫其在戰場上的細節；《隋唐演義》相關戰事皆略述。《隋史遺文》爲了塑造「叔寶是個有意思的人」，在細節描寫、心理摸描寫上頗多鋪敘；《隋唐演義》亦予以簡化。（此詳見於第三章「藝術特色」）

增添部分如：柴紹與李淵之女聯姻史書有載，《隋史遺文》僅大致敘述；《隋唐演義》則用了半回的篇幅敘寫李女擺「五花陣」來考驗未來的夫君，〔註19〕呈現出才子佳人的敘寫模式。再如《隋唐演義》繼承《隋史遺文》把羅成和羅士信寫成二人的模式，但作者著重的是羅成與竇線娘的一見鍾情（第四十九回），以及與花又蘭的愛情故事（第六十一回）；羅士信仍然按照正史，但改寫其亡於王世充之手（第六十三回）。至於單雄信臨刑前活祭場面，則加上了秦母聞訊後前來爲單員外送行，感念他在潞州救秦瓊之恩，並寫秦瓊要其子秦懷玉當場拜單雄信爲岳父。（第六十回）而爲了加強秦瓊的「孝」，又寫秦母活到一百有五歲，武則天賜坊表揚，秦母身故，「叔寶因哭母致病，未幾而亡」（第七十四回）。以上，可見，褚人穫特別在「情義」上用功。此外，小說還虛構出秦瓊、羅成等英雄的後代，不過人物形象單薄，直到後來刊行的《說唐後傳》才有所發揮。

（二）重新架構

褚人穫在採用前人之說以入其小說中時，也會因爲結構布局之需要，而將前代故事加以重新架構。如《隋唐演義》將《梅妃傳》中梅妃的結局改爲得仙人搶救而暫避於尼庵，並且從中補敘秦瓊玄孫秦國禎與羅成後裔羅采的故事，最後將二條故事結合，寫了秦、羅二人偶至庵中，通過解讀羅公遠的八句詩偈，找到梅妃，使其得以侍奉晚年的唐玄宗。

〔註19〕《隋唐演義》第六回「五花陣柴嗣昌山寺定姻」，寫李淵之女「不特才貌雙絕，且喜讀孫吳兵法，六韜三略，無不深究其奧，誓願嫁一個善武能文、足智多謀的奇男子。」因此，她以安排「手執明晃晃的單刀，共有一二十個婦女」，布下「五花陣」，要柴紹進去破陣，「方見你的本事」。

又如《隋史遺文》敘李密因參與楊玄感起義而被軍官追捕一事，寫得極其簡略。只寫了李密脫禍後經歷了一番飄泊，後因其親戚告發而引出秦瓊設計救李密、王伯當，卻遭宇文述陷害。而《隋唐演義》圍繞李密逃脫官兵一事，引出了一系列的事件，先是王伯當設計營救，李密在逃脫中成就家室；然後又寫李密去二賢莊會單雄信，被人認出通報官府，使二賢莊不得不舉家遷往瓦崗；而秦瓊奉命捉拿李密、王伯當，因事先通信引起宇文述的猜疑陷害，此又造成秦瓊逼上瓦崗的情勢。如此，透過一個李密的事件，牽連起眾多英雄好漢的故事，環環相扣的情節特別顯得曲折有致。

再如「玄武門之變」，《隋史遺文》第六十回寫秦瓊的態度是「見勢頭兩邊必不相容」，又因堅持「他兄弟之間不能調和，怎為他挑鬥？」於是托病，全不涉及李氏兄弟的內鬥。因此建成不忌秦瓊，只惱尉遲恭。事變之日，建成為李世民一箭射死，元吉亦遭尉遲恭射死，秦瓊全未參與其事。《隋唐演義》對李家兄弟的鬥爭頗多敘寫，從第六十四回「小秦王宮門掛帶」到第六十六回「玄武門兄弟相殘」，寫建成、元吉淫亂張、尹二妃，又百般謀害秦王和尉遲恭；最後尉遲恭迎戰二王派來的死士，李世民射死建成，逃走的元吉先遭秦瓊之子懷玉刺下馬來，後為李世民親斬之。至於秦瓊，作者沒有明寫其態度，只透過李世民問秦懷玉道：「你家父親又不在家，你那裡曉得我行事，在這裡相候？」換言之，玄武門之變秦瓊既未參與也不知，但秦家卻有秦懷玉為代表，以見忠臣家族護主有功。

（三）新生發展

《隋唐演義》受到才子佳人小說的影響，最典型的發展即在於改變隋煬帝的形象。隋煬帝在《隋史遺文》中還是個荒淫殘忍的暴君；《隋煬帝豔史》雖大力敷演了隋煬帝的奇豔之事，但對於他的奢侈殘暴也有不少的描述。到了《隋唐演義》，雖然小說中也描寫了隋煬帝的窮土木、逞豪華、開運河等暴政，然而褚人穫敘寫隋煬帝故事的重點，卻是隋煬帝與其妃嬪之間的情愛生活，進而將隋煬帝塑造成為一個兒女情長的情癡。如第三十、三十一回寫煬帝與眾夫人賭歌鬥趣、飲酒題詩；第三十五回寫他們妝容自娛、歌詠昭君，表現他們之間的親密關係。此外，小說還著力描寫煬帝與宮妃、臣子之間的眞情回報，如「思淨身王義得佳偶」（第二十七回）、「割股酬恩」（第三十四回）、「袁寶兒輕生」（第三十六回）、「四夫人守志」（第四十八回）等，表現他們之間的深情。如此，隋煬帝的形象即由荒淫的暴君，變成與賈寶玉一

般兒女情長的「風流公子」。〔註20〕

《隋唐演義》不僅把隋煬帝與朱貴兒，唐明皇與楊貴妃寫成才子佳人的
再世因緣，還寫了幾對才子佳人的故事，如李密與王雪兒（第四十一回）、李
世民與徐惠娥（第五十一回）、徐世勣與袁紫煙（第五十八回）以及羅成與竇
線娘、花又蘭的「雙美奇緣」（第六十一回）等。特別是第六十二回「眾嬌娃
全名全美，各公卿宜室宜家」，小說中的孤男寡女們都在唐帝的主持下，解決
了終身大事，表達了「家齊而後國治，國治而後天下平」的意涵。作者並於
回末總評道：

> 天生神物，必不埋沒到底。那英雄好漢事業可觀，若美貌女子亦不
> 終身冷落，此皆天意，非人力也。線娘配羅公子，天也：江、賈、
> 羅三夫人配程、魏、尉遲，及懋功配紫煙，亦天也。天豈肯付之荒
> 煙蔓草中乎？人可安於命矣。

作者認爲英雄美女既是天生神物，則上天必不埋沒。這種「以天命來總攝人
情」的想法，使得在《隋唐演義》的英雄故事中，增加了不少「情」的因素。
誠如作者在全書末作詞結證所云：

> 閱閱舊史細思量，似傀儡排場。古今帳簿分明載，還看取野史鋪張。
> 或演春秋，或編漢魏，我只記隋唐。隋唐往事話來長，且莫遽求詳。
> 而今略說興衰際，輪迴轉，男女猖狂。怪跡仙蹤，前因後果，煬帝
> 與明皇。

同時，由於敘事中心的轉移，使得一直以來在歷史小說中被忽略的女性人物，
在《隋唐演義》中卻佔有重要的分量；而大量「女子識見」的展現，更是成
爲這本小說中最令人矚目的焦點之一。換言之，褚人穫在《隋唐演義》中強
調女性在「歷史」中的作用，這種觀點可說是受到當時小說發展潮流的影響，
同時影響了後出小說中女將形象的塑造，以及兒女英雄主題的發展。

〔註20〕陳文新由此考察，認爲：「如要從小說文本中尋找賈寶玉的前輩，《隋唐演義》
中以憐香惜玉爲特徵的那個隋煬帝是第一個人選。」他進而指出：從對《紅
樓夢》的影響來看，《隋唐演義》的重要性是毋庸置疑的。參見〈論《隋唐演
義》的基本品格及其小說史演義〉，頁467～470。雷勇則進一步考察：除了隋
煬帝和賈寶玉兩個人物的明顯傳承關係外，兩部小說在場景的設計、仙人轉
世的模式、情與政結合的寫法等，都有相關性。參見〈《隋唐演義》與《紅樓
夢》〉《南開學報·哲社版》（2007第1期），頁114～120。以上，可見透過一
個「隋煬帝」的形象，可以再開發出一個《隋唐演義》與《紅樓夢》影響研
究課題。

第三節　歷史興衰輪迴轉：天命下的再世因緣

　　一個王朝的興衰更替，就歷史真實面而言，自有其種種主客觀的複雜因素。然而，從通俗小說家的立場來看「歷史」，無論是朝代更替、治亂興衰、君王賢昏等，無不與「天命」相關。因此，在涉及改朝換代的講史小說中，總是高倡「得天命者得天下」的觀念，並且將之直接體現在開國君王乃「真命天子」的身分上，展現出鮮明的民間色彩。〔註21〕這種以「天命」來詮釋「歷史」的天命史觀，雖然是民間對歷史的粗淺認知，但卻是長期積澱而成的庶民文化，反映並且呼應了庶民階層中因果報應的觀念。如〈鬧陰司司馬貌斷獄〉〔註22〕即寫韓信托生曹操、英布托生孫權、彭越托生劉備，由三人三分漢家天下，以報功大遭殺之冤；同時楚漢相爭之際，所有懷抱恩怨情仇者，一併都在三國時投胎出世。這是小說家對東漢、三國這段歷史更替的典型詮釋，而這樣的詮釋法則，同樣發生在《隋唐演義》之中，並且表現得更加周密、精彩。

　　褚人穫在〈序〉中說他編《隋唐演義》，乃是將隋煬帝和朱貴兒，唐明皇和楊玉環的再世因緣，「編入本傳，以為一部之始終關目。」此於第八十九回「總評」，又有詳細說明：

> 此回乃大關目處。隋自隋、唐自唐，傳以隋唐立名者，以李淵與世民即肇基於開皇中，故以隋唐合傳。但唐至太宗即位，而隋之氣數已終，作者乃先於煬帝清夜遊幸之時，幻出與朱貴兒馬上定盟，願生生世世為夫婦。隋於太宗魂遊地府，目睹聽勘煬帝一案，以貴兒忠烈，降生皇家，以煬帝荒淫，反現婦女身，完馬上之盟，正見隋唐之所以合處。

所謂「隋自隋、唐自唐」，隋唐本分屬兩個不同的朝代，而褚人穫則巧妙地透過再世因緣之天命因果的關係，把隋唐兩朝聯成一個有機的整體，進而成就出對於隋唐易代的歷史詮釋。

一、隋煬帝和朱貴兒的天命因緣

　　《隋唐演義》為了能夠圓滿地結構全書，在第一回即運用天命觀念，寫

〔註21〕如《飛龍全傳》、《大唐秦王詞話》、《說唐全傳》、《東漢演義》、《青史演義》等作品皆有「真命天子」的神話。相關觀念的探討，參見彭利芝：〈論明清歷史小說中的「得天命者得天下」之觀念〉《洛陽師範學院學報》（2006 第 3 期），頁 63～66。
〔註22〕收入《喻世明言》第三十一卷。

隋煬帝出生時的異象：

> 皇后生晉王時，朦朧之中，只見紅光滿室，腹中一聲響亮，就像雷
> 鳴一般，一條金龍突然從自家身子裡飛將出來。初時覺小，漸飛漸
> 大，直飛到半空中，足有十餘里遠近；張牙舞爪，盤旋不已。正覺
> 好看，忽然一陣狂風驟起，那條金龍不知怎麼竟墜下地來，把個尾
> 掉了幾掉，便縮做一團。細細再一看時，卻不是條金龍，倒像一個
> 牛一般大的老鼠模樣。（第一回）

獨孤后驚醒後，即產下一子。隋主聞知皇后夢見金龍摩天，故以「阿摩」為
皇子的小名，期待他「守成還須寬廣」，故名為「楊廣」。〔註23〕《隋唐演義》
繼承前代故事，寫隋主楊堅出生時，其母「夢蒼龍踞腹而生」。（第一回）寫
煬帝運用類似的敘事模式，但卻另以「金龍墜地變成碩鼠」來預告煬帝日後
的暴虐作為，同時開啟天命因果的關係。接著，寫麻叔謀奉命開運河，搞得
天怒人怨，故導出「狄去邪入深穴，皇甫君擊大鼠」的情節。此情節在明代
的《隋煬帝豔史》和《隋史遺文》中都曾敘寫，〔註24〕但褚人穫加以發展鋪
敘的更為細緻。小說寫狄去邪入地穴，皇甫君請其觀看煬帝的原形：

> 那武衛牽到庭中，把一手帶住，那鼠蹲踞於月臺上，揚鬚嚙爪，狀
> 如得意。那貴人在上怒目而視，把寸木在桌上一擊道：「你這畜生，
> 吾令你暫脫皮毛，為國之主，蒼生何罪，遭你荼毒；骸骨何辜，遭
> 你發掘；荒淫肆虐，一至於此！我今把你擊死，以洩人鬼之憤。」
> 喝武士照頭重重的打他，那武衛捲袖撩衣，舉起大棍，望鼠頭上打
> 一下，那鼠疼痛難禁，咆哮大叫，渾似雷鳴。武士方要舉棍再打，
> 忽半空中降下一個童子，手捧著一道天符，忙止住武士：「不要動手。」
> 對皇甫君說道：「上帝有命。」皇甫君慌忙下殿來，俯伏在地。童子
> 遂轉到殿上，宣讀天符道：「阿摩國運數本一紀，尚未該絕。再候五
> 年，可將練巾繫頸賜死，以償荒淫之罪，今且免其箠楚之苦。」（第
> 三十二回）

原來煬帝是碩鼠轉生，然因「運數本一紀，尚未該絕」，所以皇甫君雖有意

〔註23〕依《隋書》載，煬帝的小名為「阿㒜」：「煬皇帝，諱廣，一名英，小字阿㒜，
　　　　高祖第二子也。」（帝紀第三〈煬帝上〉）
〔註24〕參見《隋煬帝豔史》第二十一回「狄去邪入深穴，皇甫君擊大鼠」；《隋史遺
　　　　文》第三十四回「牛家集努力除奸，睢陽城直言觸忌」。

擊死碩鼠「以洩人鬼之憤」，但天命在前，且有「再候五年，可將練巾繫頸賜死，以償荒淫之罪」的果報在後，因此饒他性命。在此，狄去邪是天命因果的見證者，同時作者也預告出日後「歷史」的發展，全在「天命」的掌握之中。

小說順著「皇甫君擊大鼠」的情節，接著引出原形為碩鼠的隋煬帝因此患了頭痛昏迷的病症，再寫煬帝寵妾朱貴兒「割玉腕眞心報寵」（第三十四回），而爲了使讀者相信朱貴兒自割臂上肉醫治煬帝的「眞心」，小說還寫朱貴兒發表一段議論：

> 大凡人做了個女身，已是不幸的了；而又棄父母，拋親戚，點入宮來，只道紅顏薄命，如同腐草，即塡溝壑。誰想遇著這個仁德之君，使我們時傍天顏，朝夕宴樂。莫謂我等眞有無雙國色，逞著容貌，該如此寵眷，設或遇著強暴之主，不是輕賤凌辱，即是冷宮守死，曉得什麼憐香惜玉，怎能如當今萬歲情深，個個體貼得心安意樂。所以侯夫人恨薄命而自縊身亡，王義念洪恩而思捐下體，這都是萬歲感入人心處。不想於今遇著這個病症，看來十分沉重，設有不諱，我輩作何結局，不爲悍卒妻，定作驕兵婦。

「萬歲情深」在前，「不爲悍卒妻，定作驕兵婦」的悲慘結局在後，這使得煬帝的眾多寵愛美人莫不感動悲泣。接著，小說寫煬帝知道朱貴兒的「忠貞明義」後，感動地「落下幾點淚」說：「朕願與你結一來生夫婦。」於是：

> （煬帝）指天設誓道：「大隋天子楊廣與美人貴兒朱氏，情深契愛，星月爲證，誓願來生結爲夫婦，以了情緣。如若背盟，甘不爲人，沉埋泉壤。」朱貴兒見煬帝立誓，慌忙跳下馬來俯伏在地，聽見誓完，對天告道：「皇天在上，朱貴兒來生若不與大隋天子同薦衾枕，誓願甘守幽魂，不睹天日。」（第三十五回）

同樣的，爲了使讀者相信朱貴兒的眞心，小說又敷演了「殉死節香銷烈見」的情節，寫眾臣造反欲殺煬帝，朱貴兒勇於維護煬帝：「萬歲雖然不德，乃天子至尊，一朝君父，冠履之名分凜凜，汝等不過侍衛小臣，何敢逼脅乘輿，妄圖富貴，以受萬世亂臣賊子之罵名！」直到被殺，朱貴兒還罵不絕口。作者於此評曰：「可憐貴兒玉骨香魂，都化作一腔熱血。」〔註25〕隨後，因煬

〔註25〕《隋史遺文》並未敷演隋煬帝與朱貴兒的愛情故事，兩人的事蹟只在反賊闖入宮內時，才有「隋主慌張，正與朱貴兒睡」一句話。而後，雖亦寫「朱貴

帝「乞全屍而死」，叛臣取白絹一疋進上，煬帝被縊死前還大哭道：「昔鳳儀院李慶兒，夢朕白龍繞項，今其驗矣！」（第四十七回）李慶兒所夢，只是再三的預告，其實煬帝的死期、死法早已由天命註定。至此，隋代告終，唐朝興起。

　　從以上的敘事中，可知褚人穫在塑造隋煬帝的形象時，部分採用了才子佳人小說的敘事模式，將過去隋煬帝主要形象中的荒淫殘暴，改成兒女情長。正因褚人穫重新賦予隋煬帝如此多情的形象，方能使「再世因緣」的連接不致於過於牽強。可見，作者在處理小說結構的發展脈絡頗爲用心。

二、唐玄宗和楊玉環的天命因緣

　　如前述，小說在寫隋煬帝的遭受果報之前，先寫「狄去邪入深穴」，以狄去邪爲天命因果的見證人。同樣的，在寫唐玄宗和楊玉環的果報之前，也藉由「唐太宗入冥」的故事，以唐太宗爲天命因果的見證人，並由情節來串連兩世因緣。小說寫唐太宗魂遊地府時，忽見：

> 一對青衣童子執著幢幡寶蓋，笑嘻嘻的引著一個後生皇帝，後面隨著十餘個紗帽紅袍的，兩個官吏隨著。崔珏：「張寅翁，這一宗是什麼人？」那官吏說道：「是隋煬帝的宮女朱貴兒，他生前忠烈，罵賊而死，曾與楊廣馬上定盟，願生生世世爲夫婦。後面這些是從亡的袁寶兒、花伴鴻、謝天然、姜月仙、梁瑩娘、薛南哥、吳絳仙、妥娘、杳娘、月賓等。朱貴兒做了皇帝，那些人就是他的臣子。如今送到玉霄宮去修眞一紀，然後降生王家。」（第六十八回）

唐太宗在地府見此景象，甚表贊同地笑道：「朕聞朱貴兒等盡難之時，表表精靈，至今述之，猶爲爽快。」但是，正當唐太宗要追問其將生爲何朝天子時，卻又看鬼卒「引著一個垂頭喪氣的煬帝出來」，只因煬帝曾「弑父弑兄」，故要到畜生道中受報，「待四十年中，洗心改過，然後降生陽世，改形不改姓，仍到楊家爲女，與朱貴兒完馬上之盟。」當崔珏問道：「爲何頂上白綾還未除去？」鬼吏告知：「他日後托生帝后，受用二十餘年，仍要如此結局。」這時，唐太宗反倒質疑：「煬帝一生殘虐害民，淫亂宮闈，今反得爲帝后，難道淫亂

兒罵賊而死」，但並未多做鋪敘，只寫眾反賊紛紛數落煬帝罪狀，「朱貴兒看得不堪，放聲大罵，被賊人砍了。」但作者引詩贊曰：「素有當熊膽，嬌傳罵賊聲。睢陽有遺烈，應有並芳名。」（第五十回）。

殘忍，到是該的？」崔珏只能告知道：「殘忍，民之劫數。至若姦淫，此地自
然降罰。今為妃后，不過完貴兒盟言。」唐太宗正要細問時，又一鬼吏來請。
（第六十八回）於是，作者一方面透過唐太宗來見證隋煬帝、朱貴兒死後的
果報；一方面又故弄巧合，使唐太宗不知朱貴兒將投胎為唐玄宗，而煬帝即
其帝后的前身。然透過「唐太宗入冥」的情節，作者預告了日後天命因果的
安排。

　　而後，小說依歷史的進展敘寫了高宗繼位、武后稱帝，接著中宗、睿宗，
到了玄宗時，作者立即以「江采蘋恃愛追歡，楊玉環承恩奪寵」（第七十九回）
進入其「轉世輪迴」的主題。小說寫唐玄宗與楊貴妃的情愛，先透過梅妃（江
采蘋）爭寵敗給楊妃，再於「長生殿半夜私盟，勤政樓通宵歡宴」（第八十六
回）達到一個高潮點。作者營造如同〈長恨歌〉「夜半無人私語時」的氛圍，
從而敷演出唐玄宗和楊貴妃兩人「在天願作比翼鳥，在地願為連理枝」的私
盟情節：

> 二人坐到更深，天熱未臥，手揮輕扇，仰看星斗。此時萬籟無聲，
> 夜景清幽，坐了一回，漸覺涼爽，玄宗低聲密語道：「今夜牛女二星
> 相會，未知其樂何如？」楊妃道：「鵲橋渡河之說，未知果有此事否；
> 若果有之，天上之樂，自然不比人間。」玄宗笑道：「若論他會少離
> 多，倒不如我和你日夕歡聚。」楊妃說道：「人間歡樂，終有散場，
> 怎如天上雙星，永久成配。」說罷不覺愴然嗟歎。玄宗感動情懷，
> 說道：「你我恁般恩愛，豈忍相離；今就星光之下，你我二人密相誓
> 願，心中但願生生世世，長為夫婦。」楊貴妃聽玄宗之說，點頭道：
> 「阿環同此誓言，雙星為證。」玄宗聽了此說，不覺大喜之極。（第
> 八十六回）

唐玄宗與楊妃這段愛情盟誓，在「再世因緣」的敘事結構中，正好與隋煬帝
與朱貴兒的盟誓構成循環呼應。誠如作者在回後總評中所說：

> 長生殿私盟，在玄宗不過偶然諧謔，而在傳中則為大關目處。何也？
> 以玄宗與貴妃今生配偶，從煬帝與貴兒盟誓中來，則殿中私盟，正
> 照馬上私誓，重申生生世世之情。（第八十六回‧總評）

然而，對這場「重申生生世世之情」，作者顯然寓有諷刺。故在本回的開首即
先下議論，大潑冷水說：佛教最重誓願，「冥冥之中，便有神鬼證明」，但也
要「看他所立之願，合理不合理，可從不可從。難道那不合理、不可從的誓

願，也必如其所言不成？」接著，又直接針對兩人的私盟批評曰：

> 身爲天子，六宮妃嬪以時進御，堂堂正正，用不著私期密約，又何須海誓山盟。惟有那耽於色、溺於愛的，把三千寵幸萃於一人，於是今生之樂未已，又誓願結來生之歡。殊不知目前相聚，還是因前生之節義，了宿世之情緣，何得於今生又起妄想。（第八十六回）

將此開首評論，對照回後總評所論：「豈知貴妃罪孽，不敵貴兒忠貞，故誓願有成有不成，暗見天心福善禍淫處。」可知作者有意藉此強調：天命因果的循環，其關鍵處在於「福善禍淫」。於是，小說接著敘寫一段「唐明皇夢中見鬼」的情節：

> （唐玄宗）見一個奇形怪狀的魑魅，不知從何而至，一直來到楊妃身畔，就壁上取下那一枝玉笛按上口邊，嗚嗚咽咽的吹將起來。玄宗大怒，待欲叱叱吒他，無奈喉間一時哽塞，聲喚不出。那個鬼竟公然不懼，把笛兒吹罷，對著楊妃嬉笑跳舞。玄宗欲自起來逐之，身子再立不起。回顧左右，又不見一個侍從。看楊妃時，只是伏在桌上，睡著不醒。恍惚間，見那伏在桌上的卻不是楊妃，卻是一個頭戴沖天巾、身穿滾龍袍的人，宛然是個一朝天子模樣，但不見他面龐；那鬼尚在跳舞不休，看看跳舞到自己身前，忽然他手執著一圓明鏡把玄宗一照。玄宗自己一照，卻是個女子，頭挽烏雲，身披繡襖，十分美麗，心中大驚。（第八十九回）

正當唐玄宗疑駭萬分時，只見空中跳下一個黑大漢來，這跳舞的鬼被他一喝，登時縮做一團，被提在手中。唐玄宗問他是誰，黑大漢告知他乃鍾馗，「奉上帝命令治終南山，專除鬼祟。」言訖，伸手，「把那個鬼的雙眼挖出，納入口中吃了，倒提著他的兩腳，騰空而去。」〔註26〕唐玄宗從惡夢中驚醒後，楊

〔註26〕民間關於鍾馗的傳說甚早，最早見於北宋沈括的《夢溪筆談》載吳道子畫鍾馗的題記：「明皇開元講武驪山，歲翠華還宮，上不懌，因痁作，將逾月，巫醫殫伎，不能致良。忽一夕，夢二鬼，一大，一小。其小者衣絳犢鼻，屨一足，跣一足，懸一屨，握一大筠紙扇，竊太眞紫香囊及上玉笛，繞殿而奔。其大者戴帽，衣藍裳，袒一臂，鞹雙足，乃捉其小者，刳其目，然後擘而啖之。上問大者曰：『爾何人也？』奏云：『臣鍾馗氏，即武舉不捷之進士也。』乃詔畫工吳道子，告之以夢曰：『試爲朕如夢圖之。』」（台北：臺灣商務印書館，1956），頁25～26。另相關論述詳參劉燕萍：〈鍾馗神話的由來及其形象〉《宗教學研究》（2001第2期），頁35～40；劉錫誠：〈鍾馗論〉《民俗曲藝》111期（1998.1），頁97～138。

貴妃也跟醒來說道：

> 我夢中見一鬼魅從宮後而來，對著我跳舞；旁有一美貌女子，搖手
> 止之，鬼只是不理。他卻口口聲聲稱我陛下，我不敢應他，他便把
> 一條白帶兒撲面的丟來，就兜在我頸項上，因此驚魘。（第八十九回）

對於夢境中爲何兩人會「男女易形」，唐玄宗也只能向楊貴妃寬解爲：「我和你恩愛異常，願不分你我，男女易形，亦鸞顚鳳倒之意耳！」然而，作者立即提醒讀者：「看官，你可知楊貴妃本是隋煬帝的後身，玄宗本是貴兒再世。夢中所見的，乃其本來面目。」又引詩曰：「時衰氣不旺，夢中鬼無狀。帝妃互相形，現出本來相。」如此，再世因緣的敘事結構已然建立。

三、天命因緣兩代傳的前因後果

褚人穫爲了更加細緻地貫串《隋唐演義》中的這段「歷史興衰輪迴轉」，最後透過「鴻都道人」（楊通幽）來見證「再世因緣」的天命安排。〔註27〕小說寫楊通幽奉皇命「運出元神，乘雲起風，游行霄漢」以尋楊妃、梅妃芳魂，在天界遇到張果、葉法善、羅公遠三位仙翁對弈，遂「伏請仙師指引」。張果即一一對其道出眾人因果。以下，依小說的敘述，分由唐玄宗、楊貴妃、隋煬帝與朱貴兒三部分來看：

首先，小說寫唐玄宗的前因後果爲：

〔註27〕「通幽尋妃」的故事早於民間有所流傳，褚人穫善巧運用，將之編入其再世因緣敘事中。如《太平廣記》卷第二十引《仙傳拾遺》載：「楊通幽，本名什伍，廣漢什邡人。幼遇道士，教以檄召之術，受三皇天文，役命鬼神，無不立應……其術數變異，遠近稱之。玄宗幸蜀，自馬嵬之後，屬念貴妃，往往輟食忘寐。近侍之臣，密令求訪方士，冀少安聖慮。或云：『楊什伍有考召之法。』征至行朝。上問其事，對曰：『雖天上地下，冥寞之中，鬼神之內，皆可歷而求之。』上大悅，於內置場，以行其術。是夕奏曰：『已於九地之下，鬼神之中，遍加搜訪，不知其所。』上曰：『妃子當不墜於鬼神之伍矣。』二日夜，又奏曰：『九天之上，星辰日月之間，虛空杳冥之際，亦遍尋訪而不知其處。』……三日夜，又奏曰：『於人寰之中，山川嶽瀆祠廟之內，十洲三島江海之間，亦遍求訪，莫知其所。後於東海之上，蓬萊之頂，南宮西廡。有群仙所居，上元女仙太眞者，即貴妃也。謂什伍曰：『我太上侍女，隸上元宮。聖上太陽朱宮眞人，偶以宿緣世念，其願頗重，聖上降居於世，我謫於人間，以爲侍衛耳。此後一紀，自當相見，願善保聖體，無復意念也。』乃取開元中所賜金釵鈿合各半，玉龜子一，寄以爲信，曰：『聖上見此，自當醒憶矣。』言訖流涕而別。』什伍以此物進之，上潸然良久。乃曰：『師昇天入地，通幽達冥，眞得道神仙之士也。』手筆賜名「通幽」……。」參見李昉《太平廣記》（台北：西南書局，1983.1），頁138～139。

> 張果道：「上皇宿世，乃元始孔昇眞人，與我輩原是同道；只因於太極宮中聽講，不合與蕊珠宮女，相視而笑，犯下戒律，謫墮塵凡，罰作女身爲帝王嬪妃，即隋宮中朱貴兒是也。貴兒在世，便是大唐開元天子了。」通幽道：「朱貴兒何故便轉生爲天子？」張果道：「貴兒忠於其主，罵賊殉節而死。天庭最重忠義，應得福報。況謫仙本宜即復還原位的，只因他與隋煬帝本有宿緣，又曾私相誓願，來生再得配合，故使轉生爲天子，完此一段誓願。」（第一百回）

由此可知唐玄宗的前世因果鏈是：「元始孔昇眞人→謫譴第一世爲朱貴兒→第二世轉生爲唐玄宗」。而和孔昇眞人「相視而笑」的蕊珠宮女，亦遭謫降人間兩世受苦，第一世爲隋宮的侯夫人，第二世爲唐宮的梅妃江采蘋（此論於後）。至於小說爲何會以張果來解說因果，或許是爲了附和中唐以後民間流傳的張果成仙故事。〔註28〕

其次，小說寫楊貴妃的前因後果爲：

> 煬帝前生，乃終南山一個怪鼠，因竊食了九華宮皇甫眞君的丹藥，被眞君縛於石室中一千三百年。他在石室潛心靜修，立志欲作人身，享人間富貴。那孔昇眞人偶過九華宮，知怪鼠被縛多年，憐他潛修已久，方勸皇甫眞君，暫放他往生人世，享些富貴，酬其夙志，亦可鼓勵來生，悔過修行之念。有此一勸，結下宿緣。此時適當隋運將終，獨孤后妒悍，上帝不悅，皇甫眞君因奏請將怪鼠託生爲煬帝，以應劫運。恰好孔昇眞人亦得罪降謫爲朱貴兒，遂以宿緣而得相聚，不意又與煬帝結下再世因緣，因又轉生爲唐天子，未能即復仙班。（第一百回）

> 煬帝的後身是誰？即楊妃是也！煬帝既爲帝王，怪性復發，驕淫暴虐；況有殺逆之罪，上帝震怒，止制與十三年皇位，酬其一千三百

〔註28〕 張果，生卒年不詳，是唐代一位精通服氣、修鍊內丹的道士。中唐以後逐漸被附會仙話，後來成爲民間信仰中的八仙之一，被稱爲張果老。其事見載於《新唐書・方技》：「張果者，晦鄉里世系以自神，隱中條山，往來汾、晉間，世傳數百歲人。武后時，遣使召之，即死，後人復見居恆州山中。」（列傳第一二九）可見張果主要活動於恆山，時間大約在唐高宗到唐玄宗時期。另《太平廣記・神仙》亦載有張果與唐玄宗交往互動事蹟，頁192～194。如此，小說敷演唐玄宗的因果故事，而由張果來點破、結證其事，頗能附和民間流傳的張果仙話。

　　年靜修之志；不許善終，敕以白練繫頸而死，罰爲女身，仍姓楊氏，
　　與朱貴兒後身完結孽緣，仍以白練繫死，然後還去陰司，候結那殺
　　逆淫暴的罪案。當她爲妃時，又恃寵造孽，罪上加罪。（第一百回）

由此可知楊貴妃的前世因果鏈是：「終南山怪鼠→託生第一世爲隋煬帝→第二世轉生爲楊貴妃」。

　　最後，小說寫隋煬帝與朱貴兒的宿世因緣爲：在天界，導因於「孔昇眞人憐惜怪鼠」，而此因緣的連繫又有其前因後果的「巧合」：怪鼠因有「潛心靜修，立志欲作人身，享人間富貴」的前因，故方能得到孔昇眞人的憐惜；而孔昇眞人因有「與蕊珠宮女，相視而笑，犯下戒律，謫墮塵凡」的後果，故恰可與怪鼠一起轉世了卻宿緣。再看在人間，隋煬帝與朱貴兒既承受其在天界所建立的「因」，同時又因「私相誓願」，故有第轉世人間第二世的果。而第一世到第二世的因果之所以能夠建立，又有其各自前因：朱貴兒忠於其主，罵賊殉節而死，因「天庭最重忠義，應得福報」，故得轉世爲唐玄宗，以享帝王之樂；而隋煬帝「驕淫暴虐」兼有「殺逆之罪」，故於第一世時先罰以「不許善終，敕以白練繫頸而死」；再於第二世「罰爲女身，仍姓楊氏」，待與唐玄宗完結孽緣後，「仍以白練繫死」。

　　綜合以上，將主要人物的輪迴轉世製成表格，並載記其結局以明脈絡：

《隋唐演義》再世因緣之輪迴轉世關係表

天　　界	人間第一世：隋	人間第二世：唐	結　　局
元始孔昇眞人	朱貴兒 忠義罵賊而死	唐玄宗 命數當終	至修眞觀懺悔一甲子後復還原位
終南山怪鼠	隋煬帝 白練繫頸而死	楊貴妃 白練繫頸而死	幽滯「北陰別宅」等待定罪
蕊珠宮女	侯夫人 懸梁自縊	梅妃江采蘋 命數當終	復還蕊珠宮

四、歷史興衰輪迴轉的敘事意涵

　　從上述的再世因緣來看，可知牽起人間第一世宿緣的最高決定因素是：「隋運將終，獨孤后妒悍，上帝不悅」；而牽起人間第二世宿緣的最高決定因素亦是：「上帝震怒」（針對隋煬帝）、「天庭最重忠義」（針對朱貴兒）。換言之，因果取決於天命，而天命取決於道德，這是「再世因緣」的敘事

深層中最主要的意涵。以下，分從天命因果的社會文化、褚人穫的創作思想、相關人物的因果結局三方面來探究《隋唐演義》運用天命因果的主題意涵：

（一）天命因果的社會文化

唐宋以來，隨著佛教「業報輪迴」〔註29〕，道教「承負說」〔註30〕和謫謳仙話等觀念的流行，天命因果已經成爲民間宗教信仰的普遍特色。〔註31〕同時，各種宣稱儒釋道三教合一的民間善書廣爲印行，無不藉因果報應進行勸世教化。〔註32〕而普遍流傳的通俗文學，又充分運用並宣揚了如此的思想。特別是通俗文學的作者，剛好是溝通文化上大、小傳統的中介者。其藉由歷史故事，整理出一套體系完整的詮釋系統，而此歷史詮釋透過故事的傳播，又反饋到民間社會中，形成民間自身具足的「歷史意識」、「果報論史觀」。〔註33〕而一旦面臨善惡報應顛倒，或是不可知不可解的反常現象，民間更是

〔註29〕 佛教傳入中國後，在中國原有的善惡報應觀念中加入因果輪迴的思想，強調今人現時命運好壞，皆由以往的業果造成，如此因果循環，生生世世不止。唯有今世多種善因，來世方能得到善果。在依業輪迴的觀點下，佛教提出現報、生報、後報等三報論，爲因果報應的觀念提供必然性的理論基礎。參見方立天：〈中國佛教的因果報應論〉《中國文化》7 期（1992.11），頁 56。

〔註30〕 《太平經・解承負訣》中云：「凡人之行，或有力行善，反常得惡；或有力行惡，反得善，因自言爲賢者非也。力行善反得惡者，是承負先人之過，流災前後積來害此人也。其行惡反得善者，是先人深有積蓄大功，來流及此人也。」另〈解師策書訣〉釋「承負」：「然承者爲前，負者爲；承者，迺謂先人本承天心而行，小小失之，不自知，用日積久，相聚爲多，今後生人反無辜蒙其過謫，連傳被其災，故前爲承，後爲負也。」見于吉：《太平經合校》（台北：鼎文出版社，1979.7），頁 22、70。

〔註31〕 詳參劉道超：《中國善惡報應習俗》第二章〈中國古代善惡報應習俗盛行之因〉（台北：文津出版社，1992.1），頁 21～52。

〔註32〕 如唐君毅指出：「善書中之因果報應思想，固本於佛家，亦與傳書之『作善降之百祥，作不善降之百殃』，及後代之天人感應之義相合，而爲後之道教徒用以勸世者，故此善書之思想於儒道佛，乃不名一家，亦無甚深微妙之論，又可說之爲人之道德觀念與功利觀念結合之產物。」《中國哲學原論・原教篇》（台北：台灣學生書局，1984.2），頁 690。

〔註33〕 不論傳統史家根據什麼特定理論來撰寫並詮釋歷史現象，反而不如野史談果報，借天道人事的禍淫福善給人們一些警戒。這種民間式的果報論史觀，是從大傳統高次元的文化史觀逐步下降，而與比較粗淺的宗教思想結合，形成簡化、主觀、實用的歷史詮釋方法。張火慶：〈隋唐演義的神話結構〉《興大中文學報》（1993.6），頁 194。

增強天意命定的思想來作解釋。〔註34〕在「萬般皆是命，半點不由人」的觀念下，相信世間一切皆是天所支配安排，人既不能與天爭，也不能逃避先天註定的命運，只好聽天由命，以求平安過日。這種以天命來涵蓋因果的處世態度，基本上是宗教理念經由信仰活動所形成的集體意識，足以構成普遍的庶民文化。

　　因此，通俗小說運用天命因果的情節，實具有社會文化的基礎。何況天命在小說中，不但操縱著情節的發展、預設了整體的結構，還處處反映出「天命命定」的主題思想。〔註35〕特別是小說家在敷演歷史故事時，雖有忠於歷史的義務，但仍會進行藝術化的虛構。這是作家創作的自由，而「一般讀者對小說在創作自由上的容忍，跟小說家採用歷史，藉歷史的權威來支持民間信仰，大有關係。其中一種普遍信仰就是天命不可改變的觀念；天命是最終的判決力量，給人間世界提供不斷的指示，並監視著人間事情」。〔註36〕如《飛龍全傳》開篇云：「世事如棋，從來興廢由天命。任他忠佞，端的難僥倖。」《三國演義》結語亦云：「紛紛世事無窮盡，天數茫茫不可逃。」《隋史遺文》結論強調：「總之天生豪杰，必定有用他處，卻也要善識天意。」正因如此，天命因果在通俗小說中不僅是普遍的情節，還是絕對的支配原則。天命掌握了紛紜複雜的人事現象，並在背後規劃出一定的秩序，使人世間一切的是非爭執，最後都歸於天命預設的架構中。而朝代更替、政治興衰、社會發展、人生際遇等，不過都是天道循環下所呈現出來的歷史規律。

〔註34〕文崇一就文化結構指出：我國自西漢以來就流行這種天人合一的宇宙觀，把天上、地下的事合而爲一，天災、地震、兵變都視爲天對人的懲罰，這是人的無力感的最大象徵，誰都抗拒不了地震、洪水、乾旱對人類所帶來的巨大災害，只有歸之於天命。〈中國人的富貴與命運〉《中國人：觀念與行爲》（台北：巨流圖書公司，1988.7），頁 40。另鄭志明認爲民間透過天神信仰，可以架構出一套屬於民間自己的宇宙論，用以詮釋天人關係，進而撫慰百姓的心理，給予安全感與生命意義。《中國社會與宗教》（台北：臺灣學生書局，1986.7），頁 316。

〔註35〕小說運用天命有三種基本型態：一是力與命永無休止的爭衡，而人即在此絕對敗亡的淒涼慘暗中迸現他強烈的生命力和偉大的情操；二是在人與命、數與智、才與時之間求得一調合的安頓地位，一切悲涼憤懣在天命的澄化下歸於恬淡；三是利用我們對天命的沈思而消極地化解人世物象的追逐、名利榮辱的羈絆與牽制，在此都歸虛幻。參龔鵬程：〈傳統天命思想在中國小說裡的運用〉《中國小說史論叢》（台北：臺灣學生書局，1984.6），頁 21～24。

〔註36〕見馬幼垣：〈中國講史小說的主題與內容〉《中國小說史集稿》（台北：時報文化出版社，1987.3），頁 89。

（二）天命史觀的創作思想

褚人穫在《隋唐演義·序》中，寫出他對演義小說的看法：

> 昔人以《通鑑》爲古今大帳簿，斯固然矣。第既有總記之大帳簿，
> 又當有雜記之小帳簿，此歷朝傳志演義諸書所以不廢於世也。

可見「帳簿」是褚人穫的歷史觀。因此，他對自己以「再世因緣」來寫隋唐兩代的歷史，並將之「以爲一部之始終關目」，也有相當的主見：

> 乃或者曰再世因緣之說似屬不根，予曰：「事雖荒唐，然亦非無因。
> 安知冥冥之中，不亦有帳簿登記此類，以待銷算也。」

褚人穫這種「冥中登記，以待銷算」的史觀，或許就是受到晚明以來民間盛行的「功過格」報應思想的影響。〔註37〕然而，基於一個傳統知識分子的立場，他在「再世因緣、因果報應」的敘事底層中，又另有其意涵。如他在《隋唐演義》書末評論曰：

> 因緣果報，未嘗確有其事，乃是愚人之術，說到無可奈何處，曰：
> 此生前未盡之緣也，此生前作孽之報也……《易》曰：「積善之家，
> 必有餘慶；積不善之家，必有餘殃。」此言其理耳。世至隋唐，閨
> 門之內，污穢不堪道，禮義廉恥四字，不知拋荒何處，不至弒奪不
> 止，故托言曰某某即前世某某，前緣未盡，犯戒謫塵，故有此一番
> 舉動。說鬼說神，以喚醒世間之人；非分之事，不得生妄想心。（第
> 一百回·又評）

這段評論，表面上講的是因果報應乃「愚人之術」，認爲隋唐兩代之所以有造亂，乃因「禮義廉恥四字，不知拋荒何處」，故勉人以「積善之家，必有餘慶」。然而，若是透過小說的情節以及作者的這番評論來看，可知其中另有值得探究的意涵。畢竟所謂「餘慶、餘殃」之後果，在於「積善、積不善」之前因，這種「因果」的關係就是一種「歷史」的規律；而決定因、果之間得以串連的力量，無非是至高的「天命」。因此，褚人穫把隋唐兩代的歷史，

〔註37〕「功過格」初指道士逐日登記行爲善惡以自勉自省的簿格，及後流行於民間，
　　　　泛指用分數來表現行爲善惡程度、使行善戒惡得到具體指導的一類善書。道
　　　　教和民間信仰認爲天地、灶神、司命等神，監察人的善惡並給予應得的賞罰。
　　　　「格」有規準之意，言行之善惡功過，成了降福獲咎的依據。這種計算過的
　　　　辦法，宋代以後就發展形成功過格一類善書，而廣大流行爲明末時期。因此，
　　　　功過格可說融合了道教積善銷惡、儒家倫理道德和佛教因果報應三教的理
　　　　念。參見鄭志明：《中國善書與宗教》（台北：臺灣學生書局，1988.6），頁64
　　　　～72。

逕以「再世因緣」來加以貫串，將「歷史」的發展置諸於「天命」。如前所述，褚人穫這種強烈的天命觀，可說和其一生在科舉之路上充滿著落寞之情有關。

（三）恃德者昌的人物結局

在《隋唐演義》中，褚人穫將其「天命史觀」的主題，落實於「因果報應」的運用，以凸顯出「恃德者昌」的意涵。這可從其寫再世因緣相關人物的因果結局來看：

如楊貴妃，由於「當她為妃時，又恃寵造孽，罪上加罪」，因此小說寫她在天上的住所並非是什麼宮苑，而是「北陰別宅」，其景象為：「愁雲冪冪，日色無光；慘霧沉沉，風聲甚厲。山幽谷暗，渾如欲夜之天；樹朽木枯，疑是不毛之地。恍來到陰司冥界，頓教人魄駭魂驚。」而其人物形象則是「粗服蓬頭」。當鴻都道人問她：「娘娘芳魂，何至幽滯此間？」她也只能涕泣而道：「我有宿愆，又多近孽，當受惡報。只等這些冤證到齊，結對公案，便要定罪。」同時，小說也就兩世因緣中的「誓願」加以比較：

> 通幽又問道：「朱貴兒與隋煬帝有私誓，遂得再合。今楊妃與上帝也有私誓，來生亦得再合否？」張果道：「貴兒以忠義相感，故能如願；楊妃無貞節，而有過惡，其私誓不過癡情慾念，那裡作得准？即如武后、韋后、太平、安樂、韓、秦、虢國等，都狂淫無度，當其與狎邪輩縱慾之時，豈無山盟海誓，總只算胡言亂語罷了。」（第一百回）

可見，道德才是促動天命的最終力量。所以，小說寫到楊貴妃的結局時，作者還特別針對〈長恨歌〉加以反駁，提出白居易寫楊貴妃死後「是仙女、居仙境」的美談，正是：「訛以傳訛訛作詩，不如野史談果報。阿環若竟得成仙，禍善福淫豈天道！」

再如梅妃江采蘋。她的前身為天界的「蕊珠宮仙女」，因與孔昇真人一笑，動了凡念，謫降人間兩世受苦。她降生人間的第一世，為隋朝的侯夫人，「生得國色天香，百媚千嬌」，「有才有色」，可嘆命運捉弄，儘管正值「煬帝好色憐才」，但她始終未能為君所幸，以致「熬不過傷心痛楚，遂將一幅白綾，懸梁自縊而死。」（第二十八回）第二世，她再轉生為江采蘋，「生得花容月貌」、「更兼文才淹博」、「琴棋書畫，各件皆能」。唐玄宗一見，「喜動天顏」，賜名梅妃。（第七十九回）如此，蕊珠宮仙女與孔昇真人終能一了「一笑之緣」，

但不久卻又遭「楊玉環承恩奪寵」，「此皆上天示罰之意」。（第一百回）然梅妃之所以後來能夠再度回到蕊珠宮中，亦有其因果。作者說道：

> 看官聽說，原來梅妃向居上陽宮，甘守寂寞。聞安祿山反叛，天下騷然，時常歎恨楊玉環肥婢，釀成禍亂。及賊氣既近，天子西狩，欲與梅妃同行，又被楊妃阻撓，竟棄之而去。那時合宮的人，都已逃散，梅妃自思：「昔日曾蒙恩寵，今雖見棄，寧可君負我，不可我負君。若不即死，必至爲賊所逼。」遂大哭一場，將白綾一幅，就庭前一株老梅樹上自縊。（第九十七回）

後來神仙張果的妻子韋仙姑前來解救，送往修眞觀中以待天命。楊貴妃死後，梅妃再度入宮服侍唐玄宗。後來梅妃染病，臥床不起，夢寐之間，復見韋仙姑對她說：「汝兩世托生皇宮，須記本來面目，今不可久戀人世，蕊珠宮是你故居，何不早去？」於是梅妃在祝願玄宗聖壽無疆後，遂瞑目而逝，了卻一段前緣。作者對梅妃一生評論曰：

> 那失恩的妃子，不負君恩，患難之際，恐被污辱，矢志捐軀，卻得仙人救援，死而復生，安享後福，吉祥命終，足使後人傳爲佳話。（第九十九回）

又於最後藉神仙張果之口，說出梅妃的最後結局：

> （梅妃）因臨難矢節，忠義可嘉，故得仙靈救援，重返舊宮，復從舊主，正命考終，仍作仙女去了。（第一百回）

從梅妃自縊前自言「今雖見棄，寧可君負我，不可我負君」，到作者「不負君恩」的評論，以及張果「臨難矢節，忠義可嘉」的論判，其中所強調的皆是「道德」的符合。換言之，遭謫讉的蕊珠宮仙女在了卻前緣後，因道德完備而得以復歸天庭仍做仙女。可見在小說中，天命是最高的決定力量，但是影響天命抉擇的，就是道德。如「碩鼠」因能「潛心靜修」方得以轉世爲人、爲煬帝，但卻又因做了太多「驕淫暴虐」的不道德之事，故才「不許善終」。

　　再如武則天，小說寫她爲李密轉世。〔註38〕李密當年因「歸唐反唐」

〔註38〕李密轉世爲武則天，見《隋唐演義》第六十九回：「荊州武行之，高祖時曾任都督之職，因天性恬淡，爲宦途所鄙，遂棄官回來。妻子楊氏，甚是賢能，年過四十無子，楊氏替他娶一鄰家之女張氏爲妾。月餘之後，張氏睡著了，覺得身上甚重，拿手一推，卻把自己推醒，自此成了娠孕。過了十月，時將分娩，行之夢見李密，特來拜訪云：『欲借住十餘年，幸好生撫視，後當相報。』

而遭李唐陣營亂箭射死，故投胎爲武則天後，「殺戮唐家子孫，以報宿怨，還是劫數當然」。可是因她即帝後「荒淫殘虐，作孽太甚」，故死後「與韋后、太平、安樂等，並當時那些佞臣酷吏，都墮入阿鼻地獄，永不超身。」（第一百回）至於反賊安祿山，小說先寫他「陷長逆賊肆凶」，再寫他放火焚燒李唐太廟，「火方發，只見一道青煙直沖霄漢……直冒入祿山眼中」，後來安祿山竟因此「雙瞽」。作者引詩評論說這是「略施小報應」，又寫王維經由此事想起：「昔年上皇夢中，見鍾馗挖食鬼眼，今祿山喪其二目，正應此兆。如此看來，鬼魅不久即撲滅矣……。」（第九十三回）這是寫安祿山的現世報，而後又寫神仙張果說：反賊安祿山及那些助逆的叛臣，「都是一班凶妖惡怪，應劫運而生，生前造了大孽，死後盡入地獄，萬劫只在畜牲道中輪迴」。（第一百回）

因此，作者在寫「唐太宗入冥」時，即引詩強調：「有陰德者，必有陽報。」又寫唐太宗問起當年的隋唐英雄：「翟讓、李密、王伯當、雄信、羅士信想還在此？」崔珏道：「他們早已托生太原荊州數年矣！」忽又見三個長大漢子，後面有七八個青面獠牙鬼使押著。唐太宗看了有些面善，崔珏道：「那第一個披豬皮的是宇文化及；第二個穿牛皮的是宇文智及；第三個穿狗皮的是王世充。他們俱定了案，萬劫爲豬牛狗，受後來的千刀萬剮，以償生前弒逆之罪。」（第六十八回）再如寫「唐明皇夢中見鬼」，作者也在開首引詞曰：

> 大凡有德之人，無論男女與富貴貧賤，總皆爲人所敬服，即鬼神亦無不欽仰，所謂德重鬼神欽敬是也……惟有那忠貞節烈之人，不以盛衰易念。即或混跡於俳優技藝之中，廁身於行伍偏裨之列，而忠肝義膽天性生成，雖未即見之行事，要其志操，已足以塞天地而質諸鬼神……。（第八十九回）

可見歷史的發展過程雖由天命決定盛衰，然而忠貞節烈之人，卻足以塞天地而質諸鬼神。換言之，道德是影響天命的力量。這是在《隋唐演義》敷演的「再世因緣」故事之中，不可被輕忽的重要意涵。

醒來卻是一夢。張氏遂爾脫身，行之意是一兒，及看時卻是女兒。張氏因產中犯了怯症，隨即身亡。武行之夫婦，把這女兒萬分愛護。到了七歲，就請先生教他讀書。先生見他面貌端麗，叫做媚娘。」對此情節之安排，諸人穫在回末的「又評」中強調：「以武媚娘爲李玄邃後身，以見媚娘後日改唐爲周，殺唐子孫殆盡，菲無因也。此正作者苦心處。」

第四節　主題思想與藝術特色

一、主題思想

　　褚人穫在《隋唐演義》收尾時，引詞爲結證曰：「隋唐往事話來來，且莫遽求詳。而今略說興衰際，輪迴轉，男女猖狂。」可見「男女猖狂」是其敘寫「隋唐往事」的重點，由此彰顯出「女性對歷史影響」的主題，而這樣的主題思想在隋唐演義系列小說的發展中是頗爲獨特的。此外，《隋唐演義》是「合之遺文豔史，而始廣其事」，加上褚人穫身處明清易代的背景，使他對於人世間的情義特別看重，肯定英雄的精神在於「有情有義」。因此，以下探討《隋唐演義》的主題思想，即從「男女猖狂：女性影響歷史的發展」和「人間情義：以有情有義鑑賞英雄」兩方面加以論析：

（一）男女猖狂：女性影響歷史的發展

　　「才子佳人小說」在明末清初頗爲流行，其創作特點在於「顯揚女子，頌其異能。」〔註 39〕事實上，這種文學潮流可以說和當時的社會風氣息息相關。學者指出：明清時期，在士大夫和文人的推動下，對女性之才的肯定和讚揚成爲一種潮流，並且形成了一股「才女崇拜」的風氣。〔註 40〕從明清小說發展的現象來看，同時期其他小說的創作或多或少都受到這股流行風潮的影響。褚人穫在創作《隋唐演義》時，即有意承襲這種「顯揚女子」的寫法，同時對女性之「才」有新的見解，因而塑造了一批形態各異的才女形象。然而，小說中既賞識女性之才，又對女子之才有所擔憂，正如其在第三十一回中所云：「獨詫天公使有才之女，生在一時，令荒淫之主，志亂心迷，每事令人欲罷不能。」作者在此點出：才女是帝王荒淫的主要誘因，而這或許正是作者對「歷史」的某種解讀。因此，作者又有一番關於才女的議論：

> 人亦有言，男子有德便是才，女子無才便是德。蓋以男子之有德者，
> 或兼有才；而女子之有才者，未必有德也……才何必爲女子累，特
> 患恃才妄作，使人歎爲有才無德，爲可惜耳。夫男子而才勝於德，
> 猶不足稱，乃若身爲女子，穢德彰聞，雖凤具美才，抑爲韻事，傳

〔註39〕魯迅：《中國小說史略》第二十篇「明之人情小說（下）」（上海：上海古籍出版社，1998.6），頁 135。
〔註40〕詳參雷勇：〈明末清初的才女崇拜與才子佳人小說的創作〉《明清小說研究》（1994 第 2 期），頁 145～154。

作佳話，總無足取。故有才之女，而能不自炫其才，是即德也；然
女子之炫才，皆男子縱之之故，縱之使炫才，便如縱之使炫色矣。（第
七十六回）

可見，作者把隋唐兩代混亂之因歸咎於「有才無德」的女子們之「恃才妄作」。
雖然作者肯定才女、讚美才女，但同時也強調「有才之女而能不自炫其才，
是即德也」。換言之，《隋唐演義》敷演隋唐「歷史」的一個重要觀點是：肯
定女子對歷史的影響，因此作者讚美女子之才，但他更欣賞的是女子之德。
以下，分從「肯定女子的智慧識見」和「凸顯女禍的亂政敗國」等正反面論
之：

1. 肯定女子的智慧識見

褚人穫在《隋唐演義》第六十三回開首評論曰：

古人云：唯婦人之言不可聽。書亦戒曰：唯婦言是聽。似乎婦人再
開口不得的。殊不知婦人中智慧見識，儘有勝過男子。

因此，褚人穫在小說中新增並塑造了眾多的女子形象，並且集中表現其智慧
見識，或文才、武藝。寫智慧見識者，如第五十回，增寫竇建德妻曹后於三
軍損折之後，勸竇建德「下詔罪己，以安眾心」，又寫曹后與蕭后相會對答，
褒美眾人之殉節，諷刺蕭后之苟安。〔註41〕第六十回，增寫秦瓊之母聞單雄
信即將問斬，親往法場哭拜，意在「也見我們雖是女流，不是忘恩負義的人。」
再如寫女子才華者，最為典型者即陪伴在隋煬帝周圍的女性個個都成了身懷
絕技的才女。其中侯夫人的詩；朱貴兒、袁寶兒的填詞、唱曲；薛冶兒的舞
劍、騎馬；袁紫煙的天文、曆算；姜婷婷的手巧等，都給人留下了深刻的印
象。小說第二十八至第三十一回幾乎成了眾美人的才藝表演，作者亦直接引
為回目標題，如「眾嬌娃翦綵為花」、「侯妃子題詩自縊」、「睹新歌寶兒博寵」、
「薛冶兒舞劍分歡」、「眾夫人題詩邀寵」等。

〔註41〕若和《隋煬帝豔史》相較，《隋唐演義》中蕭后形象的改變主要有三點：一是
削弱她政治方面的見識和作用；二是情感的缺失；三是對她「失節」的譴責。
特別是第三點，小說寫她於煬帝遭縊殺後，主動投靠宇文化及；宇文化及敗
亡後，又主動向竇建德示愛；後來又寫她拿出「許多勾引人的伎倆」誘惑唐
太宗，最後因與武媚娘爭寵而飲恨身亡。褚人穫透過「蕭后」的改造，強化
了《隋唐演義》這部小說「道德批判」的創作傾向。參見雷勇：〈從蕭后形象
看《隋唐演義》的創作傾向〉《陝西理工學院學報・社科版》25卷1期（2007.2），
頁16～20。

敘寫女子武藝的內容則爲《隋唐演義》在系列小說中的首出特色。如第一回，增寫嶺南高涼郡石龍夫人洗氏事，「聞隋破陳，夫人親自起兵，保全四境，築城拒守，眾號聖母，謂其城曰：『夫人城』」，後被稱爲「古今女將第一」。又第六回，增寫李淵之女「不喜弄線拈針，偏喜的開弓舞劍」、「不特才貌雙絕，且喜讀孫吳兵法，六韜三略，無不深究其奧」，她擺下「五花陣」測試了柴紹的文武雙全，「後來唐公起兵伐長安時，有娘子軍一支，便是柴紹夫妻兩個」。第二十六回，增竇建德之女線娘，「年方十三，色藝雙絕，好讀韜略，閨中時舞一劍，竟若游龍。」後來，竇建德起義，國號大夏，封其女線娘爲勇安公主。小說寫：

> 她慣使一口方天戟，神出鬼沒，又練就一手金丸彈，百發百中。時年已十九，長得苗條一個身材，姿容秀美，膽略過人。建德常欲與她擇婿，她自言必要如自己之材貌武藝者，方許允從。建德每出師，叫她領一軍爲後隊，又訓練女兵三百餘名，環侍左右。她比父親，更加紀律精明，號令嚴肅，又能撫恤士卒，所以將士盡敬服她。（第四十九回）

在《隋唐演義》之前的系列小說中，並未見有竇線娘這號人物的出現，這是褚人穫的新發展處；又從以上的敘述中，可知竇線娘的形象是集石龍夫人洗氏和李淵之女兩者的大成。爲了讓這樣一個「才女」具體化，作者在系列小說中選擇羅成和她搭配，敷演一段「陣前招親」的情節。小說寫竇建德與羅藝兩軍交戰，正當羅成將夏軍殺得大敗時：

> 只見末後一隊女兵，排住陣腳，中間一員女將，頭上盤龍裹額，頂上翠鳳銜珠，身穿錦繡白綾戰袍，手持方天畫戟，坐下青驄馬。羅成看見，忙收住槍問道：「妳是何人？」線娘道：「你是何人，敢來問我？」羅成道：「妳不見我旗上邊的字麼。」線娘望去，只見寶纛上，中間繡著一個大「羅」字，旁邊繡著兩行小字：「世代名家將，神槍天下聞。」線娘道：「莫非羅總管之子麼？」羅成看他繡旗上，中間繡著一個「夏」字，旁邊兩行小字：「結陣蘭閨停繡，催妝蓮帳談兵。」羅成心下轉道：「我聞得竇建德之女，甚是勇猛了得，莫非是她，可惜一個不事脂粉的好女子，不捨得去殺她。待我羞辱她兩句，使她退去也罷了。」因對線娘道：「我想妳的父親，也是一個草澤英雄，難道手下再無敢死之將，卻叫女兒出來獻醜。」線娘便道：

「我也在這裡想，你家父親也是一員宿將，難道城中再無敢死之士，卻趕小犬出來咬人。」惹得眾女兵狂笑起來。（第四十九回）

接著兩人大戰二十回合不分勝負，羅成欣賞線娘是「好個有本領的女子」，於是對她射了一枝「沒鏃箭，羽旁有『小將羅成』四字」；而竇線娘也向羅成射了一個眼大的金丸，「上面鑿成『線娘』兩字」。兩人各自暗想：「我若得他同為夫婦，一生之願足矣？」「我竇線娘若嫁得這樣一個郎君，亦不虛此生矣！」最後，幾經波折，兩人終在唐帝作主下完婚。對此，作者評論曰：「必要唐帝作主，始見不是馬上草草定盟，才與德兼，妒而不露，真一個奇女也。」（第六十一回）

此外，小說第五十六回，增寫「花木蘭代父從軍」的故事：當朝廷下令徵兵時，因花家父老子幼，「惹得一家萬千憂悶」。木蘭即思：

當初戰國時，吳與越交戰，孫武子操練女兵，若然兵原可以女為之。吾觀史書上邊，有繡旗女將，隋初有錦繖夫人，皆稱其殺敵捍患，血戰成功。難道這些女子，俱是沒有父母的，當時時勢，也是逼於王事，勉強從征，反得名標青史。

於是花木蘭準備女扮男裝前去代父從軍。當父母反對時，她還義正詞嚴地說：

爹媽不要固執，拚我一身，方可保全弟妹；拚我一身，可使爹媽身安，難道忠臣孝子，偏是帶頭巾的做得來？有志者事竟成。兒此去管教勝過那些膿包男子。

後來在戰場上，花木蘭為竇線娘所擒，方回復其女兒身；線娘敬木蘭為「大孝之女」，遂與之結為姐妹。（第五十七回）後因竇線娘思念羅成，託花木蘭代為傳書。不料花木蘭回鄉時，可汗愛其姿色，欲選入宮中。花木蘭為守信義，將線娘的書信轉託其妹花又蘭後，自刎以表忠貞。其妹花又蘭遵囑改裝往羅成處送信，忍愛守身，終與羅成結為婚姻。作者對此事評論曰：「木蘭亦死得激烈，不愧女中丈夫。至後又蘭千里奔馳，為他人作嫁衣裳，深見男子中全信義者不可得，卻在巾幗中描寫出來。」（第六十回「總評」）

這些巾幗英雄的故事在《隋煬帝豔史》、《隋史遺文》等書中皆沒有出現過，由此可見褚人穫創作《隋唐演義》之興趣所在。同時，這類「女將」的形象塑造，對後來的系列小說影響頗大，特別是「羅成與竇線娘陣前招親」的情節，在系列小說中別具指標性的意義。「陣前招親」是明清「家將小說」中的情節特色，早在明末的《楊家府演義》、清初的《說岳全傳》中即有敘寫。

〔註42〕然而，在隋唐演義系列小說之中，這段陣前招親算是首次出現，影響所及，在爾後的「說唐續書」中更是發展成爲常見的模式化情節。（詳論於第六章）此外，《隋唐演義》中這段木蘭故事雖然只能算是插曲，但是若就「木蘭從軍故事」的發展來看，卻是該故事首次出現於長篇章回小說之中，此對其後刊刻的兩本「木蘭從軍小說」不無影響。〔註43〕

2. 凸顯女禍的亂政敗國

《隋唐演義》虛構了一個「再世因緣」的故事，借此將隋煬帝與唐玄宗之間百餘年的歷史貫穿起來。作爲帝王，兩人的共同特點是「占了情場，弛了朝綱」，皆因沉溺情愛而導致國家敗亡。在小說中，兩人既是「昏君」也是「情種」，因此作者雖然讚賞他們的癡情，卻也指責他們的荒淫，故從第三者的高處俯瞰隋唐歷史，不禁興起「兩世繁華總成夢」的感傷。（第一百回）這樣的感傷，不僅是作者對隋煬帝、唐玄宗個人遭遇的悲哀，更是對這段「歷史」反思後的心得。

從小說敘事和作者評論來看，褚人穫對隋唐歷史進行總結時，幾乎都是把亡國的因由歸之於女禍。從陳後主、隋文帝、隋煬帝、唐高祖、唐太宗、唐高宗、武則天稱帝、唐玄宗等接續而下的歷史發展，皆可看到作者類似的觀點。如：

（1）第一回，寫李淵主張殺張麗華、孔貴嬪的原因是：「張、孔狐媚迷君，竊權亂政；以國覆滅，本於二人。豈容留此禍本，再糵隋氏？不如殺卻，以絕晉王邪念。」本段寫陳後主亡國之因，同時暗示晉王（隋煬帝）的邪念亦在女色。

（2）第十九回，作者論述「女色」之害：「至於女色，一時高興，不顧名分，中間惹出禍來，雖免得一時喪身失位，弄到騎虎之勢，把悖逆之事，

〔註42〕參見張清發：〈明清家將小說「陣前招親」情節之運用探析〉《國文學報》1期（2004.12），頁139～162。

〔註43〕花木蘭故事引起人們的興趣，自然在其「女扮男妝、替父從軍」的新奇。然而，若從小說發展的現象來看：在《隋唐演義》之後，陸續又刊刻了兩本敷演木蘭從軍故事的專著：一是《忠孝勇烈奇女傳》（又名《木蘭奇女傳》），一是《北魏奇史閨孝烈傳》。這兩本小說刊刻雖然皆刊刻於道光、光緒年間，但其呈現的木蘭從軍故事卻大爲不同。換言之，它們是兩部「故事基型相同，卻又各自表述、自成專著，且幾乎同時流行」的木蘭從軍小說。詳參張清發：〈奇史奇女——木蘭從軍的敘事發展與典範建構〉《臺北大學中文學報》第11期（2012.3），頁117～144。

都做了遺臭千年，也終不免國破身亡之禍，也只是一著之錯。」本段評論後，作者接著寫隋文帝「寵幸了宣華陳夫人、容華蔡夫人，而把朝政逐漸丟與太子」，預告女禍導致楊廣篡權。

（3）第三十四，作者寫完隋煬帝與眾寵妃「流水尋歡」後，作者即引詩評論：「昏主惟圖樂，妖妻只想遊。江山將盡矣，新曲幾時休。」又第四十七回，寫叛臣欲殺煬帝，馬文舉怒罵朱貴兒：「淫亂賤婢，平日以狐媚蠱惑君心，以致天下敗亡，不殺汝何以謝天下！」隨即將朱貴兒殺了。可見隋煬帝亡國的主因在於「妖妻」、「淫亂賤婢」。

（4）第六十六回，作者寫「玄武門兄弟相殘」前，先下一番議論曰：「世間隨你英雄好漢，都知婦人之言不可聽。不知席上枕邊，偏是婦人之言入耳。說來婉婉曲曲，覺得有著落又疼熱。任你力能舉鼎，才可冠軍，到此不知不覺，做了肉消骨化……。」接著小說寫唐高祖年輕時英雄好漢，創國立唐，待年紀高大，也免不了身旁寵妃的「鶯言燕語」，太子齊王即因此買通這些寵妃，以「虛誣駕陷，要唐帝殺害秦王」，由此導出唐室兄弟相殘的悲劇。

（5）第六十九回，寫唐太宗「是個天挺豪傑，並不留情於色慾」，可是當長孫皇后仙逝後，選了武氏進宮，即「色寵傾城，歡愛無比」；又寫唐太宗臨幸隋煬帝的蕭后，挽者蕭后和武才人「夜宴觀燈」。第七十回，寫武才人因蕭后已死，「歡喜不勝，弄得太宗神魂飛蕩，常餌金石。」結果太宗因色慾太深，害起病來；而太子晉王卻又趁機與武才人「殢雨尤雲，取樂一回」。第七十一回，寫太宗死，晉王繼位為高宗，立武則天為后，武后與高宗「日夜荒淫」的結果，導致高宗「雙目枯眩，不能票本。百官奏章，即令武后裁決。」如此，武則天之所以入宮、掌權、稱帝，皆和唐太宗、唐高宗父子的「色慾太深」、「日夜荒淫」關係密切。雖然小說也寫「武媚娘為李玄邃後身」，因唐王殺李密，故李密投胎為武則天，日後改唐為周，殺唐子孫以為因果報應。（第六十九回），但若無太宗、高宗的好色，武氏也難以成事。

（6）第七十七回，作者開首詞曰：「天子至尊也，因何事卻被后妃欺。奈昏瞶無能，優柔不斷。斜封墨敕，人任為之。故一旦宮庭興變亂，寢殿起災危。似錦江山，如花世界，回頭一想，都是傷悲。」接著大發議論云：

　　從來宮闈之亂，多見於春秋時……總是見之當時，則遺羞宮闈；傳
　　之後世，則有污史冊，然要皆未有如唐朝武韋之甚者也。有了如此
　　一個武后，卻又有韋后繼之，且加以太平、安樂等諸公主，與上官

> 婉兒等諸宮嬪，卻是一班寡廉鮮恥、敗檢喪倫的女人。好笑唐高宗
> 與中宗，恬然不以爲羞辱，不惟不禁之，而反縱之，致使釀成篡竊
> 弒逆之事，一則幾不保其子孫，一則竟至殞其身，爲後人所嗤笑唾
> 罵，歎息痛恨。

這段議論，一語道盡武后當權、稱帝前後的唐代「歷史」之特色。故作者於
第七十八回後的總評曰：「從來宮闈之亂，至唐極矣……天下大亂。」縱有賢
相，也不敵「宮中一牝雞」也。

（7）第七十九回，寫唐玄宗稱帝後，「江采蘋恃愛追歡，楊玉環承恩奪寵」，
作者預告又是一場女禍的興起。故第八十回開首，即議論曰：「唐朝武后、韋
后、太平公主、安樂公主，這一班淫亂的婦女，攪得世界不清，已極可笑可恨。
誰想到玄宗時，卻又生出個楊貴妃來。」第八十一回後總評曰：「明皇倘不爲
楊妃所惑，祿山安得擅權作逆？」第八十三回後總評曰：「明皇之溺於聲色，
楊妃之肆其淫亂，安祿山之敢於擅權爲惡，舉朝夢夢不言也。」安祿山造反是
唐朝由盛轉衰的關鍵，作者由此上推其禍因，正是唐玄宗寵愛楊貴妃。

（8）第一百回，作者開首引詞：「最恨小人女子，每接踵比肩而起，攪
亂天家父子意。」這是作者觀照隋唐兩代歷史發展後，於全書結束前所下的
註解。

由以上的疏理，可見《隋唐演義》有著明顯「女人禍水」思想，這是作
者對隋唐歷史的解讀，而這樣的解讀可說有其歷史根源。事實上，史家對唐
朝衰亡之因，早有「亡於女禍」的說法。如《新唐書・玄宗本紀》「贊」說：

> 自高祖至於中宗，數十年間，再罹女禍，唐祚既絕而復續，中宗不
> 免其身，韋氏遂以滅族。玄宗親平其亂，可以鑑矣，而又敗以女子。
> 方其勵精政事，開元之際，幾致太平，何其盛也！及侈心一動，窮
> 天下之欲不足爲其樂，而溺其所甚愛，忘其所可戒，至於竄身失國
> 而不悔。考其始終之異，其性習之相遠也至於如此。可不慎哉！可
> 不慎哉！（本紀第五）

清代趙翼《廿二史箚記》中也有「唐女禍」一條，比較詳細地闡述了唐朝「以
女色起者，仍以女色敗」的觀點，其中對唐玄宗有這樣一段論述：

> 及玄宗平內難，開元之始幾於家給人足，而一楊貴妃足以敗之。雖
> 安史之變不盡由於女寵，然色荒志惑，惟耽樂之從，是以任用非人
> 而不悟，釀成大禍而不知，以致漁陽鼙鼓，陷沒兩京，而河朔三鎮

從此遂失，唐室因以不競。〔註44〕

實際上「女人禍水」的說法幾乎是古代解讀歷史衰亡的一種文化認知，每一
個朝代的滅亡，大都可以從亡國之君的身旁中找到一個「天生尤物」之類的
女性，如周幽王時的褒姒，商紂王時的妲己，唐玄宗時的楊貴妃等，他們是
典型的紅顏禍水。因爲她們是天生尤物，導致君王一見到她們便放縱情慾、
荒忘政事，甚至因此亡國喪身。然在傳統「爲尊者諱」、「爲君者諱」的文化
思維下，後來在總結歷史教訓時，不免要將帝王的罪責都推給其身邊的女子
（寵妃）或小人（奸臣），而對於眞正應該承擔起責任的帝王，卻只有類似「爲
奸所蔽」的嘆息。

（二）人間情義：以有情有義鑑賞英雄

雖然褚人穫在《四雪草堂重編隋唐演義‧發凡》中，強調其所要敘寫的
乃是「隋唐間奇事、快事、雅趣事」，意在「頗堪娛目」。然而，或許褚人穫
自身不得志的淪落感，使其在敘寫小說的過程中，對於人物間知己、知遇的
情義皆特別重視，甚至在隋煬帝和其寵妾身上，作者也都能找到這種值得讚
揚的「情義」：

> 自古知音必有知音相遇，知心必有知心相與，鍾情必有鍾情相報。
> 煬帝一生，每事在婦人身上用情，行動在婦人身上留意，把一個錦
> 繡江山，輕輕棄擲；不想突出感恩知己報國亡身的幾個婦人來，殉
> 難捐軀，毀容守節，以報鍾情，香名留史。（第四十八回開首）

所謂「知音、知心、鍾情」這類「感恩知己」的精神，正是小說中處處都要
彰顯的主題。因此作者強調：「人的事體，顛顛倒倒，離離合合，總難逆料。
然惟平素在情義兩字上，信得眞，用得力，隨處皆可感化人。」（第四十二回）
由於「情義」兩字是《隋唐演義》所要凸顯的主題思想，因此褚人穫敘寫隋
唐間的故事，儘管其作法是「合之遺文、豔史」，但是相同的情節經過他的敷
演後，就令人特別能夠感受到人間的情義，而小說中的英雄也就個個顯得有
情有義。以下擇選幾個典型事件和人物關係加以論述之：

1. 與李密相關人事

《隋唐演義》第四十六回「殺翟讓李密負友」，寫李密設計殺害翟讓後，
其他瓦崗英雄的反應是：

〔註44〕趙翼：《廿二史箚記》卷十九（北京：中國書店，1987.4），頁256。

　　雄信見說，吃了一驚，一隻杯子落在地上道：「這是什麼緣故！就是
他性子暴戾，也該寬恕他，想當初同在瓦崗起義之時，豈知有今日？」
邴元眞道：「自古說兩雄不並棲，此事我久已料其必有。」徐懋功道：
「目前舉事之人，那個認自己是雌的？只可惜。」李如珪道：「可惜
那個？」懋功道：「不可惜翟兄，只可惜李大哥。」賈潤甫點頭會意。
由眾人的反應，可知大家對李密的作爲並不同意。〔註45〕而徐懋功所說的「只
可惜李大哥」，其話中意涵特別值得加以推敲，這「可惜」兩字已暗示李密失
去「情義」、失去人心，難以成爲眞正的英雄。正如李如珪後來所說：「當初
在瓦崗時，李玄邃、單二哥、弟與齊兄，都是翟大哥請來，弄成一塊，今天
聽見他這個結局，眾人心裡多有些不自在。」李密既是翟讓請來，沒想到殺
害翟讓的卻是李密，這種恩將仇報的行爲，作者頗不欣賞，故於回末總評曰：
「李密不殺翟讓，事之成敗，尚未得料。一盤棋局，獨失此著，令眾豪傑離
心，以致無成。看後來歸唐復叛行徑，眞庸流也，何足言哉！」可見，李密
因爲「不義」而敗，在小說中已埋下伏筆。若較之《隋史遺文》的同一情節，
可見《隋唐演義》對李密「不義」的批評更爲集中而深刻。〔註46〕
　　第五十二回，寫賈潤甫奉李密之命前往王世充處討糧，途中遇李靖所領
的唐軍，李靖見賈潤甫人才議論皆佳，要徐義扶遊說他歸唐。不料賈潤甫卻

〔註45〕《資治通鑑》敘寫李密設計殺翟讓之當時，徐、單兩人並非置之事外：「徐世
　　　勣走出，門者斫之傷頸，王伯當遽訶止之。單雄信叩頭請命，密釋之。左右
　　　驚擾，莫知所爲。」而後，李密數落翟讓「專行貪虐」的罪責後，宣告「今
　　　所誅止其一家」，還親爲徐世勣敷創。又寫因爲翟讓平日作爲殘忍，「故死之
　　　日，所部無哀之者」；然李密之將佐「始有自疑之心矣」。（卷一百八十四）可
　　　見，諸人穫在編撰這段故事時，雖然修改參與其事的人，但仍肯定此事導致
　　　瓦崗眾將分裂的結果。
〔註46〕《隋史遺文》第四十七回「殺翟讓魏公獨霸」，寫李密誅翟讓一家後，營中將
　　　士道：「翟司徒與魏公這等有恩，卻又將來殺了，可見體面雖像好士，本心還
　　　是薄情。」於是眾將士「早已有離心的了」。但其後又寫王世充對此事的看法：
　　　「只是殺了李密，翟讓這粗人，破他不難。如今卻留了李密，這人有膽略，
　　　有知謀，有決斷，是我一個狠對手，如何是好？」而袁于令在回後總評則評
　　　論曰：「鴻溝背約，畢竟漢高不是。殺翟讓，畢竟李密不是。然漢高得天下，
　　　李密終亡，則李密自此而驕也。」以上，可知《隋史遺文》對於李密殺翟讓
　　　一事，看法較爲多元，既寫李密的薄情，又肯定李密的才華膽略實勝過翟讓；
　　　對於李密之敗，袁于令的看法是主要是在「驕」，而非「不義」。此觀點和《舊
　　　唐書》「史臣曰」評李密相同：「苟去猜忌，疾趣黎陽，任世勣爲將臣，信魏
　　　徵爲謀主，成敗之勢，或未可知。」（列傳三）至於《說唐》則刪除翟讓的戲
　　　份，改寫程咬金主動讓位給李密。

說：「弟因愚劣，不能擇主於始，今雖時勢可知，還當善事於終。若以盛衰爲去留，恐非吾輩所宜。」說完即離去。當時李密的魏軍已衰，賈潤甫卻能堅守情義，不忍拋棄舊主，這使得李靖深加歎服。而作者亦於總評曰：

> 自來悲歡離合，不外乎情，而情緣義起，若舍情義，而強爲立言，
> 是背理而扭捏，不但情之不眞，即義亦幾抹殺……賈潤甫數語，隱
> 隱瓦崗起義一段，皆不泯滅，可稱快史。

透過賈潤甫的堅守情義，作者因此肯定瓦崗起義的精神不會泯滅，其因正是「情緣義起」。

這種瓦崗起義的精神，在王伯當身上更加明顯。小說中爲了凸出「王伯當與李密，眞生死交情，看他一人驅馳道路，設計脫陷，何等用心！」於是，褚人穫把歷史上李密「輕財遠禍」的情節改成是「王伯當施計全交」。（第三十八回）後來李密爲王世充所敗，當時李密拔劍便欲自刎，王伯當卻一把抱定，兩淚交流道：「明公，你備經困苦，方能得成大業；今雖失利，安知不能復興，何作此短見？」兩人號哭連聲，眾將也齊淚下。後來李密決意歸順李唐陣營，殘餘眾將也願追隨，這時李密和王伯當又有一番感人的對話：

> 李密對王伯當道：「將軍家室，多在瓦崗，今日入關，家室日遠，恐
> 必掛念；不若將軍且回。」伯當道：「昔與明公共誓生死同隨，安肯
> 今日相棄？便分身原野，亦所甘心；何況家室哉！」

李密雖然不義殺翟讓，但他與王伯當的知己之情頗深，故在生死關頭都能爲對方著想，因此作者寫道：「這幾句連同行的人都感動，沒一個肯離散。」（第五十三回）後來李密歸唐卻又反唐，逃離時王伯當仍隨行在旁。不料半途遭唐軍截殺：

> 李密與王伯當策馬先走，不顧左右。只聽得一聲砲響，山上樹叢裡
> 箭如飛蝗，進退不能；況身上又無甲胄，山谷裡谿中，又有伏兵殺
> 出截住前後，可憐伯當急不能敵，拚命抱住李密之身，百般遮護。
> 二人竟死於亂箭之下。

王伯當的死十分感人，他的捨身相救，是爲主、爲友、爲情、爲義。因此作者評論說：「（李密）若無王伯當甘同殉難，一生交結英雄，徒虛語耳。」（第五十四回）《隋唐演義》寫王伯當的死在系列小說中最爲精彩動人，也最能彰顯王伯當的「忠、義」形象。〔註47〕

〔註47〕《舊唐書》寫李密叛唐遭殺：「彥師伏兵山谷，密軍半度，橫出擊，敗之，遂

　　第五十五回，寫唐主命人將李密與王伯當首級，懸竿號令。昔日爲李密舊屬的魏徵悲慟不安，垂淚對秦王道：

> 爲臣當忠，交友當義，未有能忠於君，而友非以義也。王伯當始與魏公爲刎頸之交，繼成君臣之分。不意魏公自矜己能，不從人諫，一敗失勢，歸唐負德，死於刀鋒之下。同事者一二十人，惟伯當乃能全忠盡義。臣思昔日魏公亦曾推心置腹於臣，相依三載，豈有生不能事其終，死又不能全其義乎？

魏徵有感於王伯當全忠盡義，又思及過去李密待其也曾有情有義，因此請求「尋取伯當與李密屍骸，以安泉壤」。由於魏徵的忠義感人，唐帝因此赦了李密、王伯當的親屬。徐世勣哭祭李密時，遭唐帝怒責，對曰：「今李密、王伯當，王誅既加，於法已備，臣感君臣之義，向竿弔哭，諒堯舜之主，亦所當容。若陛下仇枯骨而罪臣哭，將來賢者豈肯來歸乎？」唐帝聽他說得有理，龍顏頓轉。〔註48〕

　　從小說敘寫李密的相關人事中，可見李密雖因不義不敗，但其瓦崗起義的舊友、舊部，如賈潤甫、王伯當、魏徵、徐世勣等卻個個都有情有義，〔註49〕作者亦因此肯定瓦崗起義的精神。

2. 與張須陀相關人事

　　張須陀是秦瓊早年捕盜的上司，對秦瓊頗爲知遇。《隋唐演義》寫張須陀的故事主要採用《隋史遺文》的內容，但因側重點的不同，褚人穫特別在史書的基礎上渲染情義，增廣相關的情節。第四十五回，寫張須陀帶領樊虎、唐萬仞欲掃平瓦崗，結果寡不敵眾，遭到圍殺：

斬密，時年三十七。王伯當亦死之，與密俱傳首京師。」（列傳三）對於王伯當的死僅用「亦死之」一句話帶過。《隋史遺文》亦只寫：「可憐李密、伯當死在亂箭之下，被伏兵梟了首級。」作者的總評亦只說：「一生交結英雄，末路卻一個用他不著。」（第五十二回）《說唐》仍寫王伯當忠心護主而死：「王伯當恐傷了李密，把身向前遮住了，用戟挑撥，叮叮噹噹，把箭杆都掉在地下。」（第四十四回）此呈顯的是王伯當的忠義與忠勇，情感面的渲染弱於《隋唐演義》。

〔註48〕史載表請收葬的是徐世勣，但當時他早已投唐爲官。《舊唐書》載：「時李勣爲黎陽總管，高祖以勣舊經事密，遣使報其反狀。勣表請收葬，詔許之。」（列傳三）。

〔註49〕褚人穫寫瓦崗英雄對李密的有情有義並非虛構，如《舊唐書》所載，當李勣收葬李密時「大具威儀，三軍皆縞素，葬於黎陽山南五里。故人哭之，多有嘔血者。」（列傳三）。

　　（樊虎）幫著須陀一齊殺出重圍，萬仞卻又不見了。張須陀道：「待
　　我還去救他出來。」樊虎與張須陀殺入，唐萬仞已被賊兵截住，著
　　了幾槍，漸漸支架不住。張須陀見了，慌忙直衝進去，槍挑了幾人
　　落地，殺出重圍，樊虎卻又不見了。張須陀吩咐部下：「且護送唐爺
　　回城，我再尋樊爺回來，不然斷不獨歸。」時須陀身子已狼狽，但
　　他愛惜人的意氣重，不顧自己，復入重圍。

從這場戰役中，可見樊虎、唐萬仞、張須陀三人的交情深厚。特別是張須陀，
其屢屢殺出重圍，卻又因部屬遭困未出，再度衝入重圍中救人，此行為符合
史實所載。〔註 50〕因此作者特別在小說中強調：「他愛惜人的意氣重」。在小
說中，張須陀入重圍救了唐萬仞，後又為了救樊虎再入重圍，結果卻遭亂箭
射死。作者因此感嘆：「可憐一個忠貞勇敢為國為民的張通守，卻死在戰場之
中！」

　　《隋史遺文》寫秦瓊聽到張須陀的死訊時，自責地說「我不殺伯仁，伯
仁卻因我而死」，展現秦瓊的多情多義。（詳見第三章）《隋唐演義》刪去此節，
仍寫秦瓊打聽張須陀屍首，備了豬羊祭儀。然後增寫當秦瓊、單雄信、羅士
信在祭奠張須陀時，「忽見處邊許多白袍白帽，約有四五十人擁將進來」。原
來他們是「感故主的恩情，在這裡守來，守過了百日方敢散去。」如此，作
者意在彰顯張須陀平時待善下屬，而下屬也能感恩在心。續寫秦瓊因此自責：
「兵卒小人，尚且如此，我獨何人，反敢背義！」秦瓊的背義自責，指的是
當初留信悄悄逃生而去，但那也是因為「權奸在朝，知必不免，而老母流離，
益復關心」，是出自無奈的抉擇。而後，小說又寫當眾人痛哭祭奠之時，「只
見外邊走進一人，頭裹麻巾，身穿孝服，腰下懸一口寶劍，滿眼垂淚，跟著
兩三個伴當，望著靈幃前走來。」不是別人，正是遭圍之際為張須陀所救的
唐萬仞。因秦瓊與他為昔日同事，故把手向他一舉道：「唐兄來得正好。」豈
知唐萬仞只做不見，也不聽得，昂然走到靈前大慟，敲著靈桌哭道：

〔註 50〕　《隋書・張須陀傳》載：張須陀征討瓦崗軍，前後三十餘戰，每戰必勝。翟
　　　　讓因此深深忌憚張須陀，不敢進軍。在李密反覆勸說下，翟讓才與李密率兵
　　　　逼滎陽，張須陀率兵拒之：「讓懼而退，須陀乘之，逐北十餘里。時李密先伏
　　　　數千人於林木間，邀擊須陀軍，遂敗績。密與讓合軍圍之，須陀潰圍輒出，
　　　　左右不能盡出，須陀躍馬入救之。來往數四，眾皆敗散，乃仰天曰：『兵敗如
　　　　此，何面見天子乎？』乃下馬戰死。時年五十二。其所部兵，盡夜號哭，數
　　　　日不止。」（列傳第三十六）。

> 公生前正直,死自神明。我唐萬仞本係一個小人,承公拔識於行伍
> 之中,置之賓僚之上,數年已來,分燠噓寒,解衣推食。公之恩可
> 謂厚矣至矣。雖公之愛重者尚有人,而我二人之鑒拔者則惟公。蒙
> 公能安我於生地,而自死於陣前,我亦安敢昧心,而偷生於公死後!

唐萬仞對張須陀的感恩其來有自,而他對秦瓊的無法諒解也屬合理,畢竟秦瓊留信辭別入瓦崗,而張須陀竟又是遭瓦崗眾人所殺。因此當秦瓊聽唐萬仞「說到後邊句句譏諷到他身上來」時,「此身如負芒刺,又不好上前來勸他」,只能「顏色慘淡」呆立一旁。不料唐萬仞哭祭後,把桌一擊道:「主公,你神而有靈,我前日不能陣前同死,今日來相從地下!」說罷舉刀自盡,「一腔熱血,噴滿在地」。秦瓊捧著屍首大聲叫道:「萬仞兄,你真個死了,你真個相從恩公於地下了,我秦瓊亦與你一答兒去罷!」忙在地上拾起劍來要刎,背後羅士信一把抱住喊道:「哥哥,你忘了母親了!」奪劍付與手下取去。

褚人穫敘寫這段祭奠張須陀的情節,可說極盡添油加醋,再三渲染悲情氣氛。從中寫盡了張須陀之「愛惜人的意氣重」,故秦瓊、小兵、唐萬仞等皆感念他的知遇恩德;而唐萬仞的「相從地下」,可說是繼張須陀戰死的第二個悲情高潮,其所表現正如作者於回首的評論:「從一而終,有死無二,這是忠臣節概,英雄意氣。」至於秦瓊,雖不得唐萬仞之諒解,但小說處處爲其說解,寫他時時「念著須陀活命之恩,如何可以報效」,但因權奸宇文述思報子仇而再三陷害,「無奈逼得他到無容身之地」,秦瓊也只能感嘆:「我本待留此身報國,以報知己,不料變出許多事來。」逃生之際,秦瓊還思及:「我不幸當事之變,舉家背叛,怎又將他一支軍馬,也去作賊?」因此他留信逃生。張須陀知道真相後,也只嘆息「可惜這人有勇有謀」,並無任何怪罪秦瓊之意。後來秦瓊眼見唐萬仞自殺盡義,衝動之際也要自刎,而羅士信「你忘了母親」的提醒,則呼應了秦瓊當初逃生的動機。作者於此展現張須陀、唐萬仞的「義」,以及秦瓊的「孝」,並以「情」字加以串聯。

3. 其他(程咬金、尉遲恭、竇建德)

《隋史遺文》寫程咬金和尤俊達的關係只強調兩人同劫王杠,並一同出席秦母壽筵,當時程咬金「不欺故友」,故不理會尤俊達的暗示而招出實情,後又向尤俊達言:「只要你盡心供養我老母,我出脫了你。」(第三十二回)爾後,小說未再就兩人的情誼有所敷演。《隋唐演義》寫程咬金和尤俊達的關係較爲細緻。除了劫王杠、酒筵供盜狀外,小說又寫當李密欲領眾人一同投

唐時，獨有程知節跳起身來說道：「不是兄弟無情，你們卻去得，我卻不敢追隨。」李密原以爲他是因爲老母尚在瓦崗之故，可程咬金卻說：「老娘在瓦崗，尤大哥與我不比別的弟兄，時刻肯照顧我母親，我可以放心無憂。」（第五十三回）而後，程咬金因老母而投唐，秦王讚他是「忠直之士」，唐帝又賜封他爲「虎翼大將軍」。投唐後，程咬金「輕裘肥馬，僕從隨行」，這時，他即心想：

> 吾一生感恩知己，諸弟兄中獨尤員外最深，若無此人，吾老程還在斑鳩店賣柴扒。他今滯跡瓦崗山寨，未有顯榮，吾如今趁這樣好皇帝，弄他去做幾年官，也算報他一場。（第五十五回）

於是程咬金前往瓦崗招來尤俊達等人投唐。然因舊主李密死於熊耳山待葬，先是尤俊達讚秦瓊、徐懋功兩人：「虧他們築成這所墳墓，不愧魏公半世結交英雄。」後又有程咬金面告唐帝說：「伺魏公入土後，諸將即便統眾來歸陛下。」（第五十五回）如此，作者明寫程咬金的直爽、重情義；暗示尤俊達亦有情有義。

　　史載寫尉遲恭降唐，只寫唐王遣人招降即來。〔註 51〕《隋史遺文》寫唐兵久攻宋金剛不下，差人招降尉遲恭，尋相勸他：「秦王之兵，果是猛勇，我們在此，兵糧有限，終難自立，況武周猜狠異常，金剛剛愎自用，待我等也只平常，何必爲他死守？」尉遲恭聽得秦王好賢下士，就全城歸附了。（第五十五回）《隋唐演義》敘寫這段尉遲恭降唐的情節，照例加上「情義」的調味料。小說寫劉武周、宋金剛對尉遲恭並不信任，如尉遲恭與秦瓊交戰不勝，宋金剛即「疑有私心，著人督戰」；尉遲恭再與秦瓊鬥「併力法」擊石比試，劉武周以爲他「私通怠玩」，欲將之斬首。可見，劉武周陣營對待尉遲恭頗爲「無情無義」。然而，當秦王欲收降尉遲恭時，尉遲恭卻說：「如要我降唐，且看劉武周下落；如若死了，我方再事他人。今若來逼，惟有死戰而己。」（第五十六回）從尉遲恭「再事他人」的前提中，作者點出尉遲恭的「忠」，正是建立在其重情重義的性格上。因此，當秦王意外獲得劉武周、宋金剛二人首級，而差人送給尉遲恭時，他「認得是眞的，號天大慟，備禮祭獻，隨將首級用棺盛殮，安葬好了，遂開城降唐。」如此，即把尉遲恭的形象塑造得有情、有義、重然諾。

〔註 51〕如《舊唐書‧尉遲敬德傳》載：「太宗遣任城王道宗、宇文士及往諭之。敬德與尋相舉城來降。」（列傳第十八）《新唐書》的記載大致相同。

　　竇建德是隋末起義軍中的重要人物，但在《隋唐演義》之前的系列小說，皆未對其事蹟多加敷演。在《隋史遺文》中，竇建德只是一個不聽良言的亂世賊首，如第五十八回，寫夏兵與唐兵交戰，竇建德不聽凌敬之言，凌敬「見事機不好，便棄官去了」，而後夏兵慘敗，部屬皆降唐王，竇建德終爲唐王斬殺。〔註52〕《隋唐演義》改寫本段，寫祭酒凌敬雖怨竇建德不聽其言，但仍留下協助守城；城破後，他留下：「幾年肝膽奉辛勤，一著全輸事業傾。早向泉臺報知己，青山何處弔孤魂」的詩句後，即自盡以謝竇建德。前來收拾戰局的徐懋功，讀其遺詩後，感其重情重義，「忙叫軍士，備棺木殯殮。」（第五十八回）

　　當竇建德兵敗被捕拘於唐營牢房，舊屬孫安祖來看望，不肯離去。而後唐王不殺竇建德，但將其「廢爲庶民」，竇建德則自願「披剃入山，焚修來世，報答皇圖」。〔註53〕竇建德落髮後，一出朝門即見孫安祖亦落髮，不禁驚訝問道：「我是恐天子注意，削髮避入空門，你爲何也做此行徑？」孫安祖回答：「主公，當初好好住在二賢莊，是我孫安祖勸主公出來起義，今事不成，自然也要在一處焚修。若說盛衰易志，非世之好男子也。」（第五十九回）褚人穫對本段情節的改寫恰與史實相反，但可見其有意把孫安祖和凌敬都塑造成有情有義之人。〔註54〕因此，小說寫徐懋功對王簿說：「竇建德外有良臣，內

〔註52〕依《舊唐書》載：「竇建德原本聽從凌敬之言，然因隨後眾將勸進：書生豈可與言戰？於是「建德從之，退而謝敬曰：『今眾心甚銳，此天贊我矣。因此決戰，必將大捷。已依眾議，不得從公言也。』敬固爭，建德怒，扶出焉。」（列傳第四）。

〔註53〕據史書所載，竇建德是一個有勇有謀，深受群眾愛戴的領袖人物。參見王亞勇：〈農民起義的封建化與竇建德的失敗〉《固原師專學報・社科版》22 卷 1 期（2001.1），頁 44～46。因此，在《隋唐演義》中，竇建德被塑造成一個雖敗猶榮的英雄，正因對這個人物的喜愛，褚人穫改編竇建德最後遭「斬於長安市」的史實，而安排他出家修行，善終其身。

〔註54〕《舊唐書》載：「是歲，山東大饑，建德謂安祖曰：『文皇帝時，天下殷盛，發百萬之眾以伐遼東，尚爲高麗所敗。今水潦爲災，黎庶窮困，而主上不恤，親駕臨遼，加以往歲西征，瘡痍未復，百姓疲弊，累年之役，行者不歸，今重發兵，易可搖動。丈夫不死，當立大功，豈可爲逃亡之虜也？我知高雞泊中廣大數百里，茺蒲阻深，可以逃難，承間而出，虜掠足以自資。既得聚人，且觀時變，必有大功於天下矣。』安祖然其計。建德招誘逃兵及無產業者，得數百人，令安祖率之，入泊中爲群盜，安祖自稱將軍。」而後，因竇建德全家遭郡縣屠滅，而孫安祖也爲人所殺，「其兵數千人又盡歸於建德。自此漸盛，兵至萬餘人，猶往來高雞泊中。每傾身接物，與士卒均執勤苦，由是能致人之死力。」（列傳第四）可見，孫安祖之落草是竇建德所協助，而後當建

有賢助，齊家治國，頗稱善全。無奈天命攸歸，一朝擒滅，命也數也，人何尤焉？」（第五十八回）這是作者透過徐懋功之口，間接肯定竇建德與其「良臣」之間的情義，並宣示「天命」主導「歷史」的大主題。〔註55〕

二、藝術特色

從系列小說的發展來看，《隋唐演義》最大的藝術特色即是運用「再世因緣」以結構全書，這方面已論述於前。除此之外，褚人穫以文人的身分來編撰隋唐故事，其所彰顯出來的藝術特色，明顯可見的就是富有濃濃的文人味，並且善於運用性格化的語言來塑造人物形象；同時，具有書坊主身分的褚人穫，基於閱讀市場的考量，也善於將俗諺參雜在小說之中。以上，皆屬語言運用方面的特色。而在「細節描寫、心理描寫」方面，雖然在「秦瓊」這號人物的塑造上，《隋唐演義》的表現遠不及《隋史遺文》，然而在其他人物的塑造上卻不乏精彩之處，如隋煬帝對寵妃的愛惜、單雄信待斬的心情等。以下即從語言運用和細節描寫兩大特色論析之。

（一）文人化與個性化的人物語言

《隋唐演義》在語言運用上的特色，可從三方面來看：

1. 富有濃濃的文人味

《隋唐演義》除了在小說中大量引用詩詞外，還有將人物的文人化的傾向，最明顯的就是主人公秦瓊。《隋史遺文》寫秦瓊「最懶讀書，只好輪槍弄棍，廝打使拳。」（第三回）而後秦瓊在幽州羅公處思歸，即於粉牆上題詩云：「一日離家一日深，猶如孤鳥宿寒林。縱然此地風光好，還有思鄉一片心」。作者解釋說：「叔寶原也不會做詩，緣叔寶公門當差使，出入街道上，小人們無稽之談，聽在耳內，記在心裡，今日觸景寫於壁上。」（第十六回）這種安排頗為符合小說中秦瓊的性格。但是《隋唐演義》在第十四回中，則將秦瓊的題詩的情節寫成：「叔寶因思家心切，一日酒後，偶然寫這幾句於壁上。」

德遭逼起義時，安祖既已身故，其舊屬才歸建德。褚人穫如此改寫，或許正因建德能「與士卒均執勤苦」，頗受部屬愛戴之故。

〔註55〕《隋唐演義》寫徐懋功的這段評論，恰似《舊唐書》引「史臣曰」的論斷：「建德義服鄉閭，盜據河朔，撫馭士卒，招集賢良。中絕世充，終斬化及，不殺徐蓋，生還神通，沉機英斷，靡有初。及宋正本、王伏寶被讒見害，凌敬、曹氏陳謀不行，遂至亡滅，鮮克有終矣。然天命有歸，人謀不及。」（列傳第四）

如此，秦瓊已變成會作詩的人了。若再回顧看第十回「東嶽廟英雄染痾，二賢莊知己談心」，寫秦瓊作〈滿江紅〉，並題於粉壁上：

> 兕虎驅馳，甚來由，天涯循轍？白雲裡，凝眸盼望，征衣滴血。溝洫豈容魚泳躍，鼠狐安識鵬程翼？問天心何事阻歸期，情嗚咽。七尺軀，空生傑；三尺劍，光生篋。說甚擎天捧日名留冊，霜毫點染老青山，滿腔熱血何時瀉？恐等閑白了少年頭，誰知得？

對於秦瓊能作詞一事，作者的說法：「他雖在公門當差，還粗知文墨。」雖然這首〈滿江紅〉的藝術技巧並非是「粗知文墨」的人所能做得出來，但由此可見作者有意將秦瓊塑造成文人化的傾向。

再如「割袍襟單雄信斷義」的情節，寫單雄信追殺李世民，徐懋功護主心切之餘，急急拉住單雄信的袍襟求其放過秦王，恩怨分明的單雄信遂與徐懋功割袍斷義。此情節早於唐宋時期已廣爲流傳，然在《隋史遺文》中並未提及；《隋唐演義》和《說唐》則皆有敘寫，試比較如下：

> （徐懋功）扯住雄信衣襟道：「單二哥別來無恙，前在魏公處，朝夕相依，多蒙教誨，深感厚誼。今日一見，弟正有要言欲商，幸勿窘迫吾主。」雄信道：「昔日與君相聚一處，即爲兄弟；如今已各事其主，即爲仇敵。誓必誅滅世民，以報先兄之靈，以盡臣子之道。」懋功道：「兄不記昔日焚香設誓乎，我主即你主也，兄何不情之甚？」雄信道：「此乃國家之事，非雄信所敢私。此刻弟不忍加刃於兄者，盡弟一點同契之情耳，兄何必再爲饒舌？」隨拔佩刀割斷衣襟，加鞭復去找尋。（《隋唐演義》第五十七回）

> （徐茂公）大叫道：「單二哥，看小弟薄面，饒了我主公吧！」雄信道：「茂公兄，你說那裡話來？他父殺俺親兄，大仇未報，日夜在念。今日狹路相逢，怎教俺饒了他？決難從命。」茂公死命把雄信的戰袍扯住，叫聲：「單二哥，單二哥，可念賈柳店結義之情，饒俺主公吧！」雄信聽了，叫聲：「徐勣，俺今日若不念昔日在賈柳店結拜之情，就一劍把你砍爲兩段。也罷，今日與你割袍斷義了吧。」（《說唐》第五十一回）

比較以上兩段情節，可以看出《隋唐演義》的話語較雅，單雄信的聲口頗有文人化的味道；而《說唐》則較俗，富有民間用語的特色。同時，《隋唐演義》寫單雄信欲殺李世民的二大理由是「以報先兄之靈，以盡臣子之道」，又強調

「此國家之事，非雄信所敢私。」這種以「忠」爲主的心態，亦是文人化的思考。相對的，《說唐》中的「他父殺俺親兄，大仇未報，日夜在念」，則明顯是庶民的語氣和思維。

2. 語言符合人物性格

《隋唐演義》善於運用語言以塑造人物的性格。如寫程咬金半路打劫，王伯當高叫：「朋友慢來，我和你都是道中。」咬金不通方語，舉斧照伯當頂梁門就砍，道：「我又不是吃素的，怎麼道中？」王伯當暗笑：「好個粗人，我和你都是綠林中朋友。」咬金道：「就是七林中，也要留下買路錢來。」（第二十二回）而後，當眾好漢紛紛上瓦崗寨，程咬金在自家山寨中即道：

> 如今我們有了秦大哥，再屈單二哥，也還到我這裡來，多是心腹弟兄，熱烘烘的做起來，難道輸了瓦崗？翟大哥做得皇帝，難道秦大哥、單二哥做不得皇帝？（第四十五回）

而後李世民遭瓦崗眾將追捕，身陷老君堂，程咬金趕到廟口，只見屋脊中間，一條大黃蟒蛇，盤踞其上，想道：「吾聞得人說，漢劉邦斬了芒碭山的大蟒蛇，後來做了皇帝，我也是一個漢子，難道除不得此孽畜！」（第五十一回）後來因程母已爲李世民賺入秦王府，事母至孝的程咬金雖知秦王不會輕易饒他，但仍不得不前往秦王府，面對秦王的恐嚇，他哈哈大笑道：

> 咱當時但知有魏，不知有唐。大丈夫恩不忘報，怨必求明。咱若怕死，也不進長安來，要砍就砍，何須動氣。快快叫咱老娘來見一面，咱就把這顆頭顱，結識與你罷。（第五十四回）

由以上語言的運用，皆可見寫程咬金的坦率、單純、勇敢的人物性格。

再如李如珪和齊國遠，他們聚山爲盜，擄來隋廷負責選秀的太監許庭輔，三人的對話頗爲有趣：

> 三人入席坐定，酒過三杯，許庭輔道：「二位好漢，不知有何見教，拿咱到山來？」李如珪道：「公公在上，我們兄弟兩個，踞住此山有年，打家劫舍，附近州縣，俱已騷擾遍了。目下因各處我輩甚多，客商竟無往來，山中糧草不敷，意欲向公公處暫挪萬金，稍充糧餉，望公公幸勿推諉。」許庭輔道：「咱奉差出都，不比客商帶了金銀出門，就是所過州縣官，送些體面贄禮，也是有限，那有准千准百存下取來可以孝敬你們？」齊國遠見說，把雙晴彈出說道：「公公，我實對你說，你若好好挐一萬銀子來，我們便佛眼相看，放你回去；

如若再說半個沒有，你這顆頭顱，不要想留在項上！」說罷，腰間
　拔出明晃晃的寶刀，放在桌上。李如珪道：「公公不要這等嚇呆了，
　你到外邊去，與兩個尊价私議一議。」（第二十六回）

李、齊二人為盜，談吐間卻又故作斯文；許公公藉選秀詐民財，卻又遭這群
強盜所擄。三人的談吐用語，初時故意擺客氣，後來眼看談不下去了，乾脆
逕以強盜口氣出現。

　　3. 諺語俗語的使用

　　《隋唐演義》中運用了不少諺語、俗語，使小說更加具有地方色彩。如
「去累卵之危，成泰山之安」（第二回）、「這廝吃了大蟲心獅子膽來哩，是
罐子也有兩個正朵」（第四回）、「窮不與富鬥，富不與官鬥」（第五回）、「入
門休問榮枯事，觀看容顏便得知」（第六回）、「見鐘不打，反去鑄銅」（第七
回）、「在家千日好，出門一時難」（第十回）、「響馬得財漏網，瘟太守麵糊
盆，不知苦辣」（第十二回）、「把李藥師之言，丟在爪哇國裡去了」（第十八
回）、「一報到頭還一報，始知天網不曾疏」（第四十回）、「豆入牛口，勢不
能久」（第五十八回）、「朝廷之紀綱法律尚在，但可恨這班狐鼠之徒耳。」（第
七十三回）等。

　　（二）通過細節描寫展現人間情義

　　《隋唐演義》塑造隋煬帝的多情、體貼，善於透過細節加以描寫。如第
二十八回「侯妃子題詩自縊」，寫後宮有一個侯妃子，有才有色，誰知才不敵
命，色不逢時，因從未賄賂揀選宮女的許庭輔，故進宮數年，從未見君王一
面。一日心想：「妾縱然不及昭君，若要去賄賂小人以邀寵幸，其實羞為。自
恨生來命薄，縱使見君，也是枉然。倒不如猛拚一死，做個千載傷心之鬼，
也強似捱這宮中寂寞！」於是把平日寄興感懷詩句，寫在烏絲箋上，又將一
個錦囊來盛了，繫在左臂上後，懸樑自縊而死。煬帝獲知此事後，又讀看宮
人送來的錦囊詩箋，結果不曾讀完，就汍然淚下說道：「是朕之過也！朕何等
愛才，不料宮闈中，到失了一個才女，真可痛惜。」後來煬帝親自到後宮看
那侯妃子，見她「雖然死了，卻裝束得齊整，顏色如生，腮紅頰白，就如一
朵含露的桃花。」接著作者寫道：

　　煬帝看了，也不怕觸污了身體，走近前將手撫著他屍肉之上，放聲
　　痛哭道：「朕這般愛才好色，宮闈中卻失了妃子。妃子這般有才有色，

　　咫尺間卻不能遇朕，非朕負妃子，是妃子生來的命薄；非妃子不遇
　　朕，是朕生來的緣慳。妃子九原之下，慎勿怨朕。」說罷又哭，哭
　　了又說，絮絮叨叨，就像孔夫子哭麒麟的一般，倒十分淒切。

煬帝遂傳旨，拿許庭輔問罪，又叫人厚葬侯夫人。因煬帝痛惜不已，「又將錦
囊內詩箋，放在案上，看了一遍，說一遍可惜，讀了一遍，道一遍可憐，十
分珍重。」從煬帝的對侯夫人的屍身「說罷又哭，哭了又說，絮絮叨叨」，以
及對侯夫人的詩箋「看了一遍，說一遍可惜，讀了一遍，道一遍可憐」，皆可
見作者善於透過細節描寫來呈現煬帝的多情。

　　再如「單雄信之死」的情節，在《大唐秦王詞話》寫此情節不到一百字，
發展到《隋史遺文》時已有大約一千五百字，到了《隋唐演義》則長達三千
四百字。其中的細節描寫、心理描寫都運用得頗為精彩，如第六十回「出囹
圄英雄慘戮」：

　　卻說單雄信在獄中，見拏了王世充等去，雄信已知自己犯了死著，
　　只放下愁煩，由他怎樣擺布：只見知節叫人扛了酒餚進來，心中早
　　料著三四分了。知節讓雄信坐了，便道：「昨晚弟同秦大哥，就要來
　　看二哥，因不得閒，故沒有來。」雄信道：「弟夜來倒虧竇建德在此
　　敘談。」知節歎道：「弟思想起來，反不如在山東時與眾兄弟時常相
　　聚，歡呼暢飲，此身倒可由得自主；如今弄得幾個弟兄，七零八落，
　　動不動朝廷的法度，好和歹皇家的律令，豈不悶人！」說了看著雄
　　信，驀地裡落下淚來。此時雄信，早已料著五六分了，總不開口，
　　只顧吃酒。忽見秦叔寶亦走進來說道：「程兄弟，我叫你先進來勸單
　　二哥一杯酒，為甚反默坐在此？」雄信道：「二兄俱有公務在身，何
　　苦又進來看弟？」叔寶道：「二哥說甚話來，人生在於世，相逢一刻，
　　也是難的。兄的事只恨弟輩難以身代，苟可替得，何惜此生。」說
　　了，滿滿的斟上一大杯酒奉與雄信。叔寶眼眶裡要落下淚來，雄信
　　早已料著七八分了。又見徐懋功喘吁吁的走進來坐下，知節對懋功
　　道：「如何？」懋功搖搖首，忙起身敬二大杯酒與雄信。聽得外邊許
　　多漸漸索索的人走出去，意中早已料著十分，便掀髯大笑道：「既承
　　三位兄長的美情，取大碗來，待弟吃三大碗，兄們也飲三大杯。今
　　日與兄們吃酒，明日要尋玄邃、伯當兄吃酒了！」叔寶道：「二哥說
　　甚話來？」雄信道：「三兄不必瞞我，小弟的事，早料定犯了死著。

　　三兄看弟，豈是個怕死的！自那日出二賢莊，首領已不望生全的了。」

　　叔寶三人，一杯酒猶哽咽嚥不下去，雄信已吃了四五碗了。

這段描寫雖然篇幅頗長，但從一開始的「已知自己犯了死著」、「心中早料著三四分了」、「早已料著五六分了」、「意中早已料著十分」，直到最後的「掀髯大笑」，盡把單雄信的內心變化分階段呈現出來。同時，透過程咬金「看著雄信，驀地裡落下淚來」、秦瓊「眼眶裡要落下淚來」、徐懋功「搖搖首，忙起身敬二大杯酒與雄信」等細節描寫，將三人內心痛苦卻又不忍明言的矛盾心理細緻地鋪展出來。